“武汉是能够过关的，
武汉本来就是一个很英雄的城市。”

——钟南山

编者手记

2020新年伊始，一场突如其来的新冠肺炎疫情令全体国人猝不及防。若干年后，留在我们记忆中的，应该不仅仅是疫情带来的恐惧和悲伤，还应该有在那些特殊的日子里，大家齐心协力铸就的温暖与希望。《山东画报》记者团队以时间为轴线，以温暖为主题，精心选取了40个从平民视角切入的感人故事，以图叙事，定格这些特殊的历史瞬间。

由于时间仓促，部分图片在选取时，我们未能与摄影作者或漫画作者取得联系，故而恳请书中未署明作者信息的图片作者谅解并在看到本书后尽快与我们联系，我们将奉上稿酬并在图书再版之时予以补正。

感谢在本书出版过程中每一位参与者的真诚付出，我们拥有共同的心愿——并肩前行，共同面对，静待花开，亲密相拥。

《山东画报》记者组　编著

让我隔空抱抱你

镜头下的人民战“疫”纪实

山东友谊出版社

图书在版编目（CIP）数据

让我隔空抱抱你：镜头下的人民战“疫”纪实：汉、英 /《山东画报》记者组编著 . -- 济南：山东友谊出版社，2020.3
ISBN 978-7-5516-2082-6

Ⅰ．①让… Ⅱ．①山… Ⅲ．①纪实文学—作品集—中国—当代—汉、英 Ⅳ．① I25

中国版本图书馆 CIP 数据核字 (2020) 第 054210 号

策　　划：何慧颖　杨大卫
图　　片：谷永威　王立群　吴　洁
撰　　稿：公晓慧
中文责编：韩刚立　陈　菁　王　苑　宋　冰
英文翻译：袁　方　王冉冉　孙乙茹　刘艳霞　杨立龙
翻译审校：［美］陈建国
封面设计：刘一凡
版式设计：雷祥荣　刘一凡　刘洪强　杨雯雯

让我隔空抱抱你——镜头下的人民战“疫”纪实
How I Want To Hug You—An On-the-spot Report of People's Combat With the Epidemic
《山东画报》记者组　编著

主管单位：山东出版传媒股份有限公司
出版发行：山东友谊出版社
地　　址：济南市英雄山路 189 号　邮政编码：250002
电　　话：出版管理部（0531）82098756
　　　　　市场营销部（0531）82098035
印　　刷：济南鲁艺彩印有限公司
版　　次：2020 年 4 月第 1 版
印　　次：2020 年 4 月第 1 次印刷
开　　本：787mm×1092mm　1/16
印　　张：24.25
字　　数：300 千字
定　　价：99.00 元

目录 CONTENTS

为阻断病源向外输出，从 2020 年 1 月 23 日起，武汉采取关闭离汉通道的断然措施，为全中国也为全世界抗疫战争争取到“时间窗口”。

突发

▲赖鑫琳 摄影

2020

1.23

“武汉，不哭”

她，屹立在长江中游，特殊的地理位置让她成为“九省通衢”。19 世纪，她曾是中国最重要的内地商业城市，也是世界最大都市之一；如今的她，是一座不折不扣的青春之城，不仅是中国夜晚灯光图上耀眼的“高光”存在，还拥有 130 万在校大学生，在全世界都难觅对手。

▲1月27日，武汉沌阳大道路牌显示多段高速公路封闭（赵明 摄影）

然而，2020 年的春节，

她变成了钟南山院士眼中的泪水。

她是武汉。

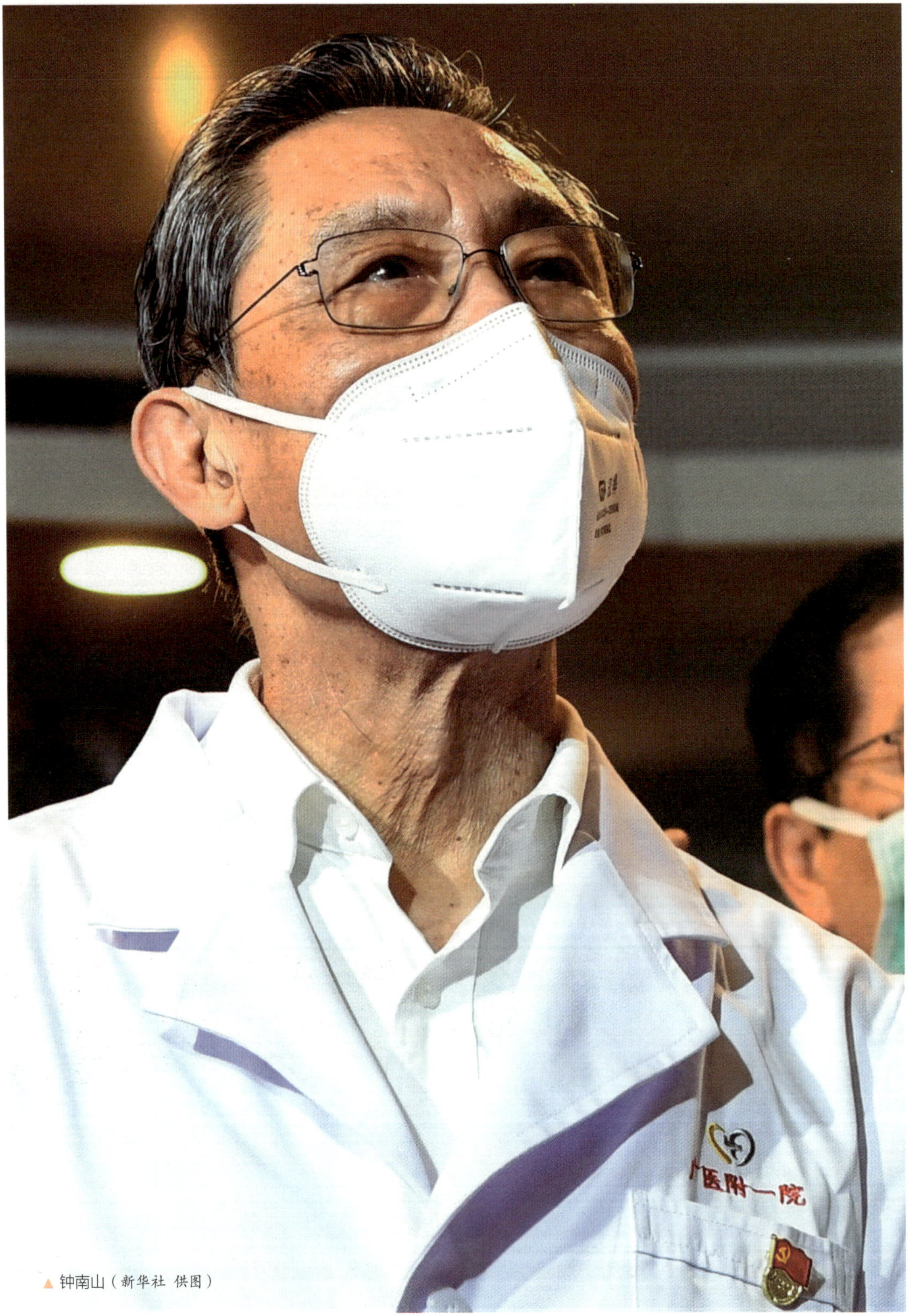

▲ 钟南山（新华社 供图）

1 月 20 日，国家卫健委高级别专家组组长钟南山确认，一种不明来源的新型冠状病毒正在这座城市以人传人的方式不可遏制地蔓延。

为有效切断疫情传播途径，自 1 月 23 日上午 10 时起，武汉市内交通停运，离汉通道暂时关闭。

▲ 1 月 23 日，一位乘客在空旷的高铁武汉站广场（程敏 摄影）

期待中的团聚变成了隔离，正常的生活被疫情骤然打断。疫情犹如暗夜，城市仿佛暂停，一切落入寂静，城市宛若“空城”。在时间的浮沉里，这座按下“暂停键”的城市和 1000 余万市民，负重前行，不眠不休。

▲ 空荡的武汉街道，两名路人遥相而过（王效 摄影）

武汉，在哭。

武汉，不哭。

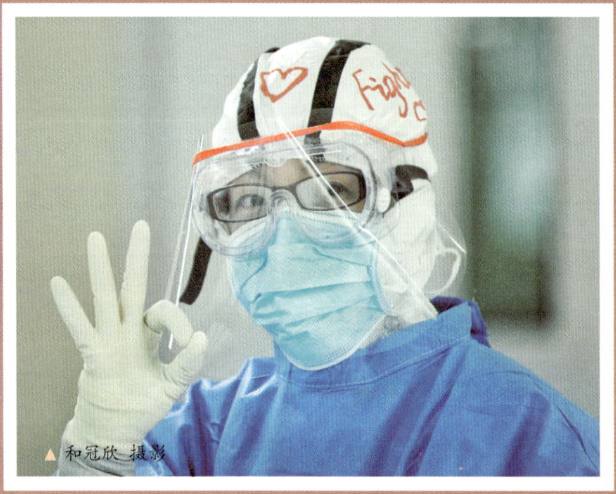
▲ 和冠欣 摄影

战『疫』

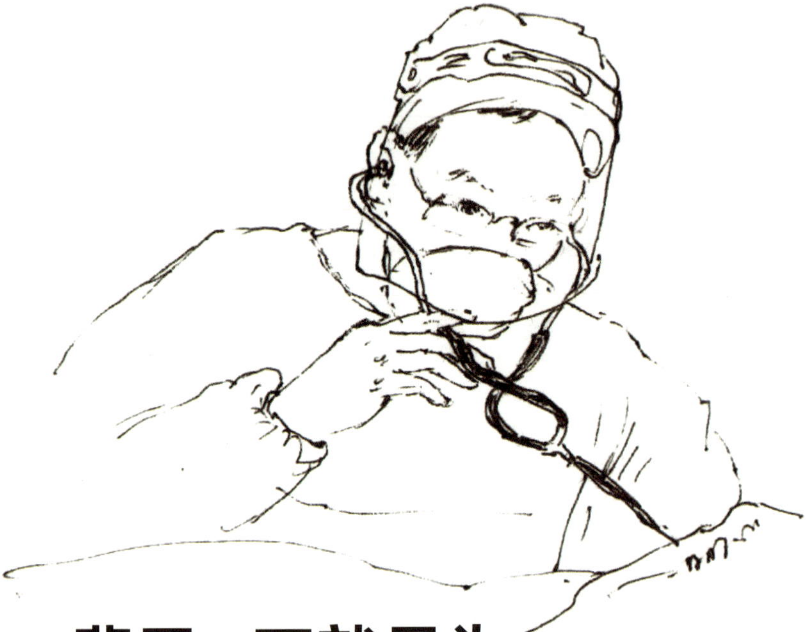

2020

1.23

“我这一辈子，不就是为了救几个病人吗？”

他叫董宗祈，是武汉儿童医院呼吸内科的老专家，已86岁高龄。武汉封城的第一天，他没有休息，全副武装地在门诊部坐诊：“看了一辈子病，放心不下患者”。

穿着防护服、戴着N95口罩的董宗祈，很少喝水，更很少上厕所。一个上午的坐诊时间里，董宗祈就接诊了近30名患儿。担心他身体的人，都劝他不要逞强，要好好保重身体，董宗祈却说：“我这一辈子为了什么？不就为了救几个病人吗？我身体和精神状态都可以，吃得消，没问题。”

一袭白衣，仿佛有着无穷的魔力，能让一个人不惧生死。面对疫情，武汉当地数万名医务人员像董宗祈一样，坚守岗位，义无反顾地冲了上去。

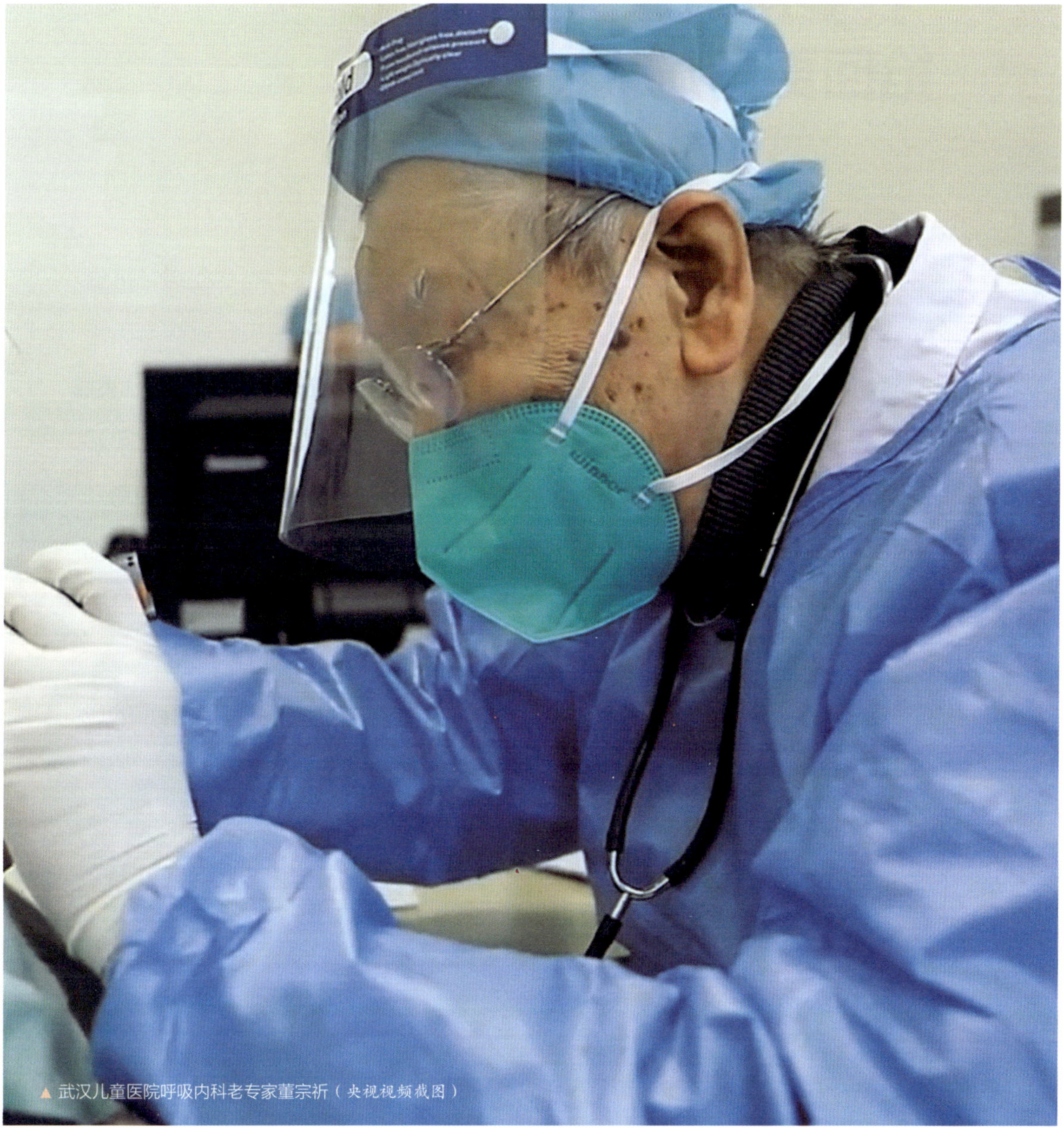

▲ 武汉儿童医院呼吸内科老专家董宗祈（央视视频截图）

2020
1.26

“我要用渐冻的生命，抢回更多病人”

1 月 26 日，大年初二。

武汉市金银潭医院，是最早集中收治新冠肺炎患者的医院，也是这场抗疫之战最早打响的地方。自 2019 年 12 月 29 日转入首批 7 名被新冠病毒感染的肺炎患者以来，这里600多名医护人员，已在抗击疫情的最前线奋战了29天。

近一个月的时间里，该院院长张定宇往往凌晨 2 点刚躺下，4 点就得爬起来，接无数电话，处理各种突发事件。晚上 9 点，57 岁的张定宇已一身疲惫。只一小会儿，他就接打了 6 个电话，整个走廊里都能听到他的喊声。“全院都晓得我性子急、嗓门大。性子急，是因为生命留给我的时间不多了。”他是一个渐冻症患者，双腿已经开始萎缩，全身慢慢都会失去知觉。

这些天里，张定宇总是脚步匆匆。平时上下楼得抓紧扶手、慢慢挪步的他让同事们慨叹：“他拼的时候，我们跟不上他。”

就在他向险而行时，他的妻子却因感染新冠病毒，在十几公里外的另一家医院接受隔离治疗。张定宇分身乏术，忙得三四天都顾不上去看一眼妻子。

“我必须跑得更快，才能跑赢时间，把重要的事情做完；我必须跑得更快，才能从病毒手里抢回更多病人。”张定宇说。

疫情之下，还有更多“张定宇”让人们泪目。

▲武汉市金银潭医院院长张定宇（柯皓 摄影）

2020
1.27

“别哭，妈妈去打怪兽，晚点儿就回来”

面对这个正在疯狂进攻人类的看不见的敌人，谁能战而胜之？

硬核力量，“逆行”而上。

“武汉，我们来了！”

“湖北，我们来了！”

从 1 月 26 日开始，来自全国各地的白衣战士天使般地穿云破雾，从四方飞奔而至。荆楚大地上迅速集结了 4 万多名全国一流的医务人员，这不能不说是个奇迹！

▲ 2 月 20 日，淄博市，一名山东省第十二批援鄂医疗队队员临行前，儿子忽然跑上前去拉着妈妈的手，哭喊着“妈妈，你别走”（李秀春 摄影）

▲2月2日，陕西省第二批援鄂医疗队集结出发。西安大兴医院护士长赵丽与她 11 岁的儿子李文希隔着口罩亲吻、告别（王辉 摄影）

重庆市援鄂医疗队中的刘洁有一儿一女。在得知妈妈报名参加医疗队后，两个孩子一直抱着她不放手，女儿的眼泪在眼眶里打转转，儿子直接号啕大哭。“我只好安慰他们，说妈妈只是去外面打怪兽了，很快就回来。”

穿上白大褂，就成了战士；离开家，（爸爸）妈妈就成了“打怪兽”的英雄。“要去打病毒这个‘怪兽’”，这是 2020 年春天，全中国的孩子们听到的一个全新的童话。

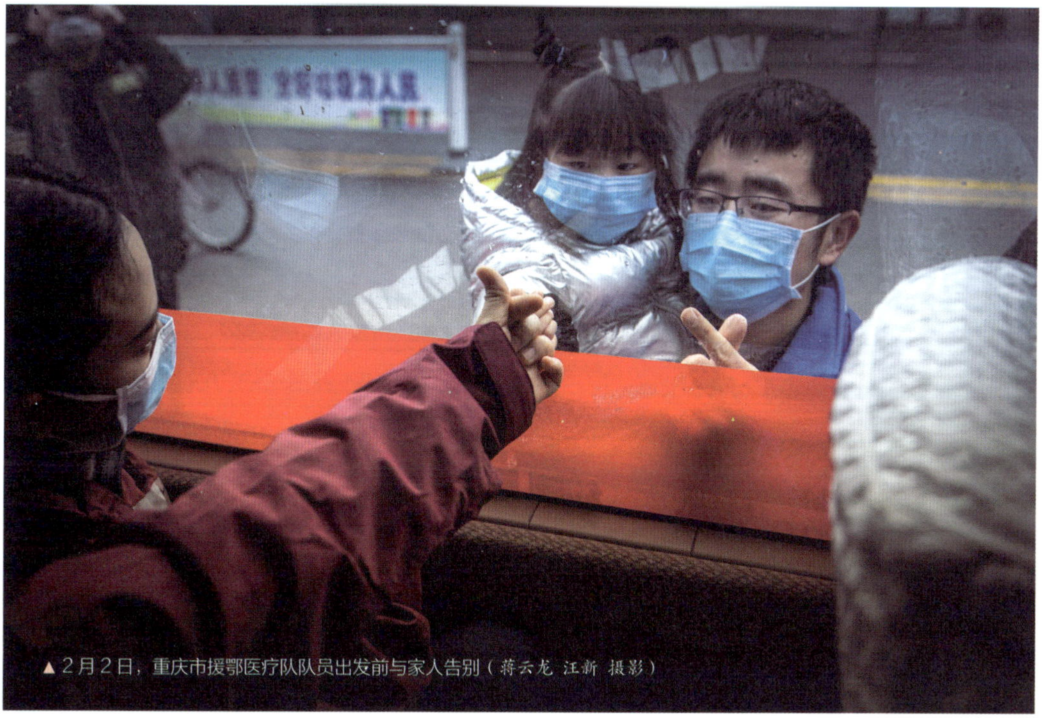

▲2月2日，重庆市援鄂医疗队队员出发前与家人告别（蒋云龙 汪新 摄影）

▲白衣逆行出征，背后是最亲爱的人的理解与支持（尹承谦 摄影）

2020

1.28

“赵英明你平安回来，我包一年家务！”

前有“逆行者”，后有“守家人”。广大医务工作者的身后，是亲人们的关切、牵挂和不舍。

1 月 28 日早上 7 时许，四川广元援助湖北医疗队出发现场，一位中年男子突然带着哭腔大喊：“赵英明，听到没有，你平安回来，我包一年的家务！”

随后，被喊话“一年不用做家务”的赵英明，在进入隔离区前喊话丈夫：“老公，你辛苦了，家里面就交给你了！我一定平安回来，回来后还要监督你做一年家务！”

这两次喊话，将两颗心连在了一起，也将全国人民和湖北人民的心连在了一起。

▲2 月 2 日，在山东省第三批援助湖北医疗队出征前，山大二院重症护理专业护师郑磊和爱人史丛丛告别（饶琦 摄影）

2020

1.29

“在吊车上五天五夜，我也动摇过”

疫情暴发初期，不断增加的定点医院床位数量也难以跟上疫情蔓延速度。武汉需要更多的医院！ 1 月 23 日，武汉市政府决定建设一所专门收治新冠肺炎患者的医院——火神山医院；1 月 25 日下午，又决定在半个月之内再建一所雷神山医院。

1 月 23 日当晚，虽然已有 1400 多名工人进场，可是人员依旧捉襟见肘。“英雄帖”发出之后，一呼百应，八方来援。吊车司机程天宏得知火神山那边缺开吊车的人，便决定去工地。“当时老婆一个劲儿地叫我别去，我还是去了。身为武汉人，怎么能在此刻尿！”

▲武汉火神山医院建设实录
（肖艺九 摄影）

▲ 1 月 24 日，大年三十，火神山医院抢建现场（黄蔷 摄影）

像程天宏这样来到工地现场的人越来越多，

800 人、1000 人、2000 人、5000 人……

武汉知音湖畔寒风凛冽的火神山，变成了热火朝天的施工现场。进场后，程天宏五天五夜没下车，累了就在车上睡会儿，在他身后，几千名工人、近千台各类大型机械设备及运输车 24 小时轮班作业。最高峰时，工地上有 7000 多名工人、800 多台挖掘机与推土机等设备同时作业。

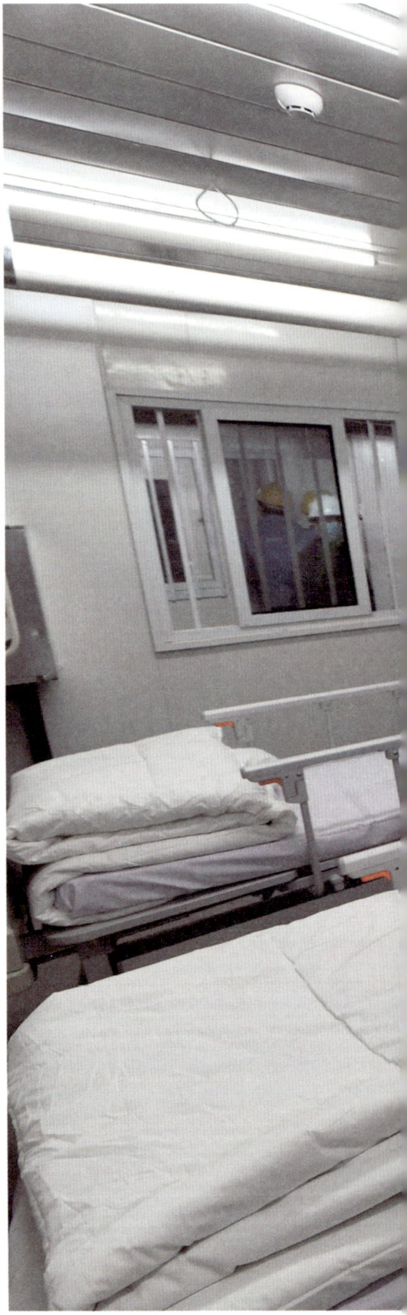

▲ 建设中的火神山医院，密布的挖掘机（黄蕾 摄影）

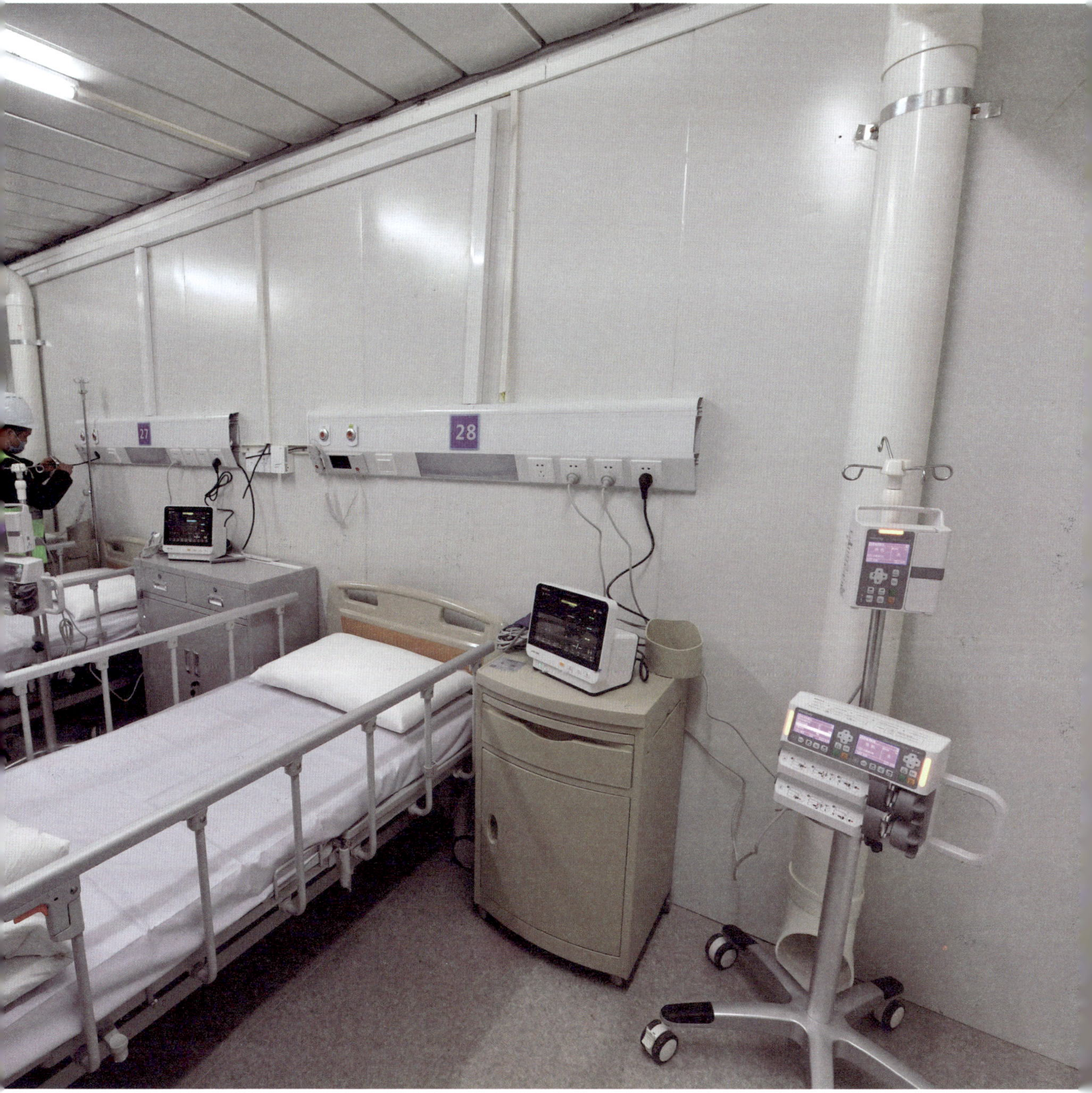

▲2月2日，工人在火神山医院安装、调试病房呼叫系统（魏铼 摄影）

▲2月1日，武汉雷神山医院项目全景，当日已完成施工总量的60%（梅涛 摄影）

一种关于速度的“中国奇迹”，被千万名辛劳的建设者倾力创造出来。十天十夜后，这座因不间断建设而在国内首屈一指的呼吸系统传染病医院拔地而起，总建筑面积达3.4万平方米，可容纳1000张病床。

“其实进病人之后，我动摇过，但还是接着干了三天。看到病人有地方住，我自己觉得很有成就感，这么多天的苦没白吃。”程天宏说。

2020

2.1

“别的忙帮不了，就把地里的菜都送来”

中国农民的奉献担当，闪烁着战“疫”中的“凡人微光”。

云南边陲小镇，93 户村民一合计，就把自家种的香蕉捐了出来。22 吨香蕉，村民们骑着摩托车，一兜一兜地运出山去。车队排成一条长龙，在云贵高原上盘旋而下，目的地：武汉！

1 月 28 日晚，河南开封的李甫光叫上了同村的两个兄弟，凑齐了 1 万元，买了 1.6 万斤的新鲜胡萝卜，连夜装车运往武汉，10 个小时不停歇。

同一夜未眠的还有山东寿光。在政府的组织下，各家各户从自家大棚里采来了新鲜的黄瓜，小心翼翼地装进泡沫箱里，你两箱我两箱，第一批 350 吨的蔬菜一晚上就凑齐了。

▲寿光蔬菜支援武汉（韩明云 摄影）

▲支援武汉的蔬菜运输车队（韩明云 摄影）

▲ 1月27日，寿光五个乡镇的菜农连夜采摘各种优质蔬菜（李丹清 摄影）

“在汶川大地震我们最无助的时候，全国各地送来了物资。现在武汉需要我们，我别的也帮不了，只有把地里的菜都送给他们。”20 亩蒜苗、50 吨萝卜、3 万斤儿菜，四川什邡的农民吴强有啥送啥，同组的 30 多个村民也在地里忙得热火朝天。

1 月 29 日，山东临沂的农民工文杰，在得知武汉雷神山医院急需板房安装工人后，叫上了在江苏的工友，一行 9 人“逆行”武汉，“还没来得及看清城市的样子，就直接进了工地”。

后来，全国各地的特色农副产品纷纷到武汉“报到”：广西柳州的西芹来了，海南三亚的豆角来了，广东徐闻的玉米来了，云南红河的香蕉来了，辽宁丹东的萝卜来了，新疆喀什的核桃来了……这不仅仅是农产品，更是全国农民浓浓的爱。

2020

2.2

“人民有难，军人当先”

▲ 军队抽组力量，承担武汉火神山医院医疗救治（王传顺 摄影）

在疫情防控最吃紧的关键时刻，中国军人们冲锋在前。

2 月 2 日，马凌作为军队支援湖北医疗队队员抵达武汉，他立下誓言：“我想请全国人民放心，在疫情面前，我们中国人民解放军誓死不退！一定护佑大家的平安和健康！”

同一天，火神山医院移交军队支援湖北医疗队管理使用，从全军不同医疗单位抽调的 1400 名医护人员第二天便进驻其中，开始承担医疗救治任务。

作为武汉抗击新冠肺炎疫情的“重要战场”，武汉火神山医院的“战报”格外牵动人心——“收治第一批新冠肺炎确诊患者”“接收新冠肺炎重症确诊患者”“收治患者总数超过 1000 人”……

2 月 13 日，武汉火神山医院迎来运营以来的第一个捷报——首批新冠肺炎治愈患者从这里出院。

同一日，运 -20 首次出征，支援湖北。

“‘胖妞’到武汉了，加油啊！”有位网友激动地写下了这句留言。

当日，包括运 -20 在内的 11 架军用运输机，搭载 1400 名解放军医护人员和救援物资抵达武汉。此次，解放军增派了 2600 名医护人员支援武汉，抗击新冠肺炎疫情。

▲从 1 月 24 日开始，军队派出 3 批共 4000 多名医护人员驰援武汉（程敏 摄影）

21041

疫情发生以来，全军上下闻令而动，采取航空、铁路、公路投送等方式，组织军队医疗力量迅速支援武汉。1 月 24 日除夕夜万家团圆时，从陆军军医大学、海军军医大学、空军军医大学抽调的 450 人打起背包就出发。

▲ 军队医疗队乘军机抵达武汉天河机场（程敏 摄影）

从 1 月 24 日开始，中国军队先后派出 3 批共 4000 多名医护人员驰援武汉，1 万余名医护人员投入一线救治。全军医护人员注重加强自身防护，目前保持“零感染”。值得一提的是，此次运 -20 运输机出动了 10 架次，这是该国产大型军用运输机自 2013 年首飞以来首次参加的非战争军事行动。

2020

2.3

“疫情不走，我不走”

武汉从来没有哪个时刻，会比现在更需要凡人善举、点滴之力。

成都女孩刘仙和她的团队每天免费为武汉医护人员送 400—600 份盒饭。由于刚开始送餐时没有防护服，她就穿着雨衣，开着自己的车到各家医院送餐，故而医护人员亲切地称她“雨衣妹妹”。

疫情发生后，她看到武汉许多医护人员吃不上热饭，就带着厨师和食材，驾车从成都“逆行”十几个小时赶到武汉，第二天就开工做饭。

雨衣妹妹说，“疫情不走，我不走”。离家多日，她也想家，她跟父亲说，自己回家就是英雄了。父亲却说，我们不要英雄，我们就要女儿。

还有许多人像雨衣妹妹一样，将众多物资送到一线医护工作者的手中。小小“雨衣”早已变成一把“大伞”，一声声“武汉加油”的呐喊也化作最有力的援手。

▲ 雨衣妹妹（程敏 摄影）

▲2月4日，正在加紧改造中的武汉客厅会展中心。从2月3日晚开始，武汉市三处体育馆和会展中心被加紧改造成“方舱医院”（程敏 摄影）

2020
2.5

“平时我就很喜欢看书”

2月1日，中国工程院院士、中国医学科学院院长王辰和一些专家抵达武汉。调研后，他们发现最紧迫的任务是解决病毒的社会传播和扩散问题。他们提出建议，要迅速把确诊的轻症病人收治起来，给予医疗照顾，避免形成新的传染源。建设方舱医院，成为实现“应收尽收、应治尽治”的关键举措。

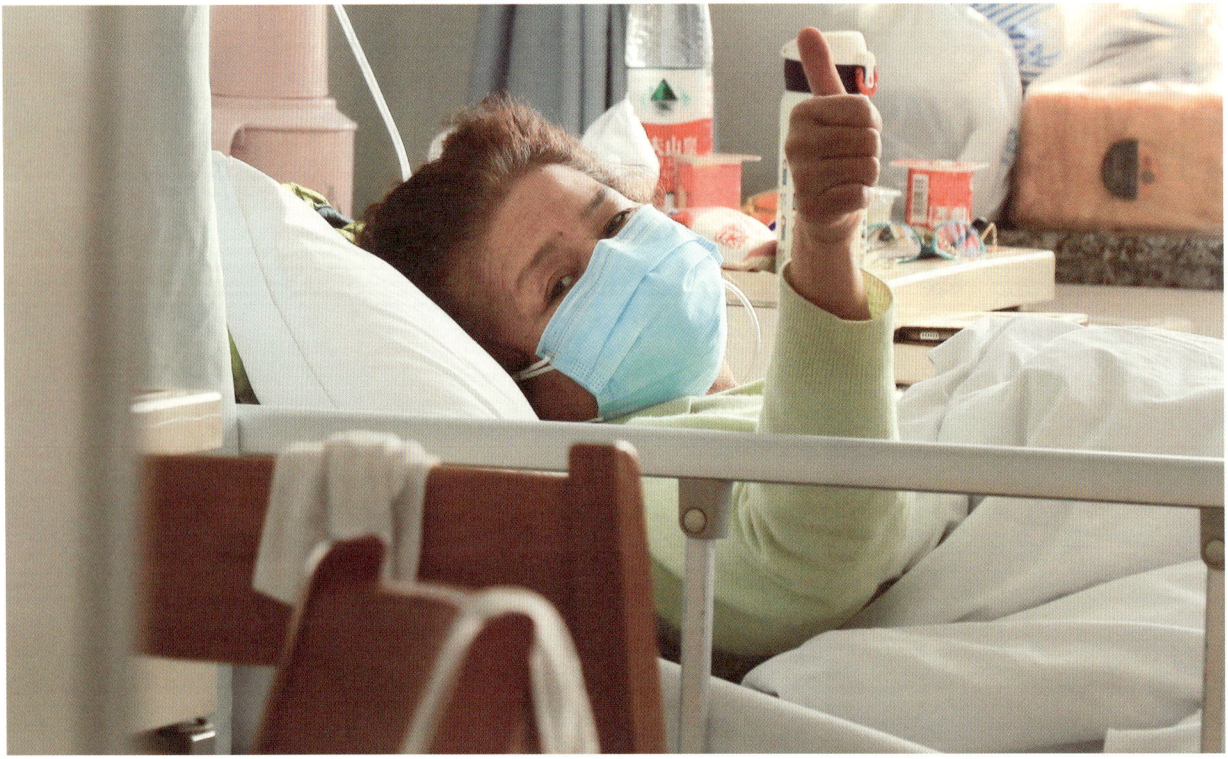

▲2月3日，在华中科技大学同济医学院附属同济医院中法新城院区的重症隔离病房，一名新冠肺炎患者竖起大拇指，对医护人员表示感谢（朱兴鑫 摄影）

▲在武汉洪山体育馆方舱医院Ａ区，护士带领患者练习八段锦（鲁冲 摄影）

为挽救生命而争分夺秒的“中国速度”，令世界惊叹。在短短十多天里，一座座被视为“生命之舱”的方舱医院在武汉三镇被陆续建成启用。筹建时间虽短，但方舱医院在对患者的治疗、生活等方面的关照日趋细致。

医护人员艰苦的付出，换来的是患者的踏实安心和乐观坚强。有的患者在医护人员的带领下跳起了广场舞、健身操，有的专心致志地阅读著作……

▲ 健身操做起来（柯皓 摄影）

在2月5日首批入住武汉国际会展中心方舱医院的患者中，一位戴着口罩的年轻男子半躺在病床上，正在读一本厚厚的书。他捧书时安详、淡定的表情，与周遭紧张、繁忙的场景对比鲜明。“平时自己就很喜欢看书，这本书也是回武汉后在书店买的。”

“半亩方塘一鉴开，天光云影共徘徊。”抗疫大战烽火连天，但打开书便是另一个世界。他安静阅读的样子，告诉我们，阅读这座避难所，一旦拥有，此生永久。

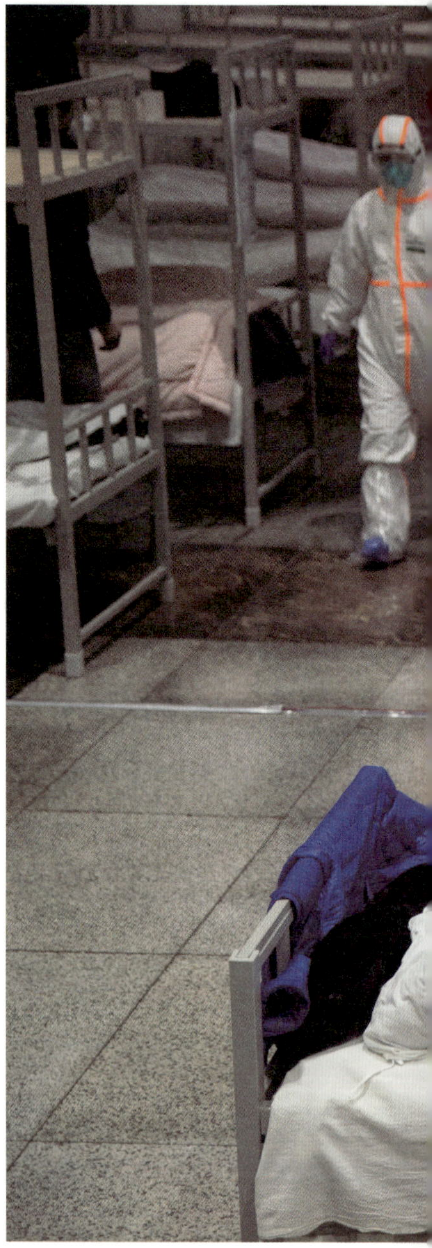

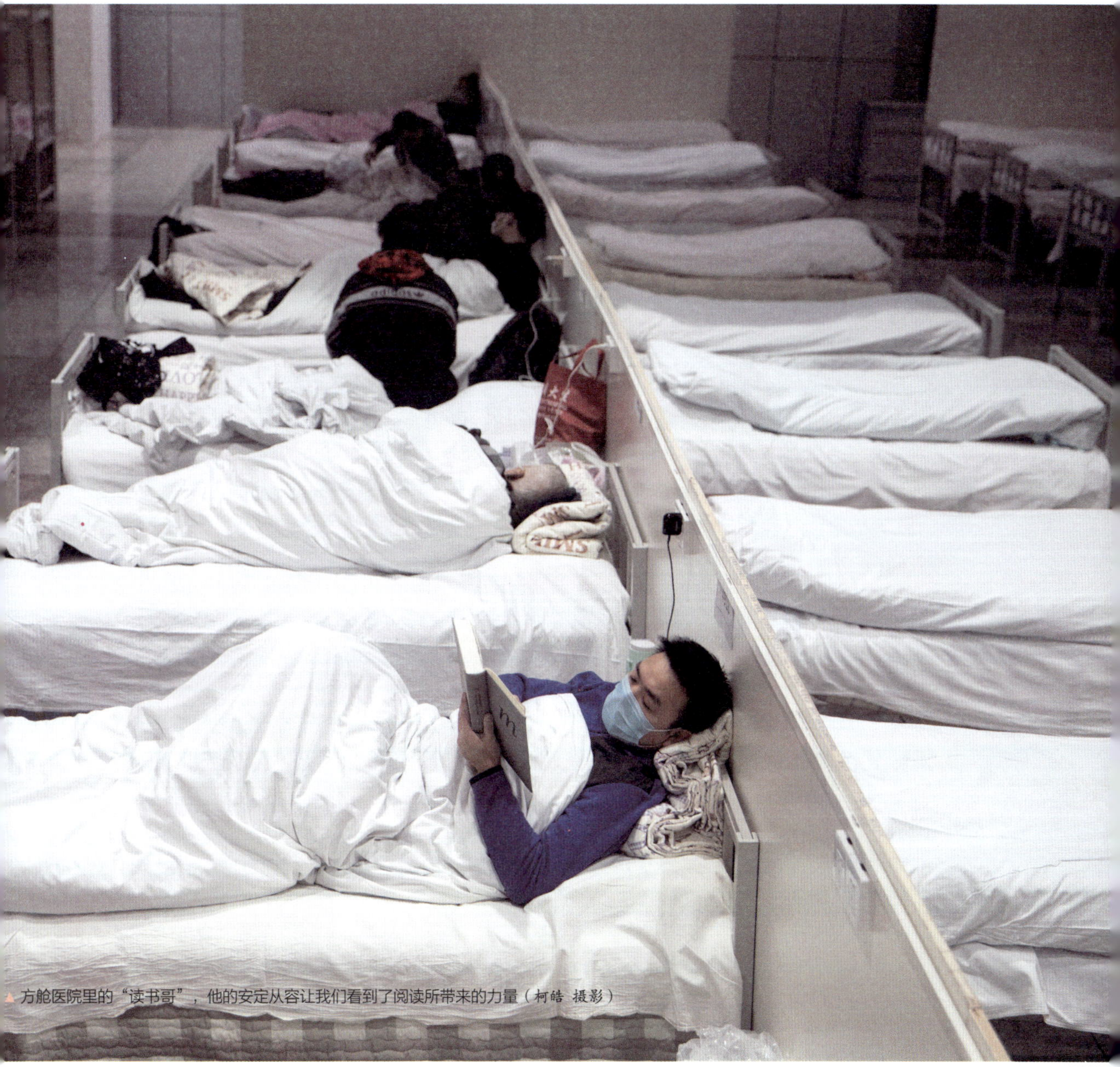

▲方舱医院里的“读书哥”，他的安定从容让我们看到了阅读所带来的力量（柯皓 摄影）

2020

2.6

“您放心，老人最后走得很体面”

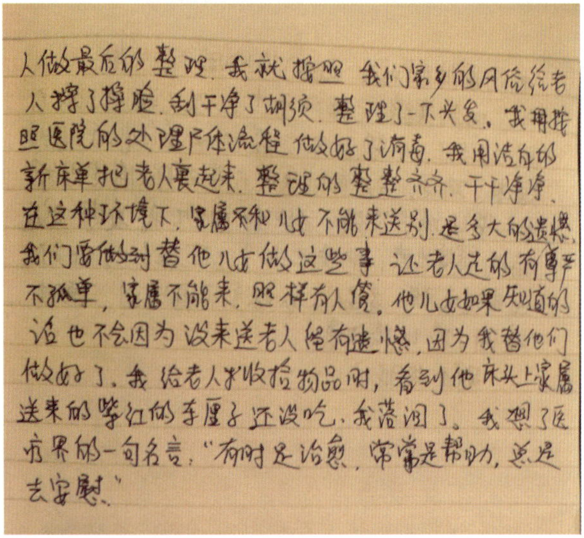
人做最后的整理，我就按照我们家乡的风俗给老人擦了擦脸，刮干净了胡须，整理了一下头发。我再按照医院的处理尸体流程做好了消毒，我用洁白的新床单把老人裹起来，整理的整整齐齐，干干净净。在这种环境下，家属和儿女不能来送别，是多大的遗憾。我们要做到替他儿女做这些事，让老人走的有尊严不孤单，家属不能来，照样有人管。他儿女如果知道的话也不会因为没来送老人留有遗憾，因为我替他们做好了。我给老人收拾物品时，看到他床头上家属送来的紫红的车厘子还没吃，我落泪了。我想了医疗界的一句名言：“有时是治愈，常常是帮助，总是去安慰。”

2月6日10点多，大别山区域医疗中心的新冠肺炎ICU病房里，山东援鄂医疗队的苏晓燕护士听到她的队友呼喊：“12床抢救了！”等她与队友跑过去时，另一名队友已经在给患者做心肺复苏了。由于穿着厚厚的防护服做心肺复苏时体力撑不住，三人便接力按压。心肺复苏持续做了半个多小时，最终还是没能留住老人的生命。

新冠肺炎病房是隔离病区，不允许家属进入，所以陪病人走到最后的是医护人员。“这名患者病情发展得太快了，前一天下午还和我们聊天，说要把家人寄来的车厘子给我们吃。”给他收拾遗物时，苏晓燕看到床头那堆紫红的车厘子，不禁落泪：“心里受不了。”

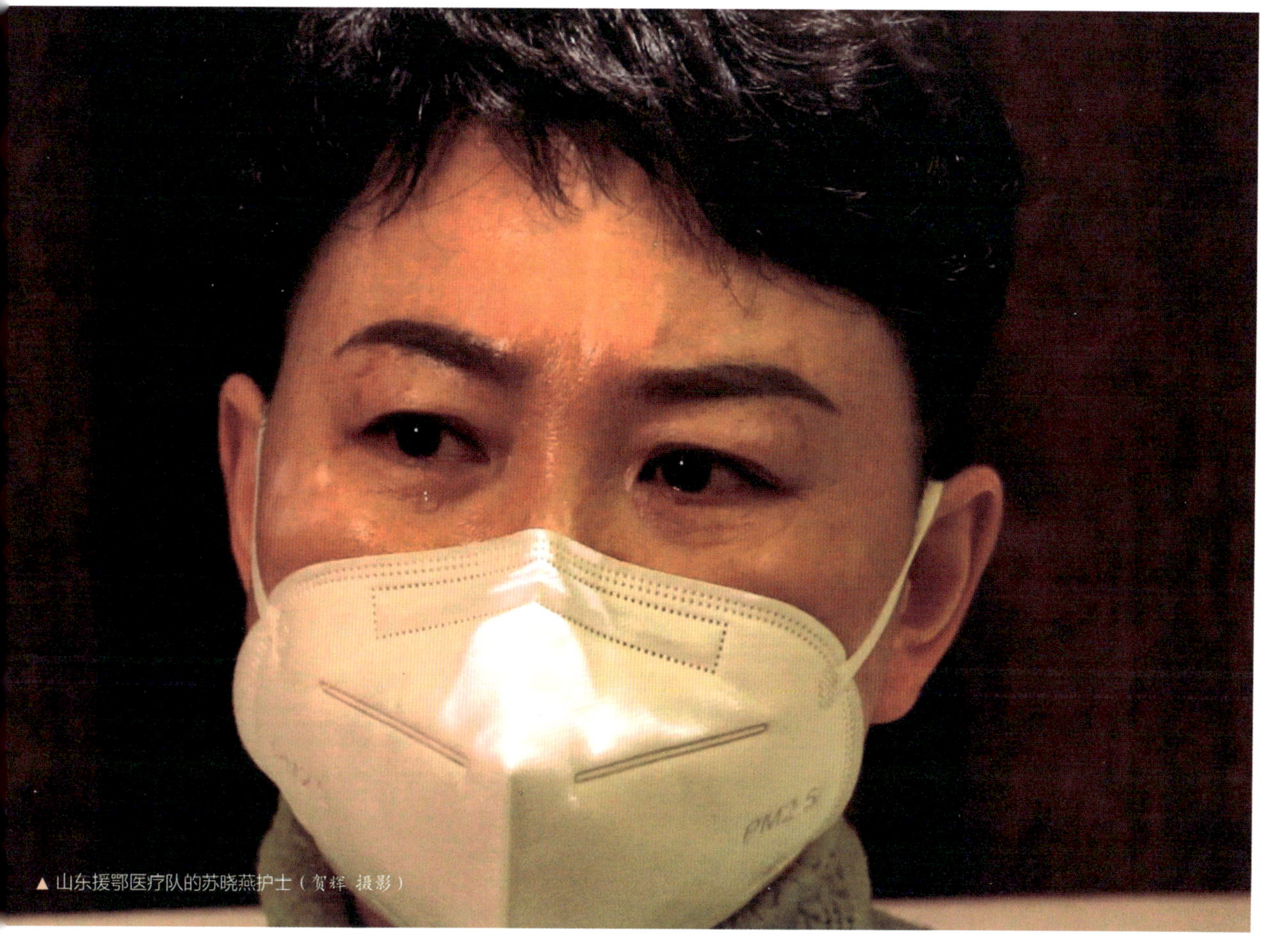

▲ 山东援鄂医疗队的苏晓燕护士（贺辉 摄影）

苏晓燕按照民间习俗，给老人擦了擦脸，刮干净了胡须，整理了头发。随后，她按标准流程做了消毒，又用一张洁白的新床单把老人裹起来，整理得整整齐齐、干干净净。

“请您放心，老人最后走得很干净，没有痛苦，很有尊严。”苏晓燕在日记中写道：“他儿女如果知道的话，也不会因为没来送老人而感到遗憾了。”

▲丈夫举着字牌为妻子和其他医疗队员送行（谭云福 摄影）

2020

2.9

“衣白褂，破楼兰，赤子切记平安还”

不畏艰险、冲锋在前的白衣战士，也是父母的孩子、孩子的父母，也是寻常的丈夫或妻子。

2 月 9 日上午 8 点半，常熟市第二人民医院呼吸科护士长李勤和其他“战友”一起在医院集结，旋即出征武汉。

就在此时，李勤的丈夫张育峰举着一幅字走向人群中的妻子。他想把所写的内容大声地喊给妻子。但当他走近后，他看到妻子的双眼噙满了泪水，自己竟也哽咽无言，唯有将双臂举得更高。

张育峰说，病毒来犯，大敌当前，他既希望医务工作者能像勇士一样冲锋陷阵，又祈祷他们一定要保护好自身安全。

照片在网络上热传，网友们纷纷表示：“一个人，举起了 14 亿人的心声。”

▲2月10日，武汉市江汉区德望社区一位新型冠状病毒确诊轻症患者在路边等待前往方舱医院的转运车（李贺 摄影）

2020

2.10

“送你离开，是为迎你回来！”

2 月 10 日，武汉市江汉区北湖街道德望社区，一男子被确诊为轻症患者，即将被转运至方舱医院隔离诊治。他的父亲站在不远处目送儿子登上转运车。特殊时期的送别，没有拥抱，没有叮咛。待转运车渐渐驶远，原本平静的父亲突然骑车追上来，一路护送。父子隔窗互望，默默无语。

新冠病毒感染者的数量持续上升，人们与病毒在进行一场赛跑，要把被病毒感染的人都收进医院治疗，同时为没有被传染的人做好防护。“应收尽收，不漏一人”这句话，是对所有受到疫情影响的人的铮铮誓言。

这句话的背后，凝聚了全国千万人的努力。江城武汉乃至整个荆楚大地上医疗设施的建设启用和人员、物资的就位、补给，给“应收尽收”这句庄严的承诺提供了坚定的支持。

应收尽收，刻不容缓。武汉的“应收尽收”攻坚战，已到了总攻时刻。战“疫”中的每一步跨越，都在抵近希望。今日送你离开，是为明日迎你回来！

▲ 患者登上转运车（李贺 摄影）

▲患者父亲一路骑车护送，父子隔窗相望（李贺 摄影）

2020

2.11

“10 秒进出隔离病区”

被称为“红区”（污染区）的隔离病房，是感染风险最高的地方。要进入这里救治患者，医护人员必须做好最严密的防护。

新疆援鄂医疗队的孟学刚怎么都不曾想到，自己从新疆赶到武汉，飞越了 3000 多千米，又“抢”到了首批进入隔离病区的名额，可进门不到 10 秒，就被护士“赶”了出来。

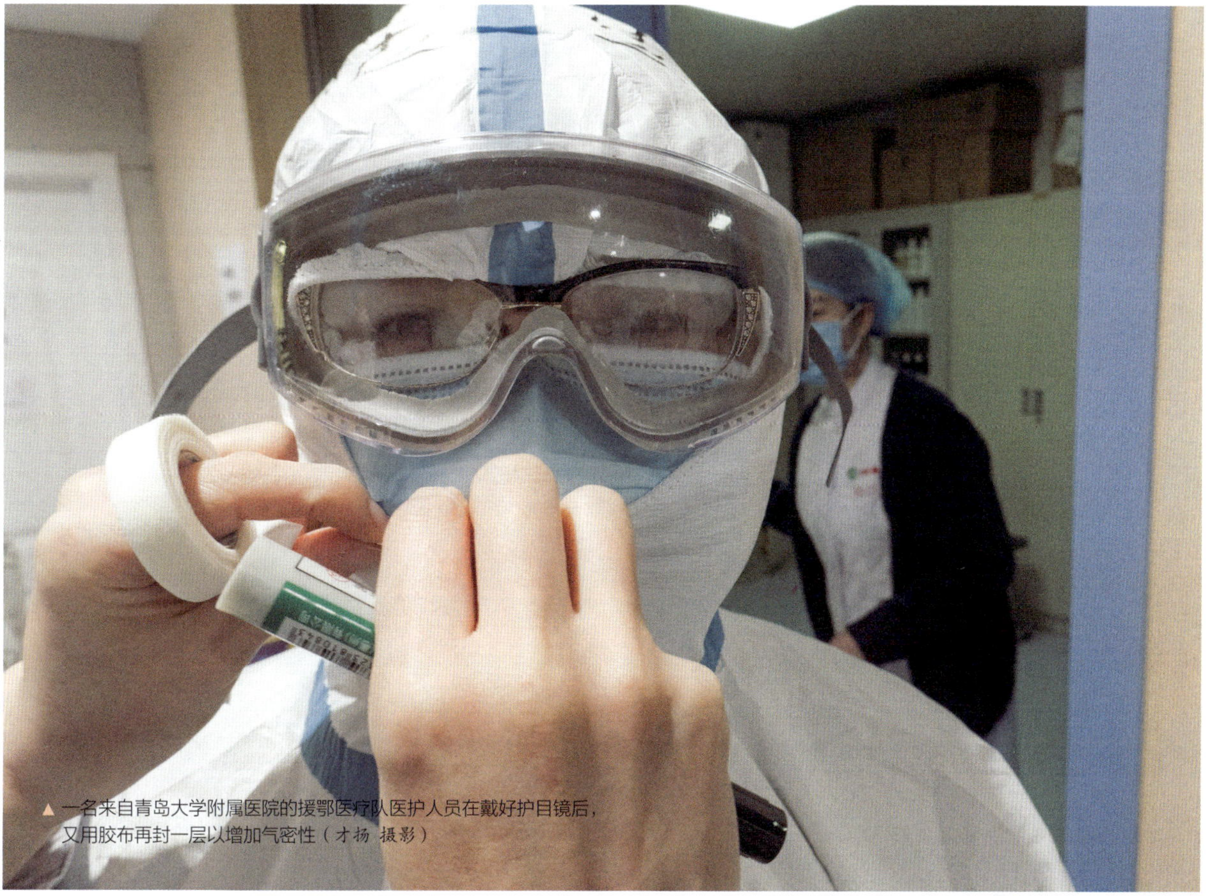

▲一名来自青岛大学附属医院的援鄂医疗队医护人员在戴好护目镜后，又用胶布再封一层以增加气密性（才扬 摄影）

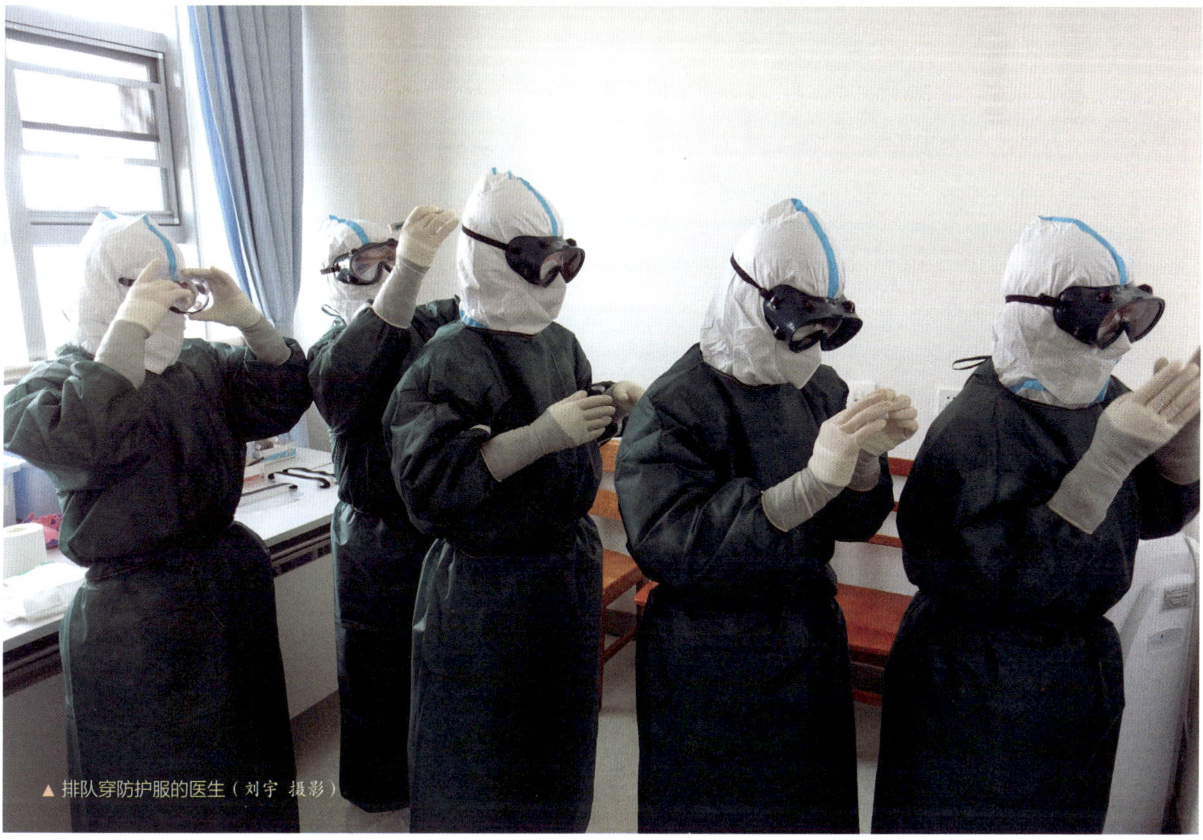

▲排队穿防护服的医生（刘宇 摄影）

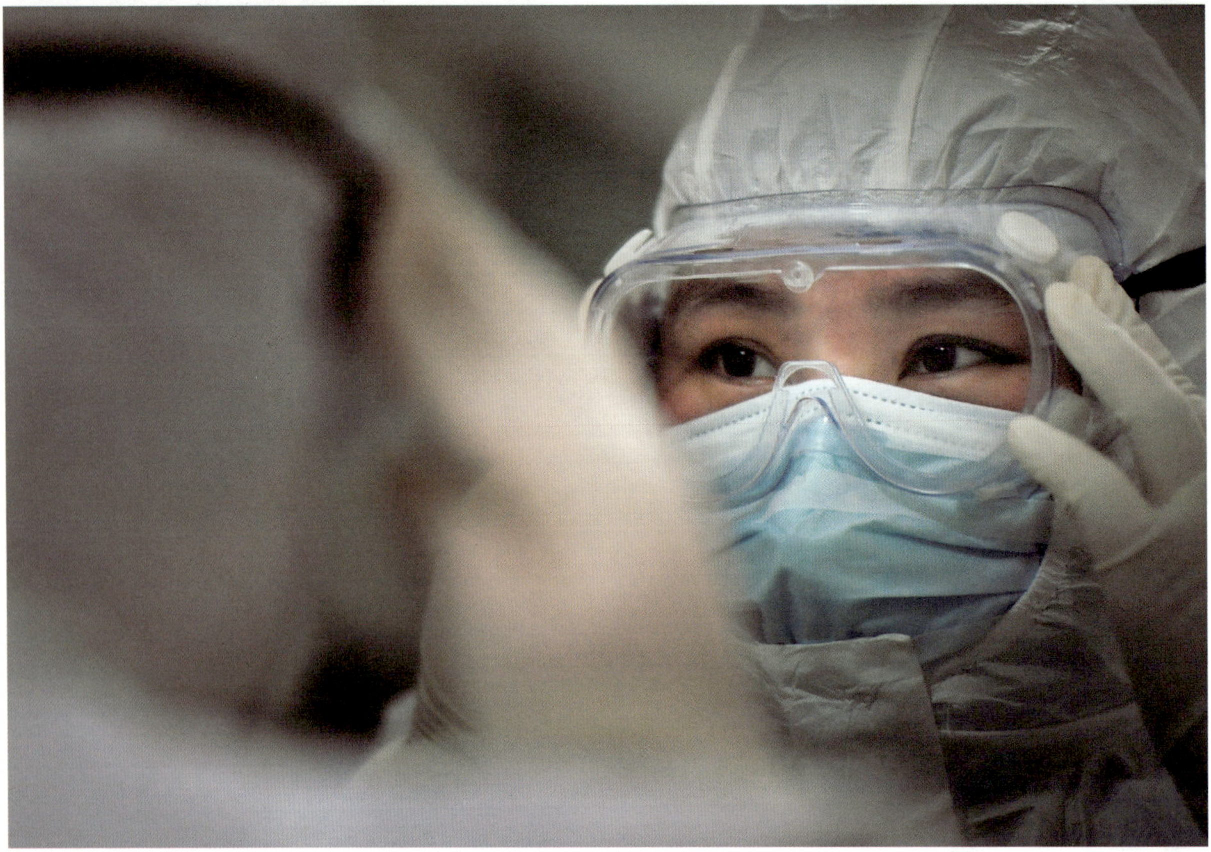

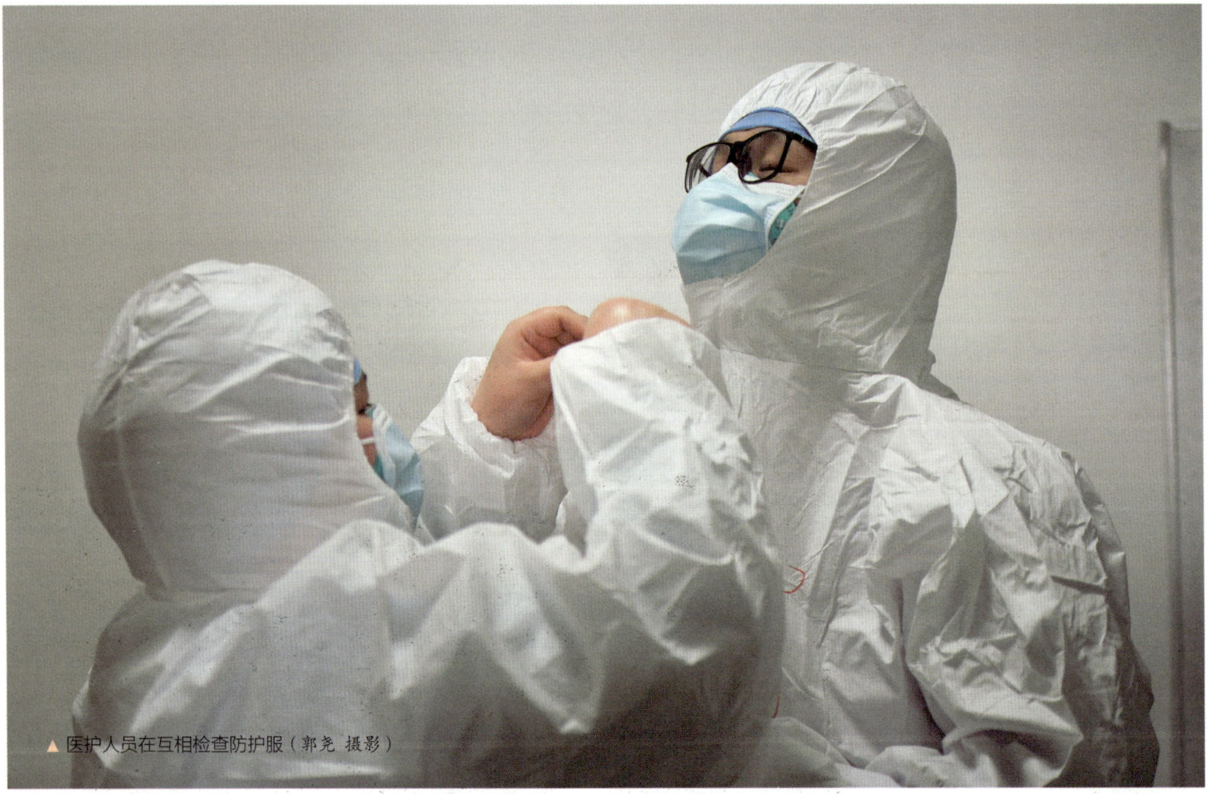

▲ 医护人员在互相检查防护服（郭尧 摄影）

第一次进隔离病区前，孟学刚用了 20 分钟，把自己捂了个严严实实，随后经过清洁区、缓冲区……就在即将进入隔离病房时，他却被护士迎面拦在了门口。

“你通过护目镜能看到地面吗？”

“能啊！”

“赶紧出去，能看到地面，说明你的面部有缝隙！”

在连声催促中，进入隔离病区仅 10 秒的孟学刚退回到缓冲区。

按照工作流程标准，每脱一件用具，就需要手消至少15 秒，半个小时后，孟学刚才将防护服、隔离衣全部安全脱掉，再返回清洁区，重新手消，重新穿一套隔离衣。这次，孟学刚用医用胶布，将防护服与面部贴了个严丝合缝。

“红区”，是生与死角斗的火线。孟学刚很难谅解自己的这次疏忽。近期，全国各地的医疗队驰援湖北，在医疗力量大幅提升的同时，防护用具的供应依旧紧张，没想到自己一上来就浪费了一套。另外，一旦有人被感染，整个医疗队都要被隔离观察。所以每一个工作上的疏忽，对于医疗队、对于目前的疫情防控，都是不可原谅的。

等孟学刚和同事们再从隔离病房出来时，他隔离服里的衣服已经完全湿透，护目镜上的水珠甚至可以汇聚成一道细细的水线。

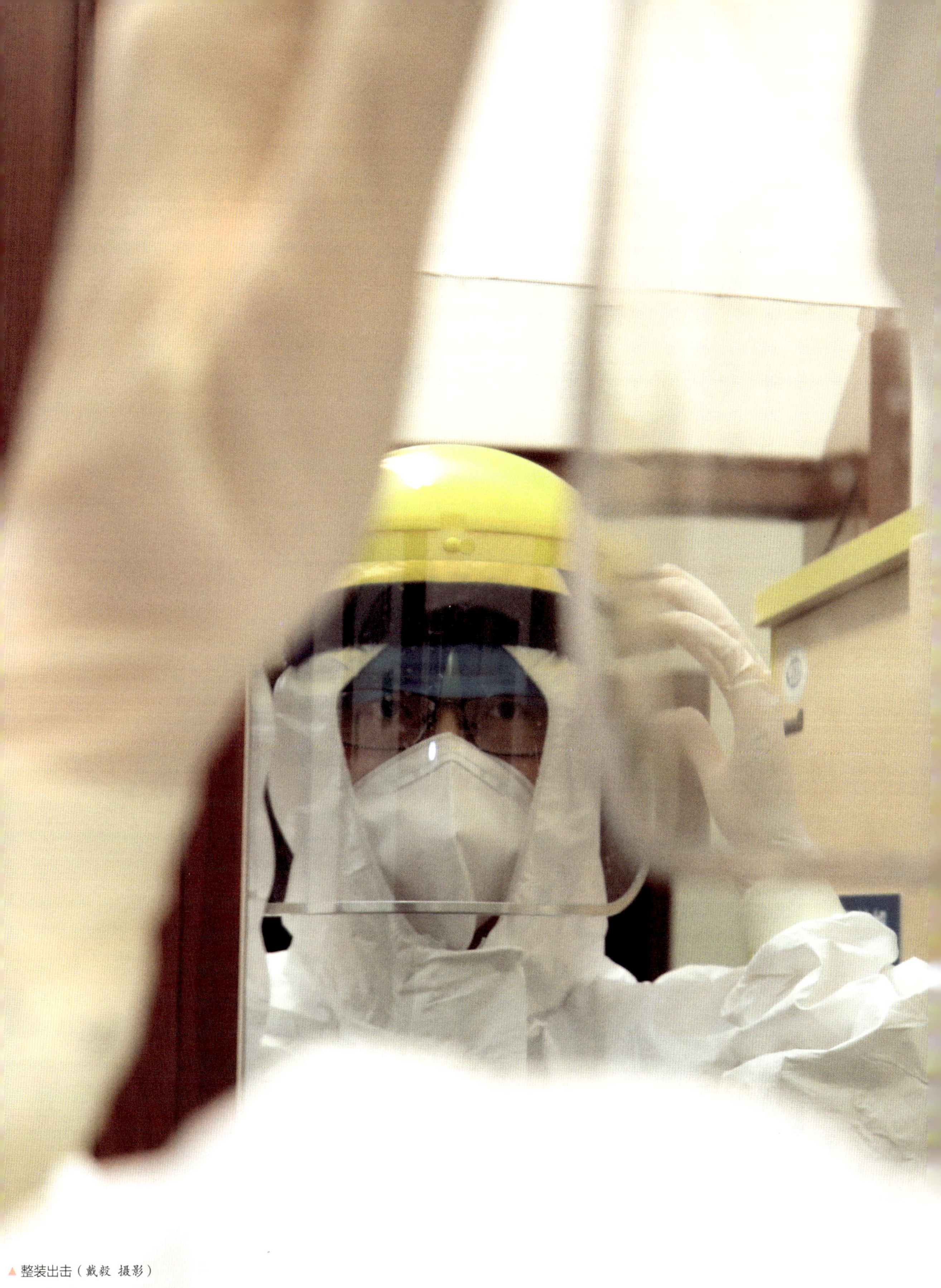

▲整装出击（戴毅 摄影）

2020
2.12

“有一种缘分，叫长大后我就成了你”

王冰是一名“90 后”，是山东省千佛山医院重症医学科的主管护师。1 月 28 日，王冰随山东援鄂医疗队到了湖北黄冈。当浏览援助队员名单时，他看到了一个名字：刘清岳。他竟然也来了！

13 年前，王冰因青霉素过敏导致肺水肿，住进了 ICU 病房。他当时已呼吸困难、病情凶险，但幸好有刘清岳医生在。这张名单中的聊城市第二人民医院重症医学科副主任医师刘清岳，就是当年他的主治大夫。

▲ 王冰说，他与刘大夫约好疫情结束去武汉的街头吃碗热干面（才扬 摄影）

这次经历，让王冰走上了学医这条路。

“刘清岳大夫吗？您还记不记得您曾在2007年抢救过一个青霉素过敏的孩子？”1月31日晚，王冰试探着给刘清岳发去了微信好友申请。一看到好友验证通过的消息，王冰便发起了视频通话，他有些紧张，又有些激动。

“是那个白白胖胖的孩子吗？”刘清岳的话让王冰刹那间红了眼眶。时隔多年，人来人往，彼此竟然都还记得。虽然此刻王冰十分想见到救命恩人，但他又比谁都清楚，现在最该做的是照顾病人。

直到十多天后的2月12日这天，两人才抽出几分钟来见面。一见面，王冰就“紧张成了结巴”，只好深深地向刘清岳鞠了一躬。

刘清岳也不善言辞，但他的一句话让王冰十分感动：“没想到你也走上了这条路，真好。”

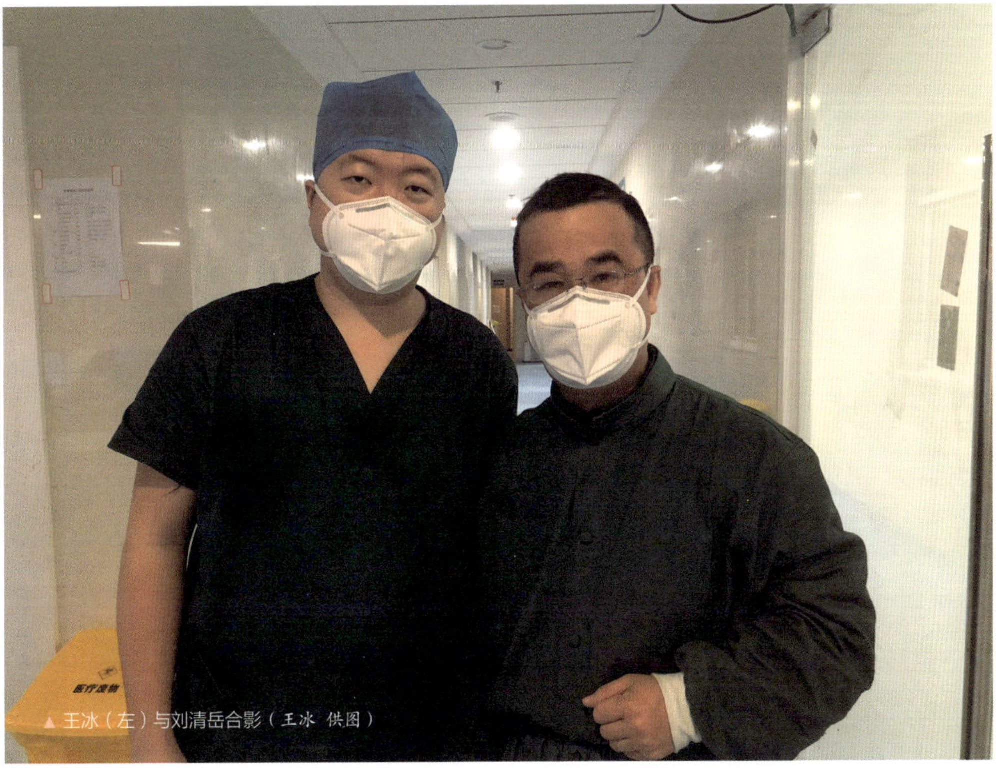

▲王冰（左）与刘清岳合影（王冰 供图）

2020

2.13

“整整 16 天，一个人撑起一条生产线”

在抗疫的队伍中，有那么一位“孤单”的人，他的“寂寞”感动了全国。

他叫袁传伟，是一位小微企业的生产负责人，他的企业是生产过氧化氢消毒器的。大年初二，他接到了一份生产 200 套支援武汉的消毒器的“火线订单”。在接到电话的当晚，他就赶回江苏苏州，但企业复工却面临着现实的难题——没有工人。袁传伟咬咬牙，决定一人扛起整条生产线。

“因送往武汉消毒设备缺配件，故申请恢复生产，复工员工 1 人。”袁传伟来不及细想，就提交了只有短短两行的复工申请。

一个人的能量有多大？袁传伟“爆发”了。编程、采购原料、准备刀具、加工、质检、送货……原本需要 5 名员工协同完成的工序，袁传伟硬是一个人扛了下来。

袁传伟和时间赛跑，他吃住都在工厂里，24 小时连轴转。完成手工操作后，机器会进入自动切割模式，这 20 分钟刚好够他打个盹儿。一套设备共有 10 多个零部件，在 5 名员工齐备的情况下，做完 200 套设备订单需要 15 天的时间，而袁传伟一个人硬是只多用了一天，就完成了全部任务。

只要心中有责任，哪怕是一个人的力量，也能撑起一片天。袁传伟说：“我感觉我从来就没有一个人在战斗，因为大家彼此都是心连心的。”

▲ 生产线上的袁传伟（苏州市相城区望亭镇 供图）

2020

2.14

“匆匆一瞥的你，是我最深沉的爱”

在战“疫”一线，他们是与病毒搏斗的钢铁战士；在生活中，他们是彼此的知心爱人。有一种约定，叫“我们并肩去战斗”；有一种忙碌，叫“匆匆相聚匆匆去”。

他叫吴旭，她叫高丹，夫妻两人都供职于沈阳市疾病预防控制中心，同在抗疫一线，但两人工作中能见面的时间只有他取回患者的病毒检测样品、送到实验室交给她的那 5 分钟。在不到 5 分钟的时间里，他们一边做交接，一边彼此叮嘱：“注意安全！”

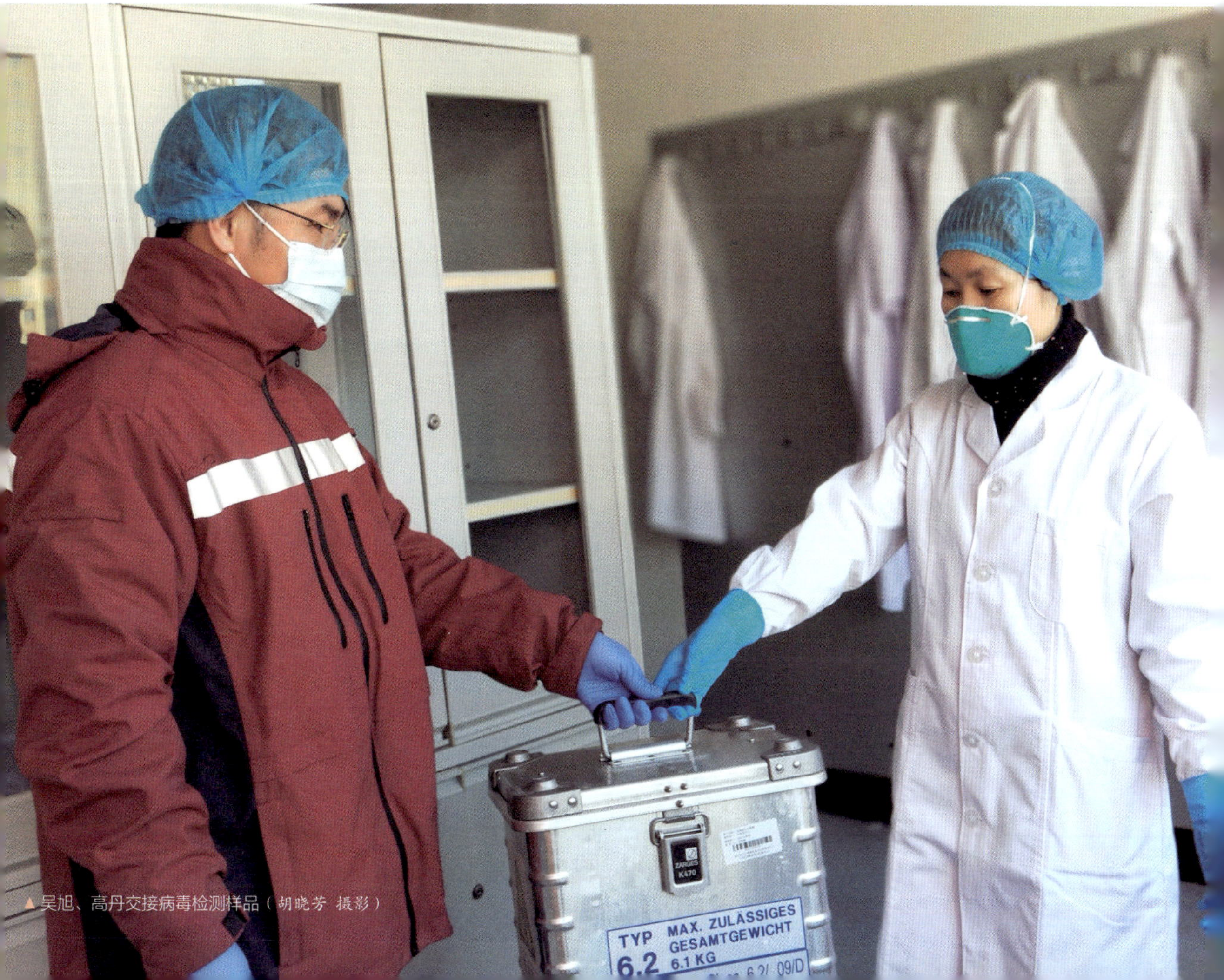

▲吴旭、高丹交接病毒检测样品（胡晓芳 摄影）

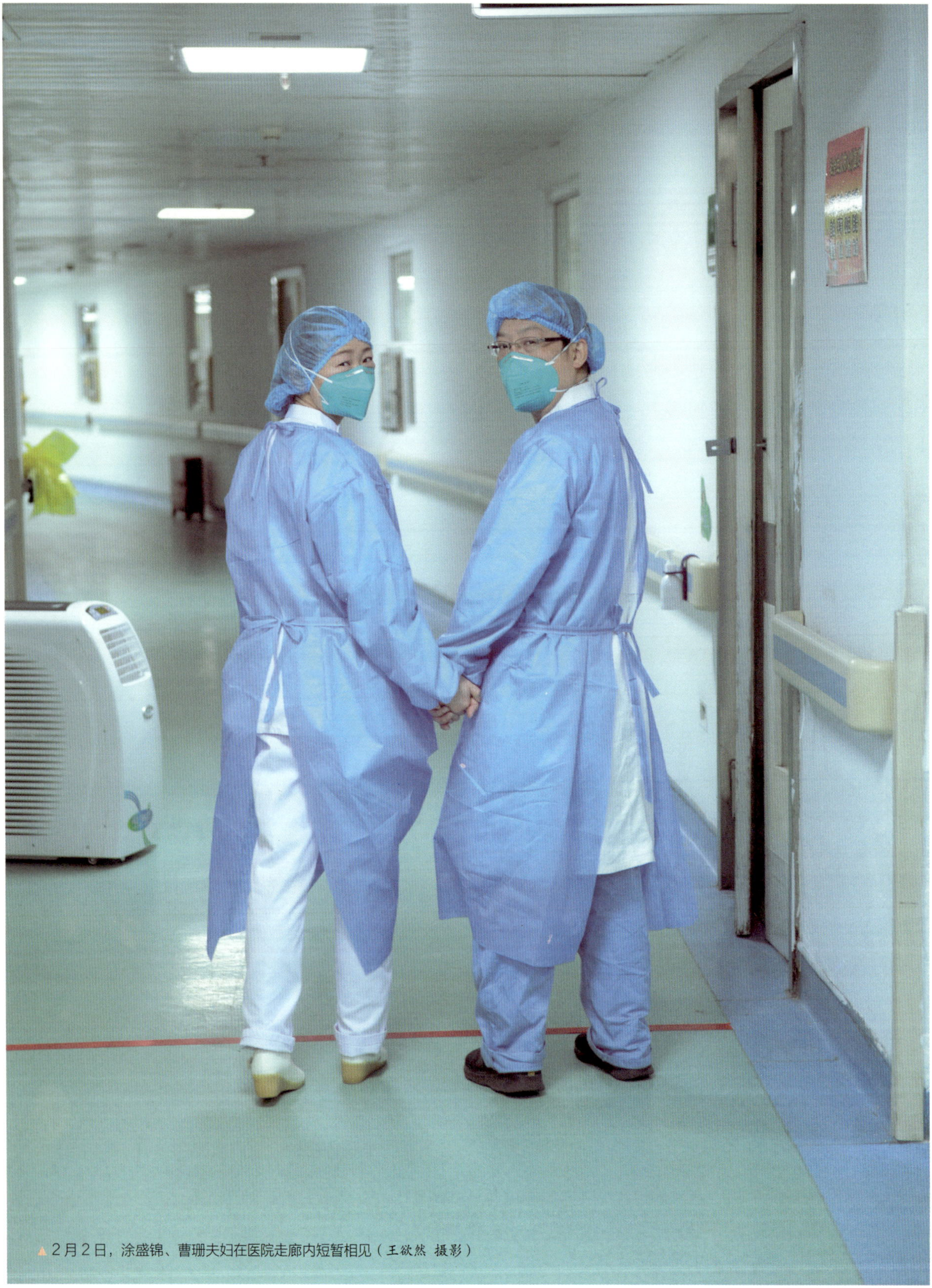

▲2月2日，涂盛锦、曹珊夫妇在医院走廊内短暂相见（王欲然 摄影）

他叫涂盛锦，她叫曹珊，夫妻俩都在武汉市金银潭医院工作，一个在五楼，一个在六楼。这一层楼的距离，是他们最近又最远的距离——虽近在咫尺，却鲜有见面的机会。“希望你能保护好自己，只要你好好的，我就能好好的。”曹珊哽咽着告白丈夫。

他叫陈炳，她叫徐小奇，在绍兴市人民医院隔离病房区的走廊里，被防护服包裹严实的他们偶遇了。两人互相指了指对方，在认出彼此后，轻轻地拥抱了一下。不到 20 秒的时间过后，他们又各自分头工作。虽然两人在同一家医院工作，但这样的偶遇格外珍贵。

▲并肩战斗的有爱人，亦有亲友。2 月 2 日夜班时，山东省第一批援助湖北医疗队的护士长丁敏在病区偶遇同事曹恒，两人隔窗通电话，互相加油鼓劲（贺辉 摄影）

他叫张仕华，她叫刘鑫，两人都在成都市郫都区人民医院工作，相约2月2日携手步入婚姻殿堂。然而，这一天，他失约了——这天是他进入隔离病房的第12天。这天，他把所有的歉意和爱都写在了一张纸上：“今天，我欠你一个婚约；今生，我用一生去守护！”隔离病房外，刘鑫早已泪流满面。

匆匆一瞥的你，是我这辈子最深沉的爱。

▲ 特殊时期的特殊诺言（成都市郫都区人民医院 供图）

▲ 五菱口罩生产现场（上汽通用五菱 供图）

2020

2.15

“人民需要什么，我就造什么”

战时不同平时，生产一线也是战“疫”前线。在疫情防控阻击战中，药品、医用防护物资短缺是个“十万火急”的问题。对此，中国企业迅速响应，一家家企业开足马力，一出出“跨界”好戏不断上演。他们拼尽全力，为医护人员筑起坚强后盾，为人民的健康保驾护航。

疫情当前，五菱汽车将空余厂房改为生产车间，摇身一变，成为全球第一家做口罩的汽车企业，并打出旗号：“人民需要什么，五菱就造什么！”

2 月 14 日，五菱全自动生产线组装调试完毕，100 万只五菱口罩正式交付，只赠不卖！

▲ 在疫情期间，青岛环球服装股份有限公司迅速将服装生产线转为防护服、口罩生产线，保障防疫物资供应（王昭脉 摄影）

面对口罩、护目镜等防疫物资一直供不应求的境况，做家电的格力也按捺不住了，斥资2000万元成立了医疗科技公司。其经营范围涵盖第Ⅱ类医护人员防护用品、紫外线消毒设备、生理参数分析测量设备以及手术室感染控制用品的设计、制造和销售等。

▲战“疫”相“帘”（崔程杰 摄影）

“最后一粒米做军粮，最后一尺布做军装，最后一个儿子送战场。”

抗战时期，山东沂蒙老区人民的一个个支前故事感人肺腑；而在战“疫”关键期，作为“粮草重地”的工业大省山东，用“跨界”缓解燃眉之急。山东企业主动请缨，对原有的生产线进行改装调试，服装企业转产防护服和口罩、酒厂转产消毒酒精、烧碱厂改做消毒液。口罩、消毒液、防护服、隔离衣……几乎覆盖了全产业链条。

▲山东惠通华医疗用品有限公司在疫情期间转产防护口罩，日产达 6 万只（杜昱葆 周文刚 摄影）

2020

2.16

“让我隔空抱抱你”

一个温暖的拥抱，本是感情的质朴流露，但当疫情来临后，这便成了一种简单的“奢望”。因为他们的拥抱只能隔着厚厚的玻璃，或者远远的距离。

从大年初一开始，河南省周口市扶沟县人民医院的护士刘海燕就没有回过家。大年初七这天，丈夫带着女儿给她送饺子。见面后，母女俩泣不成声。女儿把饺子放在地上后离开，妈妈再走上前来取。完成这样的“交接”仪式后，女儿的一声“妈”叫得人肝肠寸断，妈妈拭去泪水，张开双臂，给了女儿一个隔空的“抱抱”。

武汉市武昌医院儿科医生汪晓婷在被抽调到发热门诊后就一直住在酒店，尽管如此，丈夫每天都要送她去上班，风雨无阻。出于担心有感染的风险，汪晓婷总是不肯上车，坚持步行，于是丈夫就驾车缓缓跟在她身后，用车灯为她照亮前路。深夜时分，下着小雨的街头，妻子撑伞疾走，脚步匆忙却坚定；丈夫驾车尾随，不疾不徐，默默护航。

▲ 刘海燕与女儿隔空拥抱（周口市扶沟县委宣传部 供图）

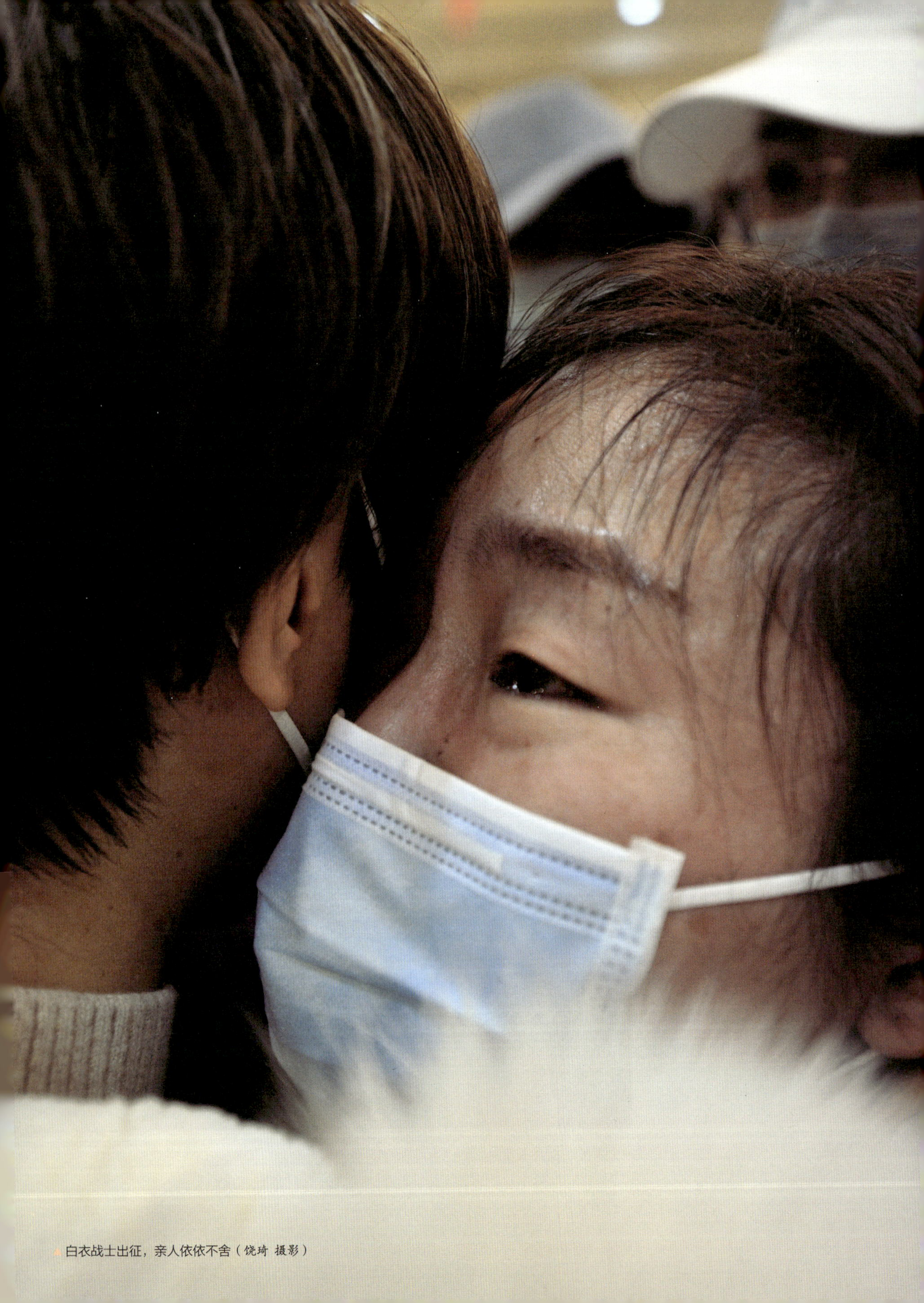

白衣战士出征，亲人依依不舍（饶琦 摄影）

因为疫情，浙江大学医学院附属第四医院的一名护士在进入隔离病房 11 天后，终于见到了男友。“宝贝，我好想你。”两人隔着玻璃亲吻，互诉衷肠。他们商定，等疫情结束从医院出来后，就直接去登记结婚。

在陕西西安，94 岁的李爷爷和 84 岁的黄奶奶同时染病住院。在黄奶奶病情加重需要转院时，她对李爷爷说:“我不想走，我想陪着你。”黄奶奶转院后，李爷爷呼吸衰竭，医生鼓励他：“等好了，您就能跟黄奶奶视频。”最终，李爷爷转危为安，他隔空喊话老伴:“加油看病，看好回家！”

爱是不顾一切地奔向你，也是义无反顾地远离你。

你是我最温柔的牵挂，我是你最坚硬的铠甲。

2020 年的春天，

让我隔空抱抱你，愿每一份思念都平安抵达。

▲3月20日清晨，在武汉大学，一名媒体记者从樱花下走过（才扬 摄影）

2020

2.17

"纸尿裤成了必备'神器'"

"1 月 29 日，是我到武汉的第四天。在这里，我更加体会到医护人员的不易：要与时间赛跑、跟死神抢人，防护服穿在身上不敢脱，一连 8 个小时不能上厕所，纸尿裤成了人人必备的'神器'。"辽宁首批驰援湖北医疗队队员董婷婷在日记里写下了这样的文字。

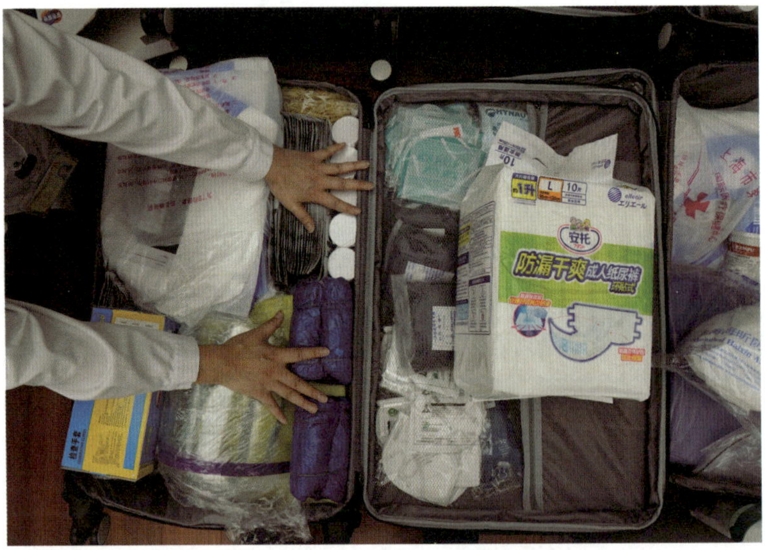

▲ 2 月 17 日晚，上海市第一人民医院的职能部门为即将出征支援武汉的医疗队员准备好充足的医疗物资和个人生活用品（上海市第一人民医院 供图）

▲ 2 月 11 日，济南遥墙机场，山东省第九批援鄂医疗队出征之际，
一位医疗队员的同事为其背囊系上了红丝带（文波 摄影）

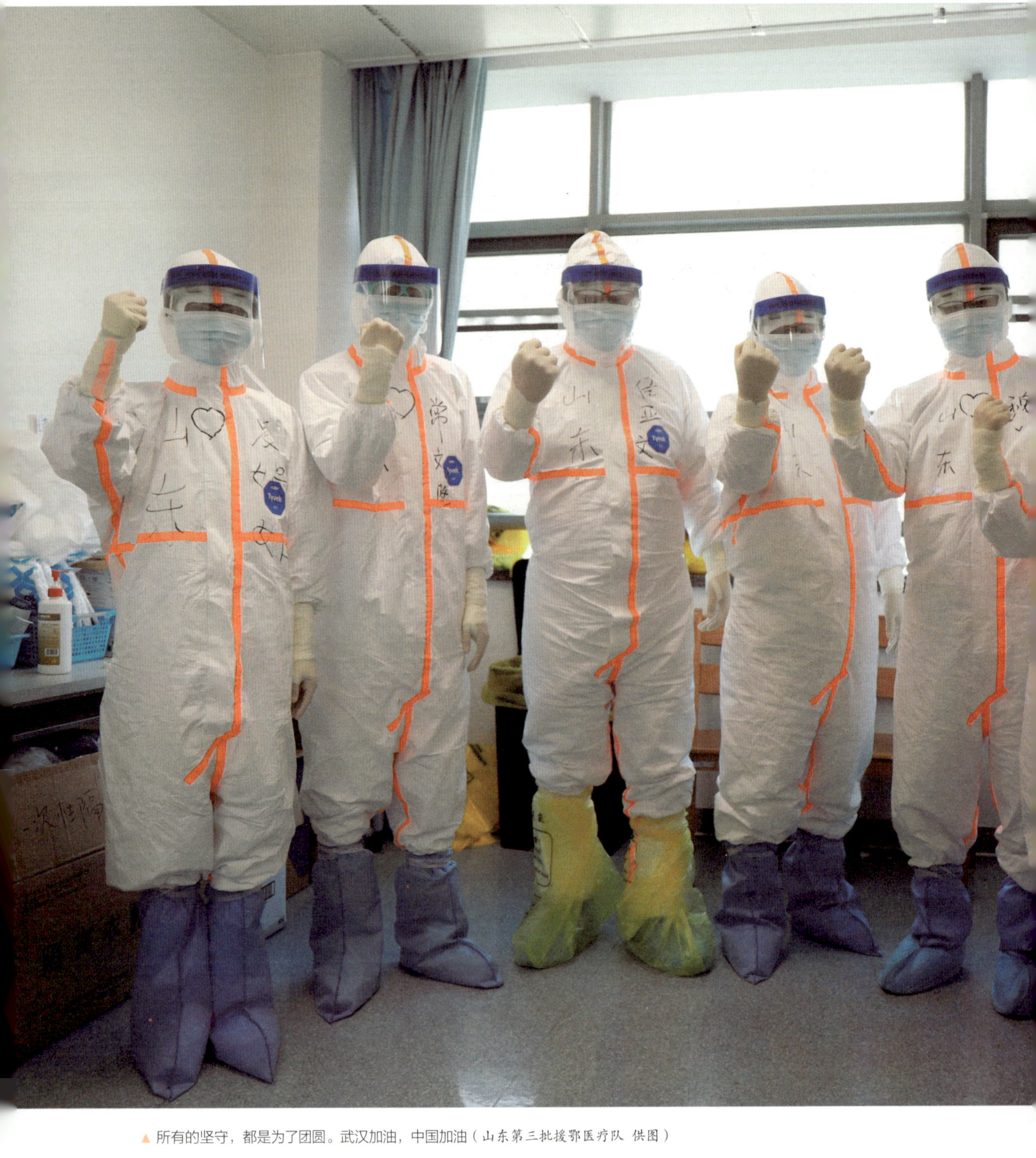

▲ 所有的坚守，都是为了团圆。武汉加油，中国加油（山东第三批援鄂医疗队 供图）

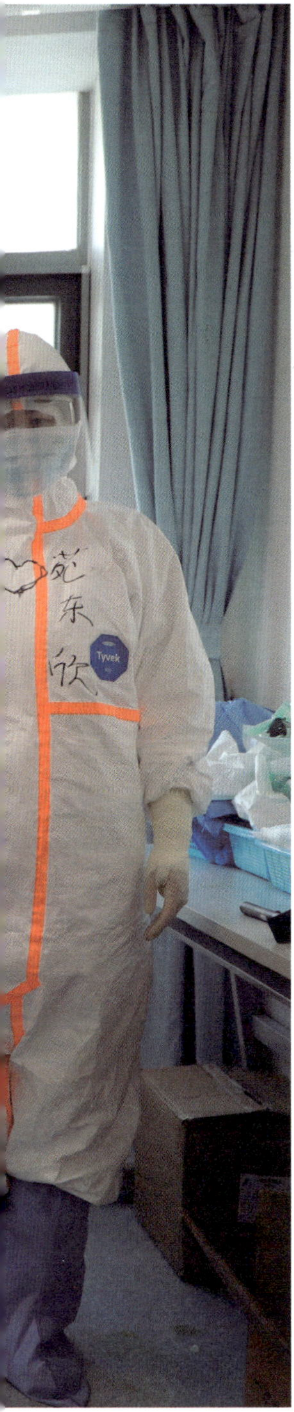

“爸爸，我知道不能给你打电话，你穿着防护服，不但接不了电话，还不能吃饭、喝水和上厕所。爸爸，我现在明白物资清单中纸尿裤的作用了，我再也不会拿着小弟弟的纸尿裤逗你了。”这是 10 岁男孩赵梓煊写给爸爸的信中的一段话。他的爸爸赵宁随辽宁援鄂医疗队奔赴武汉大学人民医院东院区，为了节省防护服，他同样穿上了纸尿裤。

相较于首批赴鄂医疗队打起背包就走的匆忙与突然，第二批医疗队的待命医务人员早就整理好了行囊，随时准备出发。在他们的行囊中，成人纸尿裤必不可少。2 月 9 日，一张上海医疗队的照片刷屏网络，照片里，上百只 28 寸的行李箱铺满了地面，成人纸尿裤成了箱中的“标配”。

在越来越多的援鄂医疗队员的行李箱里，成人纸尿裤已成了不可或缺的战“疫”物资。对于医护人员而言，一片纸尿裤或许就能节约一套防护服，就能使“一站到底”地救治更多患者成为可能。

▲ 装满纸尿裤的行李箱（上海市第一人民医院 供图）

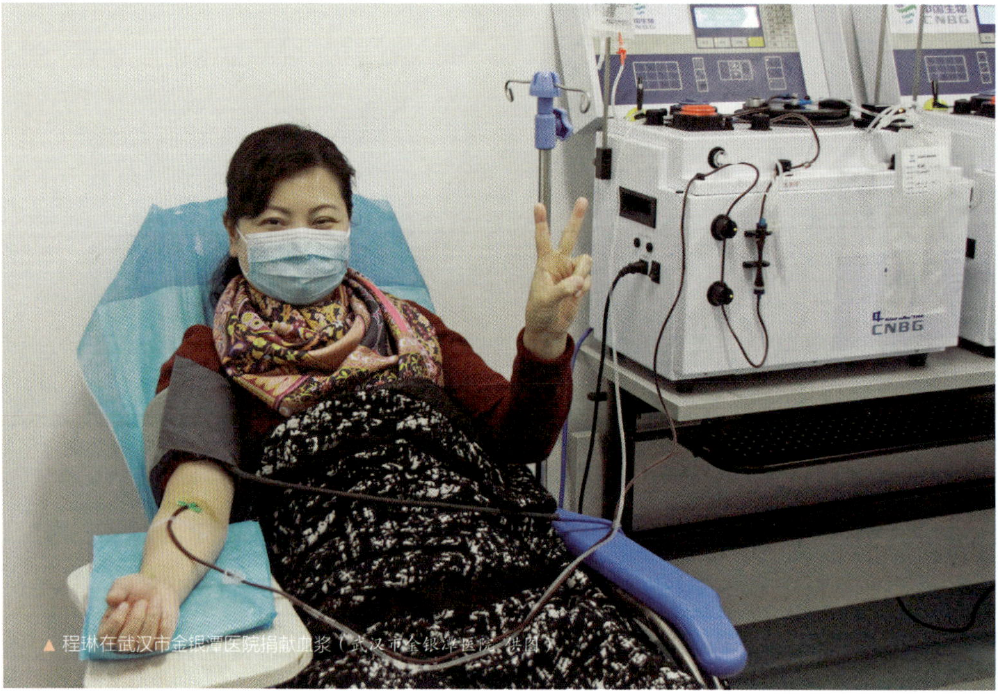

▲程琳在武汉市金银潭医院捐献血浆（武汉市金银潭医院 供图）

2020

2.18

“国家救了我们，我们也要救回更多的人！”

恢复期血浆治疗，是带有生命温度的科研成果。许多新冠肺炎患者康复后，选择去做同一件事——捐献血浆！

2 月 18 日上午 10 点左右，武汉市金银潭医院迎来了一位特殊的血浆捐献者，她就是该院院长张定宇的妻子程琳。程琳不光自己来了，还带来了同是新冠肺炎康复者的同学。这一天，北京市首位捐献血浆的新冠肺炎康复者也捐献了 200 毫升血浆。

2 月 5 日，国家卫生健康委员会印发《新型冠状病毒感染的肺炎诊疗方案（试行第五版）》，明确提出对重症、危重症患者可采用恢复期血浆治疗法。

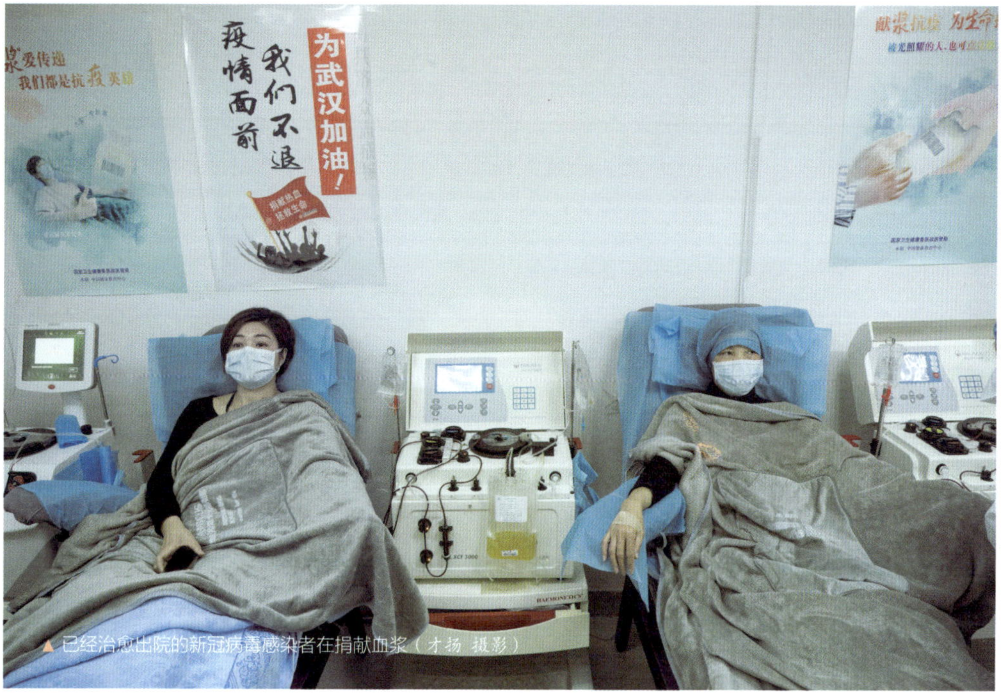

▲ 已经治愈出院的新冠病毒感染者在捐献血浆（才扬 摄影）

早在《诊疗方案》印发之前，2 月 4 日，武汉市江夏区中医医院院长熊侃就曾发起捐献倡议：“新冠肺炎治愈患者的血浆可能含有抗体，输入重症患者血液中能挽救他们的生命。”刚出院不久的康复医务人员吴芬和袁黎闻讯后立即报名：“如果有用，我们肯定愿意捐，起码对治疗有一线希望。”这所医院有 19 名康复医务人员献出了 6600 毫升血浆，其中包括三位“90 后”护士。

2 月 13 日晚，治疗性新冠特免血浆制品投入临床，武汉市金银潭医院院长张定宇表示，康复患者体内有大量的可对抗病毒的综合抗体，他呼吁康复者捐献血浆，救治危重症患者。

随后，除湖北外，山西、上海、广东、江苏、河南、北京等地的多位新冠肺炎康复者也纷纷响应号召，献出血浆。广东首位捐献血浆的“00 后”康复者动情地说：“国家救了我们，我们也要救回更多的人！”湖南首位新冠肺炎康复者于 2 月 15 日捐献出 400 毫升血浆，在他看来，“血液可以再造，但生命不能重来。”

先愈带动后愈，这些回流的“热血”让爱回流，凝聚起了战胜疫病的生命力量。

肖艺九 摄影

攻坚

▲李兰娟院士脱下口罩后脸上留下的压痕（中新社 供图）

2020

2.20

“每一道印记，都是勋章”

是院士，亦是战士。大战来临，战士义无反顾，向险而行。2 月 20 日，73 岁的中国工程院院士、国家卫健委高级别专家组成员李兰娟走进了武汉大学人民医院东院区 ICU 病房，探视八位新冠肺炎危重症患者。问诊结束后，李兰娟脱掉防护装备，面部的压痕清晰可见。

一穿上防护服，白衣战士就得“开启”数小时的“超长待机”模式。当结束一个班次的工作，摘下口罩、脱下防护服后，他们的脸上、身上，都会“获赠”这样一道道坑洼不平的特殊印记。

在这960多万平方千米的土地上，虽然只有一场战役，却有14亿血浓于水的战士，他们每个人都在自己的阵地上坚守与付出。这一个多月的战“疫”历程，寒潮夹风雨，烈日带高温，在广东云梧高速省界联合一线检疫人员戴文豪的脸上留下了深深浅浅的印记。从最初低至3℃的寒潮来袭，到后来高达27℃的骄阳炙烤，冷热的无常变换使他原本皴裂结痂的脸又被晒得黄一块、黑一块、白一块的。

▲戴文豪，广东云梧高速省界联合一线检疫人员，一位有着 18 年党龄的退伍军人（林俊鹏 摄影）

白衣战士脸上、身上的一道道勒痕，一张张贴在他们耳根、鼻梁、颧骨处的创可贴，都是人间至暖，都是撼人心魄的责任担当。

平凡，亦不凡。无名，亦英雄。太阳灼伤了无数“戴文豪”的脸庞，却留下了最暖人心扉的印记。

这些勒痕、印记，都是提前颁发给“逆行者”们的勋章！他们，给自己留下了满面压痕和满身疲惫，却为我们带来一个正在“疫”去云开的春天。

一名护士在隔离病房内工作数小时后，面部被口罩勒伤，用医用胶布贴住（和冠欣 摄影）

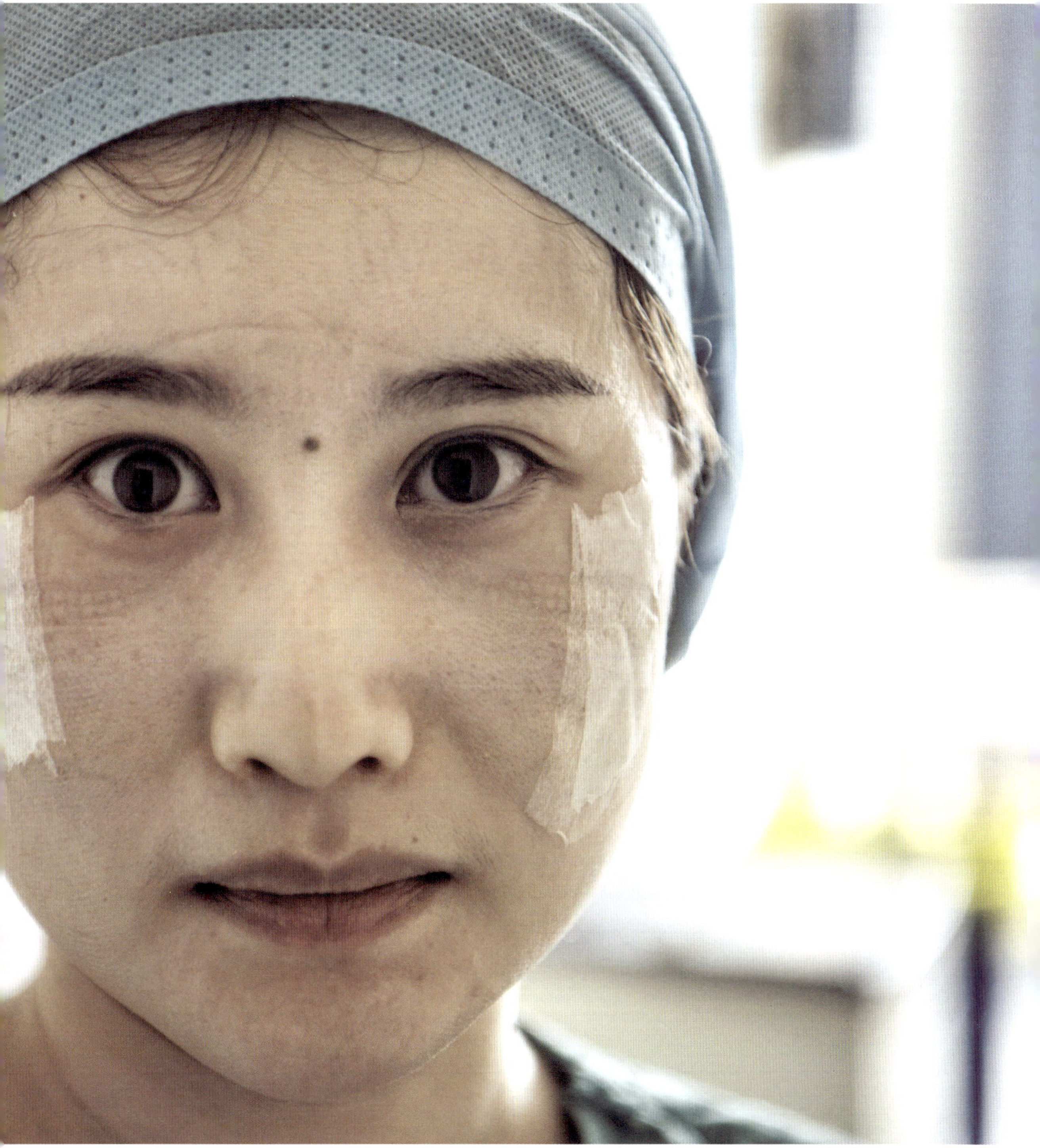

2020

2.22

“医生，请离我远点”

山西援鄂医疗队的黄润虎医生在给患者看胸部 CT 片时，一位患者轻轻地对他说：“黄大夫，你离我稍微远一点，我担心传染给你。我们是病人，你不是，你还要为我们武汉市民保驾护航。”这句话让黄润虎红了双眼。他抬头一看，二十多位等待读片的患者整齐地排好了队，远远地等在那里。

一位确诊患者之前遭受过车祸，嘴部受创，张不大，一条胳膊也动弹不得，吃饭需要人慢慢喂。护士弯腰喂了她半个小时后，腰痛得厉害，就站直了撑一下腰。趁这会儿工夫，患者立马用能活动的那只手把脏纸巾扔到碗里，连声说自己吃饱了。护士知道患者心疼自己，是故意弄脏了那碗饭。

我见过许许多多的“你”，但让我挂心的是：给了我生的希望、活的尊严的你，究竟是什么模样？在患者的强烈要求下，火神山医院的许多医生带着“大头贴”走进了病房，患者激动地用手机拍下了他们救命恩人的容颜。太好了，终于看到了一袭白衣、一副口罩遮挡下的那个“你”，自此，我有了思念和感恩的真实“依据”。

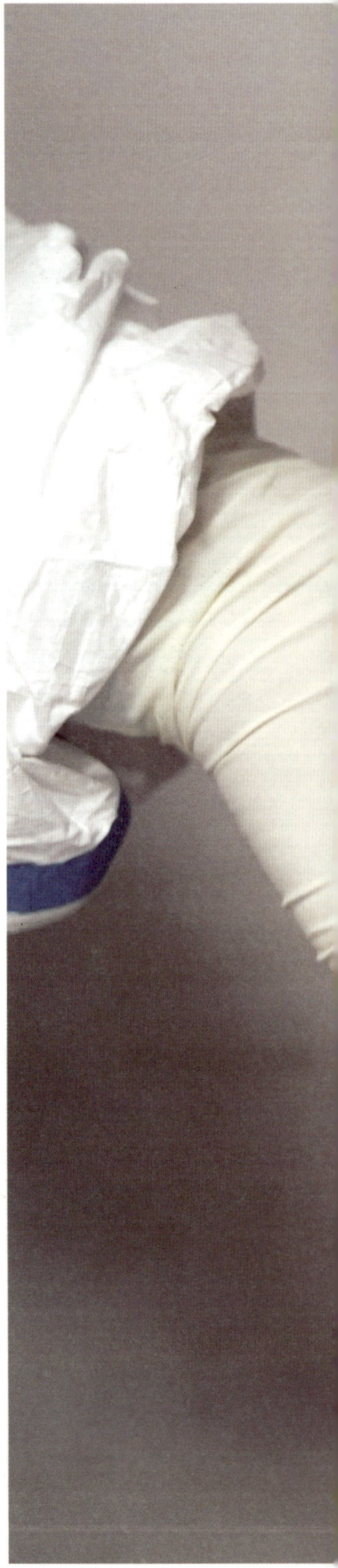

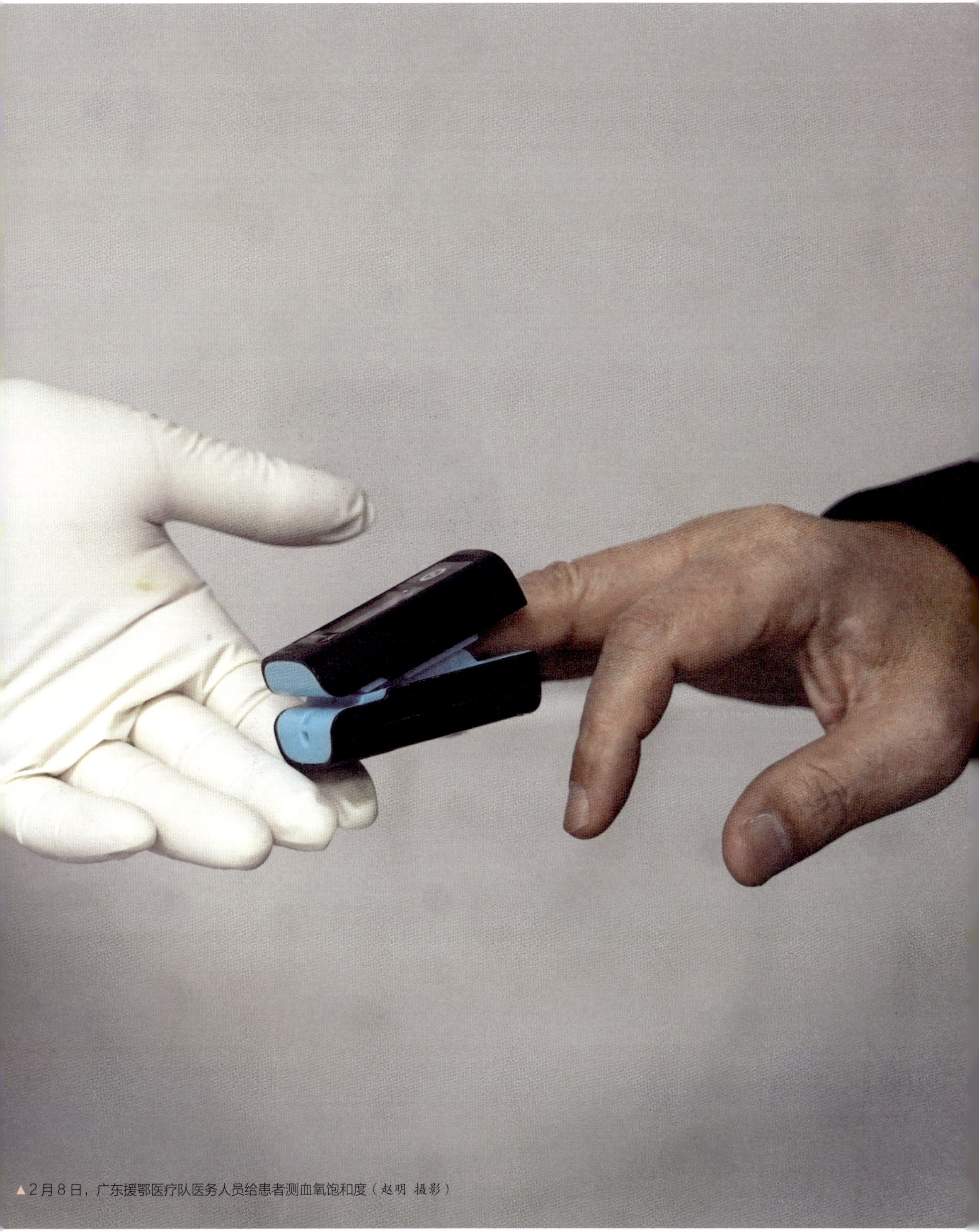

▲2月8日，广东援鄂医疗队医务人员给患者测血氧饱和度（赵明 摄影）

在我最无助的时候，你义无反顾地来了，用爱与坚韧，助我们扛过这个冬天。你为护佑生命所做的付出，已被我们每一个人深深铭记于心间。

▲我看不清你的脸庞，但记得你的关爱（李洪振 摄影）

博洁
winner

2020

2.23

“一呼百应？不，一呼万应！”

疫情当前，平凡如你我，能做点什么？这个问题，在志愿者们站出来的时候，就有了答案。

在武汉中心城区机动车禁行、小区实行 24 小时封控管理后，购买生活用品成了市民的难题。2 月 23 日上午，武汉在全市范围内专项招募志愿者，按照就近就便的原则，为居民提供食品药品代购代送等服务。仅 10 个小时内，报名者就突破了 1 万人；而短短一周之内，报名者便有 7 万余人。

武汉市青山区钢花小学的华雨辰不仅是一名小学教师，还是司机、测温员、搬运工、方舱播音员。“我不是医生，没有办法上前线救助病人，但我特别想站出来尽一份自己的力量，所以就报名来做志愿者了。”

▲湖北省武汉市青山区志愿者华雨辰（华雨辰 供图）

改变了平日里的身份，志愿者们戴上口罩，挺身而出。他们组成志愿车队接送医护人员和病人，组成小分队为街坊邻居买菜送药，在寒风中为居民测量体温，在深夜里接听热线电话抚慰人心……他们早出晚归、走街串巷，虽然没有三头六臂，但竭尽所能。

▲ 2 月 23 日，武汉市武昌区华锦社区的志愿者为社区居民分装爱心蔬菜（程敏 摄影）

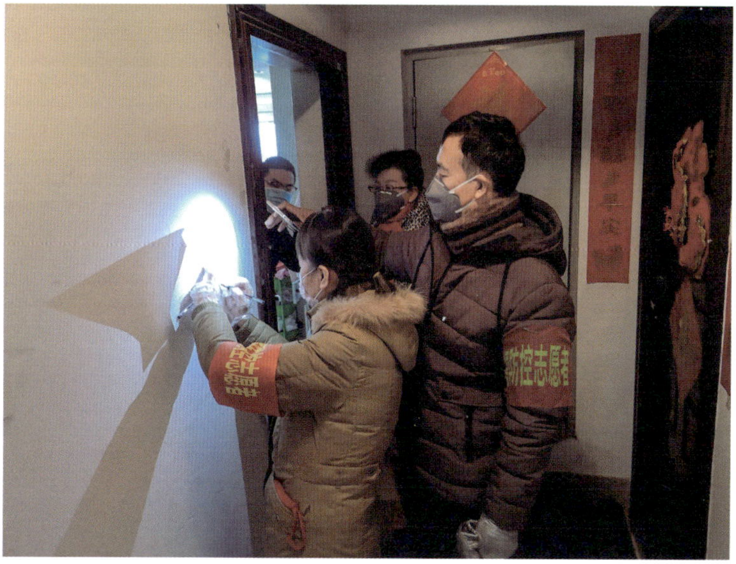

▲ 2 月 5 日，社区防控志愿者趁夜晚入户统计居民信息（房泽平 摄影）

1 月 22 日，“滴滴出行”开始招募志愿者司机。49 岁的何明荣没有任何犹豫：“疫情面前，咱不能躲！”头几天，她中午只能吃方便面，有热心人得知后，便免费为他们提供盒饭。这让何明荣很感动：“医生为病人服务，我们为医生服务，又有人为我们服务。”在武汉这座有爱的城市里，爱开始传递，开始接力延续。

争抢“接单”，是志愿者们的日常。950 余单居民套餐派发任务刚发下来不到 5 分钟，就被社区工作者们“抢光了”，有些志愿者还抱怨自己没有及时看手机，以致没能“抢”到任务。

在众人都在居家“蛰伏”时，志愿者们挺身而出、向险而行。“你会不会害怕？”有人问志愿者小郑。他说，我感到的不是害怕，而是团结、温暖，更是一种力量。

2020

2.24

“我送的不是快递，是救命的人！”

危难的日子里，江城遍地皆英雄。

汪勇是武汉当地的一名快递小哥。大年三十那天，一条护士下班打不上车的消息让已放假的他坐不住了。第二天，他就住进了公司仓库，义务接送医务人员上下班。“可能一辈子都不会遇到比这更大的事情了。”双腿发抖的汪勇决定继续接送别的医护人员。

但他也同时发现，即便自己开足马力，每天也只能接送 30 多位医务人员、跑 300 公里左右，于是，他开始在各个微信群里招募志愿者。渐渐地，他们的队伍扩大到了二三十人。队员们日夜兼程，跑坏了三辆车，但大家都觉得，哪怕只为白衣战士多争取十分钟的睡眠，也是值得的。

▲ 快递小哥汪勇（汪勇 供图）

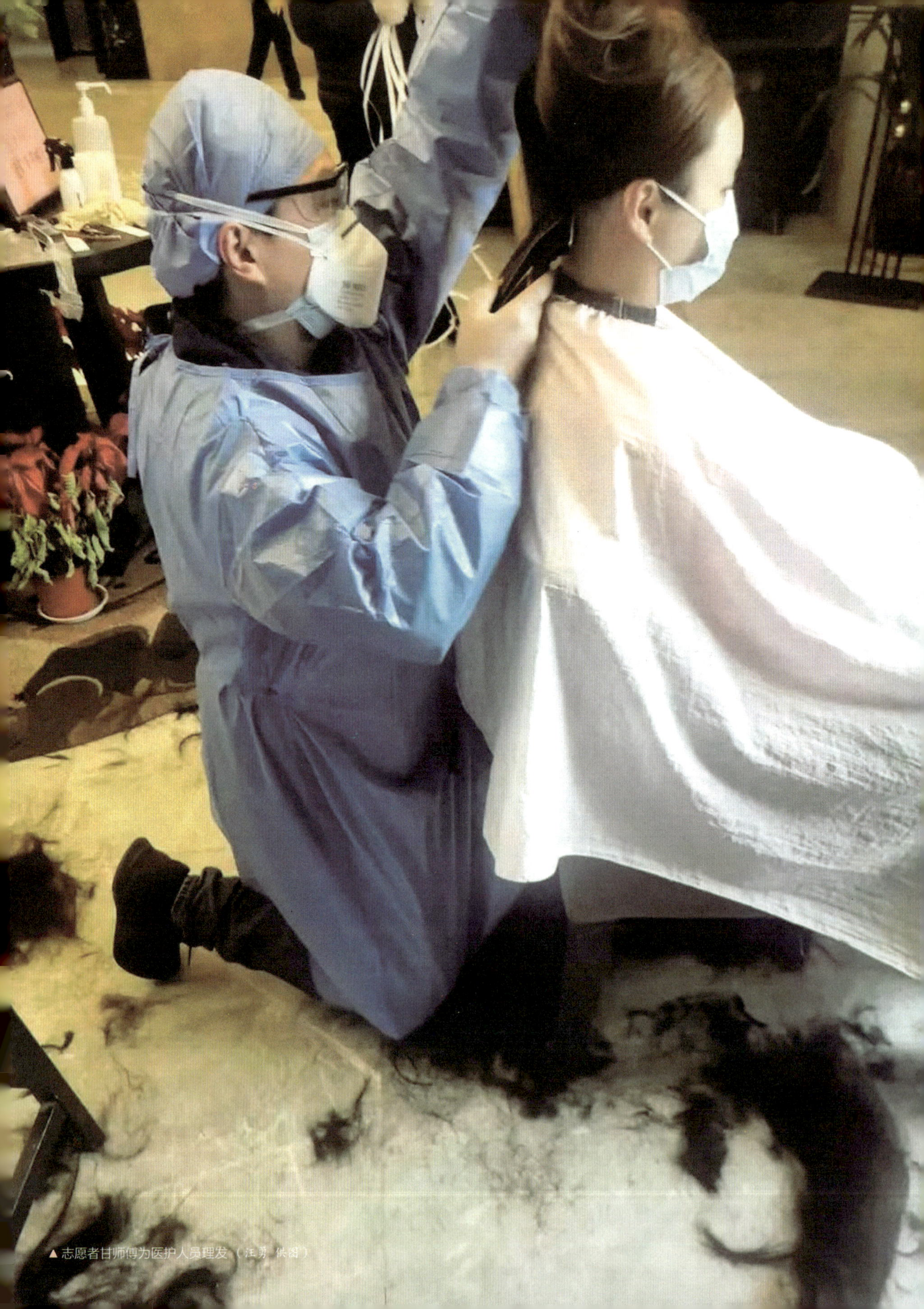

▲志愿者甘师傅为医护人员理发（汪勇 供图）

随着越来越多医疗队的到来，细心的汪勇发现，虽然医务人员的基本生活得到了保障，但像换班、吃饭、理发等琐细的需求还一时难以满足，而这正是志愿者发挥作用的地方。汪勇称自己就像一个组局的人，出行、用餐……每组一个局，他就将之交付给一个人管理，再腾出手来做其他事情。

2 月 3 日，上海医疗队想要简单地给几位队员过一个集体生日。汪勇听说后，立刻开启了“全城搜索”模式。2 月 24 日，一位护士给汪勇打来求助电话，因为她在赶着去方舱医院送药时，不小心剐蹭了一辆电动车。汪勇马上赶到，让护士去送药，他来处理剩下的事情。

“我们能做的不多，不能像医护人员那样在一线救死扶伤，我们做的就是后勤，若把他们的后勤保障好，他们就不用操心了。”

▲ 志愿者为上海医疗队队员庆祝生日（上海援鄂医疗队 供图）

2020

2.25

“我不是药神”

连续两天没有排到号，2 月 24 日，武汉市江岸区后湖街道惠民苑社区网格员丰枫和同事早上 5 点多就守在药房门口。12 个小时后，他们终于拿齐了近 100 份药，可箱子装不下。丰枫索性将小份的药袋子串成串，搭挂在身上，虽然看起来有些笨拙，但十分实用。

丰枫身上的药袋子，是病人的希望，也是一个普通网格员的一份担当。网格员，可谓服务社区居民的“贴身管家”，他们在城市划定的一个个“格子”里，承担着众多琐碎的事务。疫情发生后，这些网格员更是里里外外地张罗着。丰枫平时服务的辖区内有一千多户居民，在小区施行封闭管理后，他主动提出要帮居民去拿药。

“我想帮一下那些患有重症的居民，他们的药是绝对不能断的。”从刚开始的四五人要他带药，到目前一天之内的五六十人，丰枫要带的药逐日增多。有部电影叫作《我不是药神》，丰枫在生活中将之真实演绎了一把。那么多居民等着吃药，他一天也没耽搁。此时此刻，湖北有 17 万名网格员，正为隔离在家的居民买菜送药、跑前忙后。

▲在武汉市江岸区黄石路汉口大药房，丰枫把为居民购买的药挂在身上（才扬 摄影）

放眼整个中华大地，自疫情发生以来，就有近 400 万名默默奋战的城乡社区工作者守护着 65 万个城乡社区。在这个“显眼”数据的背后，凝结着太多“看不见”的心血。

▲ 在风雪中坚守岗位的社区工作者（孙劲松 摄影）

仟佰盾
CHIEFDON 5640 SERIES
5630V CE-FFP1
N95 DETECTION

2020

2.27

“只要我们还在跑，武汉就不会停下来”

▲一位骑行在武汉市江岸区永清街道的外卖小哥，在其摩托车储物箱上贴上了“武汉加油”的标语（李贺 摄影）

许多人为生活按下了“暂停键”，但有一群人却开启了“快进”模式——他们急速穿行于城市的大街小巷，为前线将士运送“护盾”“铠甲”，为城乡百姓送去生活用品。

从一个多月前开始，胡博就每天都像在打仗。特别是最初几天，在胡博所在的门店中，每位快递小哥每天的配送量都有 100 多单，“有时候，一个单子，就要送两三趟，还是水、牛奶这种很沉的东西。”从腊月二十九到正月初二，在没日没夜地干了几天之后，胡博的脚上磨出了血泡。

▲ 快递在被送到顾客手中前，还要进行一次消毒（王鑫 摄影）

面对疫情，吴辉也感到害怕，他打算不再外出送外卖，从大年三十开始休息。“可是看到前线工作的医护人员只吃泡面，我是不是该做点什么？”他问自己。于是，吴辉决定春节继续干。大年初一的第一单，就送到了武汉大学中南医院呼吸内科。从那天开始，他马不停蹄地奔走在这座城市中，“接到了形形色色的订单，遇到了各种各样的人，被各种各样的温暖感动。”

▲ 入夜后等待接单的外卖小哥。他们的存在，让餐饮业在抗疫期间保持活力（张仁玉 摄影）

2月13日上午，在接到了1000盒巧克力的购买订单后，冯胜明发愁了："前段时间，店里的巧克力已基本卖完了，一时间到哪儿去凑那么多？"但当得知购买这批巧克力的是上海支援武汉的医疗队，冯胜明还是决定把任务接下来——医疗队员们经常忙得顾不上吃饭，巧克力能让他们快速补充能量。带着同事兵分三路寻找货源、制订调拨计划，忙到晚上9点多，冯胜明终于将巧克力买齐了，接着，他们又将巧克力分别送至上海医疗队入住的八家宾馆。送完后，已经接近凌晨。

他们匆匆驶过的身影，成为空空荡荡的大街小巷中的独特风景。他们是城市的快递员，更是骑行的勇者、温暖的力量。

▲快递小哥在特殊时期依然奋战在岗位上（李玉建 摄影）

2020

2.28

“危险，也要有人干”

非常时期，虽然大多数人都“蛰伏”在家中，但依然有一些人起早贪黑、风雨无阻。有时候，空荡荡的街道上只有他们。他们那橙色的身影，就像冬日里的一抹暖阳。

在作为战“疫”“主战场”的医院，除了数以万计的医护人员，还有一群人在干着又脏又累又危险的活儿。1 月 28 日，张春香接到通知：华中科技大学同济医学院附属协和医院西院急需保洁工。她第一时间就报了名，但老伴儿担心她。张春香对老伴儿说：“我跟医生一样穿隔离服，你慌个啥！那么多医护人员冒着生命危险来武汉治病救人，咱本地人也不能孬。”

▲2月3日清晨，江岸环卫集团工作人员在武汉解放大道路旁进行清扫作业（才扬 摄影）

▲2月3日清晨，江岸环卫集团工作人员在武汉市六合路工作后合影留念（才扬 摄影）

▲3 月 4 日，在武汉市青山区的云峰公司，工作人员在搬运医疗废物转运箱（才扬 摄影）

2月11日，陈万和、狄会兰夫妇主动请缨，作为首批保洁人员进驻武汉汉阳国博方舱医院。16天后，他们本可以轮休，却一致要求继续留在方舱医院。“我来坚守，减少新人员进舱，这样更安全一些。”狄会兰语气坚定。

从腊月二十五开始，一个由农药喷雾器改造的消毒水喷雾器就成了翟爱珍的“新武器”。她承担着12个隔离点的外围消毒工作。“挨个走完，车子的电瓶每天要充两回电。完成一个点的消毒，差不多需要20分钟。每天背着一大桶消毒水，腰酸腿疼。但想着能为抗疫出力，我便干劲满满。”

疫情期间，武汉市共有3.6万名环卫工人奋战在环境卫生保障的一线，其中2400余名环卫突击队队员在部分定点医院、多家方舱医院、400余个隔离点做清扫、保洁、消毒和医废垃圾协同处理等工作。而在湖北省，全天作业的环卫工人的数量超过了8万人。

2020

3.2

“我的世界只有‘雾天’”

当雾气和汗水布满镜片时，医护人员只能从水滴流过后形成的那道透亮的缝隙中看外面的世界，只能通过声音分辨彼此，只能靠经验和手感给患者“盲”打针。

密闭的护目镜被汗水打湿，也无法擦拭（柯皓 摄影）

“我不想哭，哭花了护目镜没法做事。”一位在ICU病房中工作的护士说着这话，泪水在眼眶里打转转。

“妈妈每天穿着厚重的防护服，像个笨拙的企鹅，戴护目镜时又像是老眼昏花的老太太。”在一封战“疫”家书中，孩子用调侃的口吻宽慰战斗中的妈妈。

……

护目镜中的水汽，模糊了我们的视线，也模糊了他们的。

从2月12日支援武汉以来，他们无数次地经过长江大桥，却从未看清过黄鹤楼，也“总感觉天空雾蒙蒙的”，而一旁的患者却说：“哪里啊，这么好的天。”

▲ 刚摘下护目镜，里面的热气便凝结成水滴，慢慢滴落（杜昱葆 摄影）

这是一支特殊的队伍——青海省红十字会赴武汉救护转运队。他们中有医生、有司机、有退伍军人，年龄最小的只有22岁。驾驶着救护车，他们穿梭在武汉街头，承担着转运新冠肺炎重症、危重症患者的特殊任务。

“很多重症病人完全无法走路，甚至处于插管昏迷状态，只能用担架抬上救护车，”转运队队长王海涛说，“我们一边转运，一边为他们加油，全程确保患者生命体征平稳，陪他们一起迈过生命中的这道坎。”

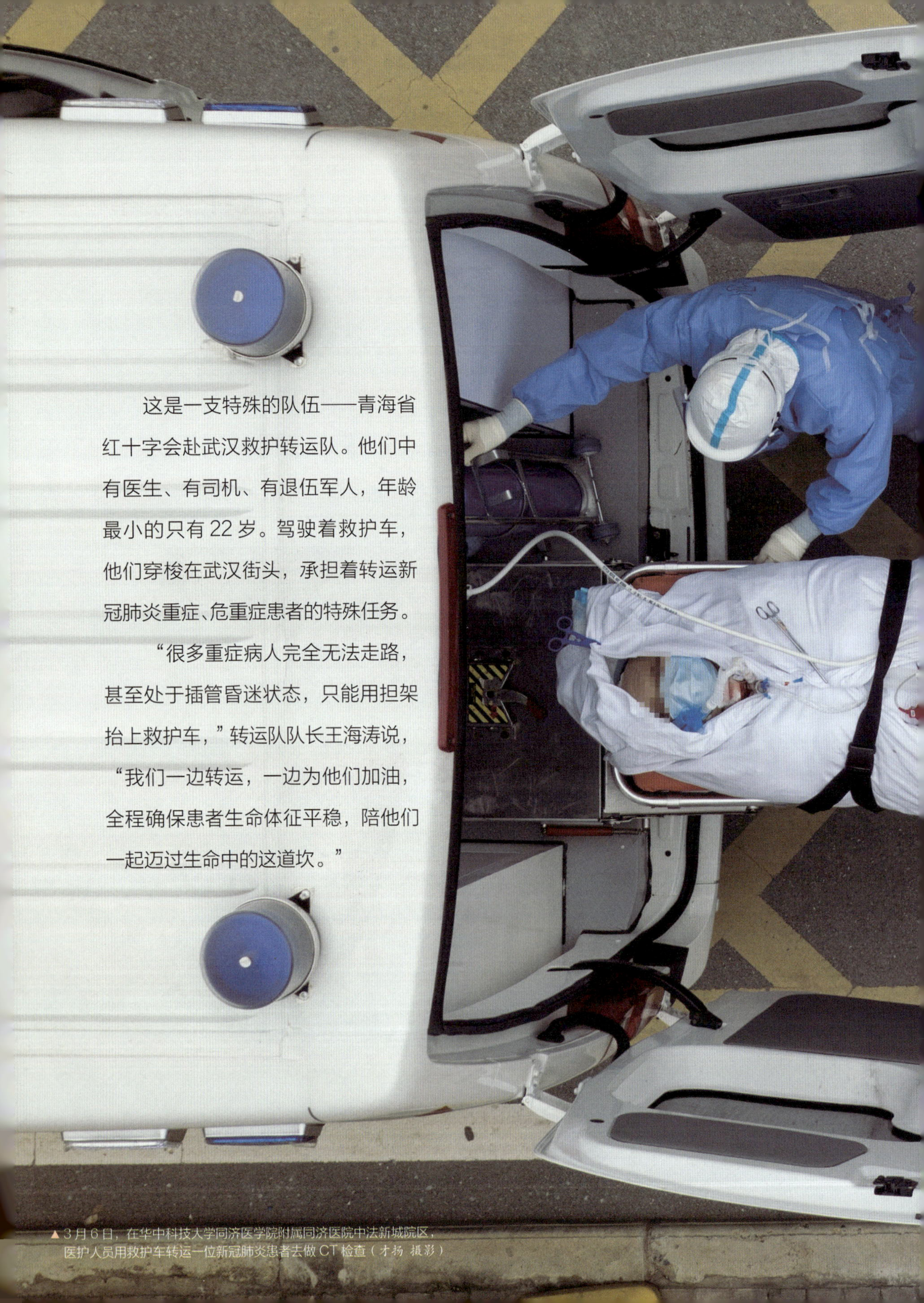

▲3月6日，在华中科技大学同济医学院附属同济医院中法新城院区，医护人员用救护车转运一位新冠肺炎患者去做CT检查（才扬 摄影）

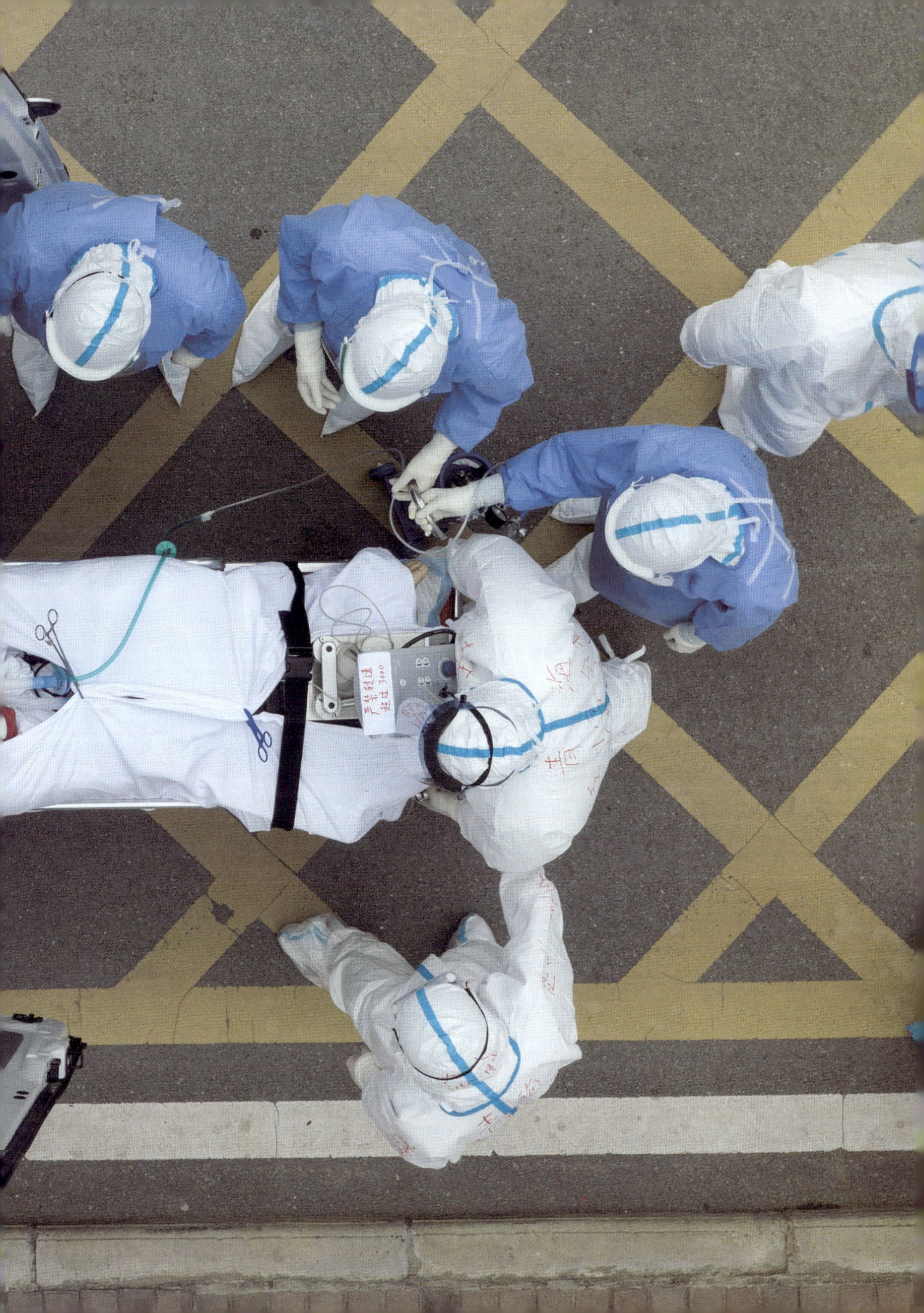
严禁转速
超过3000

▲疫情过后，去看一看黄鹤楼成为许多“逆行者”的心愿（才扬 摄影）

车轮滚滚，面对新冠病毒所带来的人类尚未完全认知的挑战，多一份守护就多一分希望，多一份坚持就多一份曙光。

“我们最想做的就是脱下防护服，摘下护目镜，走上武汉长江大桥，瞧瞧黄鹤楼的真容，欣赏一下武汉的晴空万里。”王海涛说出了所有人的心声。

2020

3.3

“云知道我有多爱你”

在华中科技大学同济医学院附属同济医院的新生儿监护室里，有个出生不久的婴儿叫“小石榴”。在“小石榴”出生前，他的父母均被确诊为新冠肺炎患者。2月3日，“小石榴”一出生，就住进了新生儿重症病房。

虽然爸爸妈妈不在身边，但有一群护士妈妈一直守护着他，更有很多普通人通过直播镜头关注着“小石榴”的成长。医护人员每天八次给他喂奶，定时为他翻身、换尿布……

▲“小石榴”在保温箱中（齐剑东 陶继东 摄影）

王凡凡的徒弟
加油！宝宝真棒👍医护人员辛苦！
是你的白月光YA
好专业
方喜宝 分享了直播
大灰熊和彩虹熊
石榴还在睡觉呢
芋郁圆
小石榴，姐姐要去上课啦，上完课来看你呀
用户7206019624 分享了直播
EurusHeathcliff
不行了听哭了
番茄a酱酱酱酱
穿的隔离服，太脏不能抱小宝宝
慢慢习惯以后只有自己
宝宝加油
分享
一起聊聊…
想想想想想想… 进入
小石榴一直健康成长哦！
-春风吹绿
AmyAmy-Yue
宝宝乖
EurusHeathcliff
听说晚上爸爸会来
AmyAmy-Yue
当了妈妈之后太容易感动了，宝宝加油
y瑶舞
加油
天际楚云端
哥哥给你弹琴
冒个泡泡，说说自己想法～
元气萌芽 分享了直播
言叶-云汐
姐姐给你弹古筝听哦
分享
一起聊聊…
真人不会起名字 进入
我的宝贝跟你差不多大，你们都要健康
大哦
芳博_爱跑步的女博士 分享了直播
佳佳佳小甜
加油宝宝
大灰熊和彩虹熊
分享到朋友圈，看哭一批人
小女子·大志气
两点喝奶奶
蓝色7908
宝爸应该一直守在这里看吧！
花落梦香烟
加油
橘猫是只染色的猪
手手动了刚刚！！！
数数数数_
感觉要醒
4条新消息
分享
一起聊聊…

“小石榴”的一举一动吸引来数百万“云爸云妈”的隔空呵护，“小石榴”笑一下就有网友点赞，吃个奶、动动小手小脚就弹幕满屏，即使是深夜，也有网友坚持上线，“欣赏”“小石榴”睡觉，“监督”医护人员有没有按时给他喂奶、翻身。

“小石榴”健康状况良好，两次核酸检测均呈阴性，并于2月19日转入普通病房。3月3日，“小石榴”迎来了满月“云派对”，爱他的人们纷纷送来了暖心的祝福。一位网友手绘了一张“满月全家福”，一直以来关注着宝宝的医护人员、记者、热心网友等都出现在了这张全家福中。

“原谅爸爸妈妈这么长时间以来都没能真正地抱你一次，但看到护士妈妈们把你照顾得如此好，爸爸妈妈也就放心了。爸爸祝福你健康成长、快乐无忧。”“亲爱的儿子，你在一天天长大，每天看到你的变化，爸爸妈妈都很欣慰……妈妈不需要你多么出类拔萃，只要平安健康快乐就好。”“云派对”上，“小石榴”的父母也相继发来了祝福视频。

面对突如其来的疫情，正如宝宝的名字，全国人民就像石榴一样，紧紧地团结在一起。守护着“小石榴”，也是守护着战胜病毒的希望。

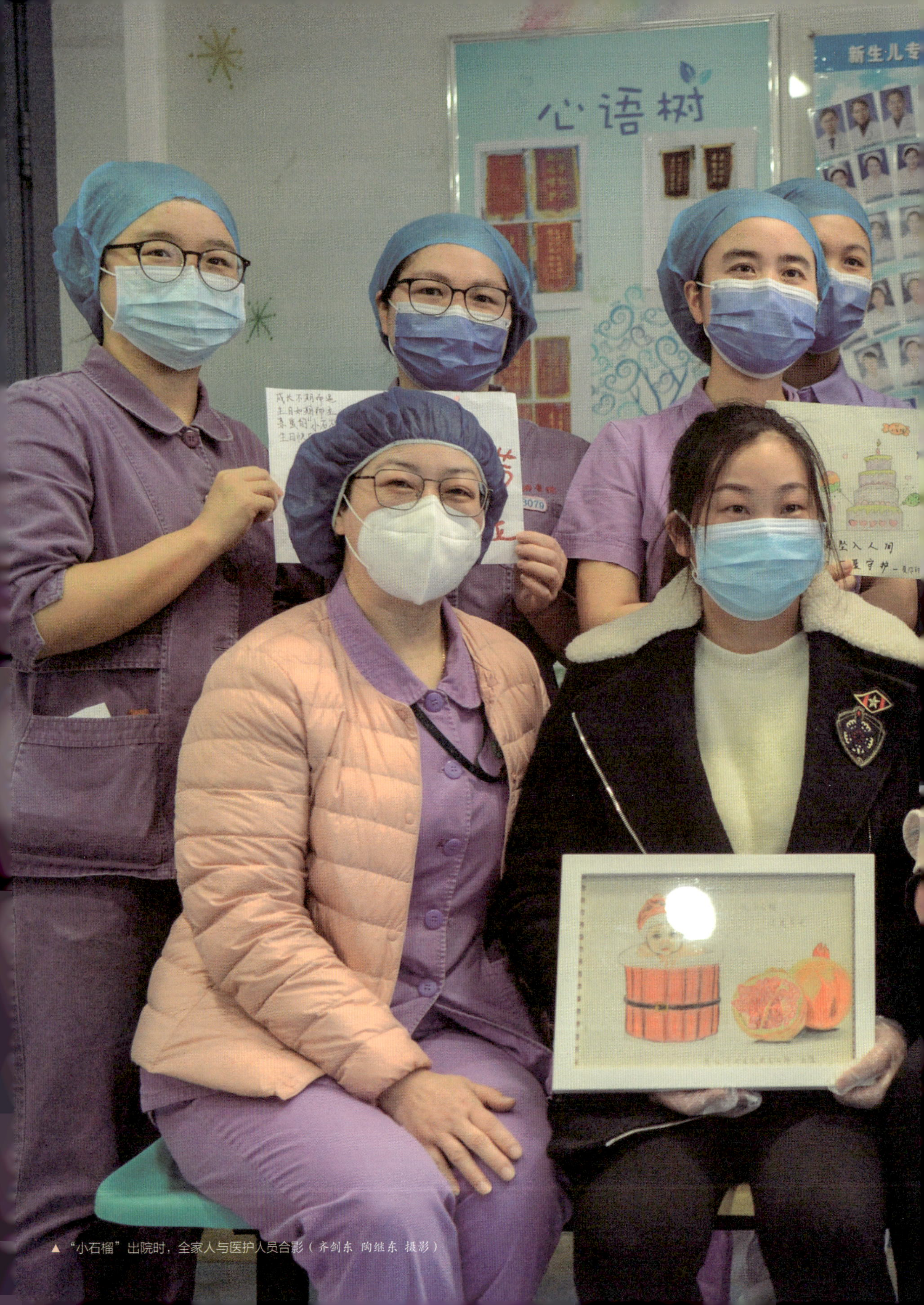

▲“小石榴”出院时，全家人与医护人员合影（齐剑东 陶继东 摄影）

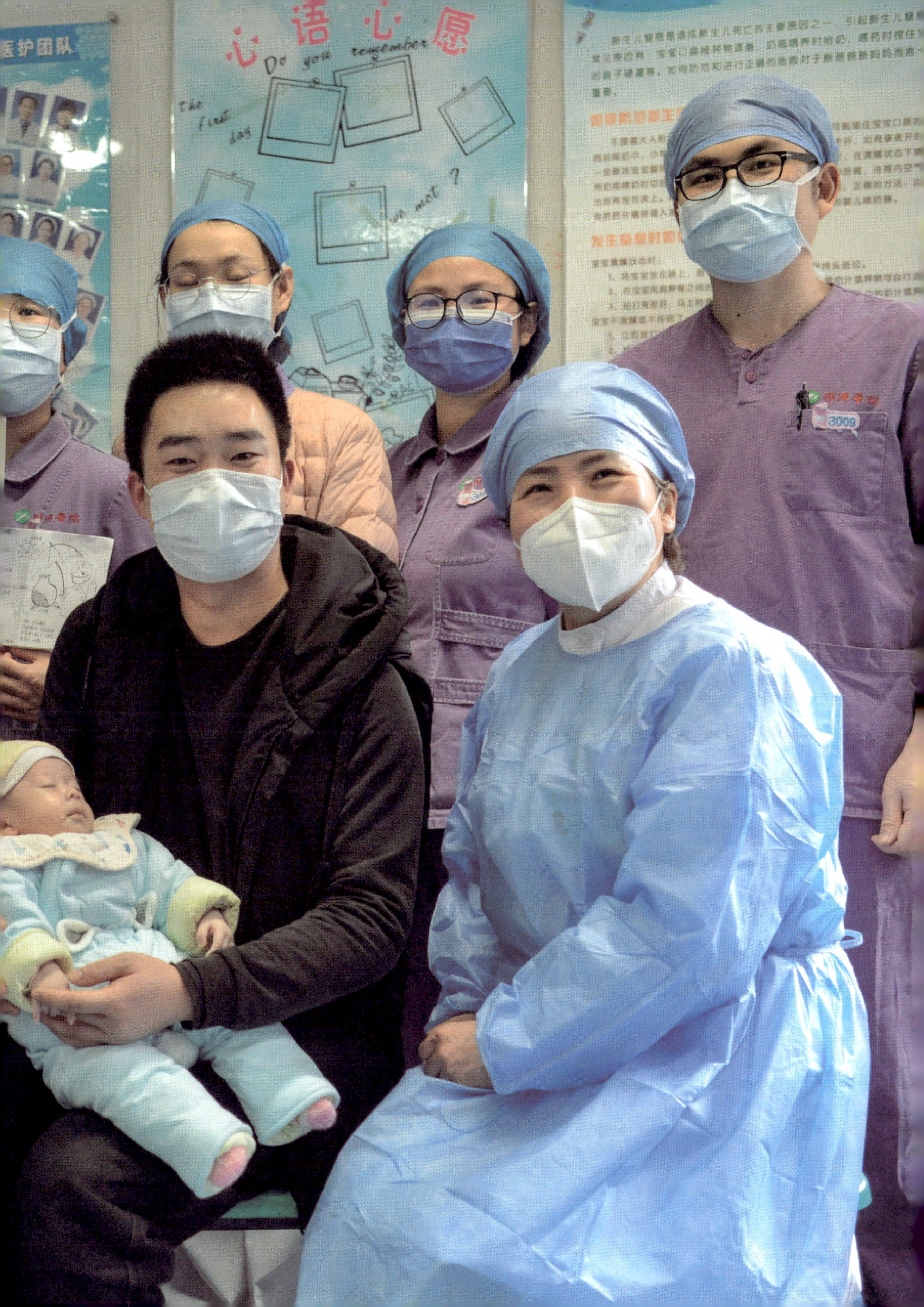
医护团队
心语心愿
Do you remember
the first day
3009

2020

3.4

“用凡人微光，为武汉加油！”

▲ 温瑞正在检修设备（田悦 摄影）

▲ 感谢有您（魏铼 摄影）

疫情发生以后，武汉长江二桥每天都会亮起“武汉加油”“中国必胜”“致敬抗疫英雄”“感谢有您”等字样。灯光背后，是一个人的默默值守——温瑞，一位“90后”，他的工作就是大桥灯光的维修与保障。到3月4日，他在武昌江滩公园的一座橙色集装箱小屋里，已连续坚守了44天。

347个分控箱、22个配电柜、4台交换机、2台高压相变，还有控制电脑，共同维持着二桥的灯光。每天，他都要上桥检修设备，保证灯光准时、完整地闪耀在长江之上。检修设备时，温瑞经常需要翻到护栏外面，有时甚至需要爬到桥墩的缝隙里。脚下就是滔滔江水，作业面陡峭湿滑，他的每个动作都让人捏一把汗。

▲马婷在现场引导车辆（马婷 供图）

马婷带领全体加油站员工坚守岗位，全力保障周边医院和救护车的油品配送服务。每次救护车和班车来加油，马婷都是自己先上手：“医生在前方救死扶伤直面病毒，他们都不怕，我们怕什么！”

“与时间赛跑，要争分夺秒，救护车是生命接力赛中的重要一环。医生在为生命加油，我们也要为他们加油啊！”

识大体、顾大局、隐忍顽强，一个个平凡的人，把自己活出了英雄的模样。

2020

3.5

“要不要看一眼落日？”

在这场来势汹汹的疫情中，曾经有那样一场落日，叫人潸然泪下。

3月5日傍晚，在武汉大学人民医院东院，来自复旦大学附属中山医院的刘凯推着卧床的老先生去做CT。在返回病房的途中，刘凯轻轻询问老人：要不要看一眼落日？

▲落日（宋炜 摄影）

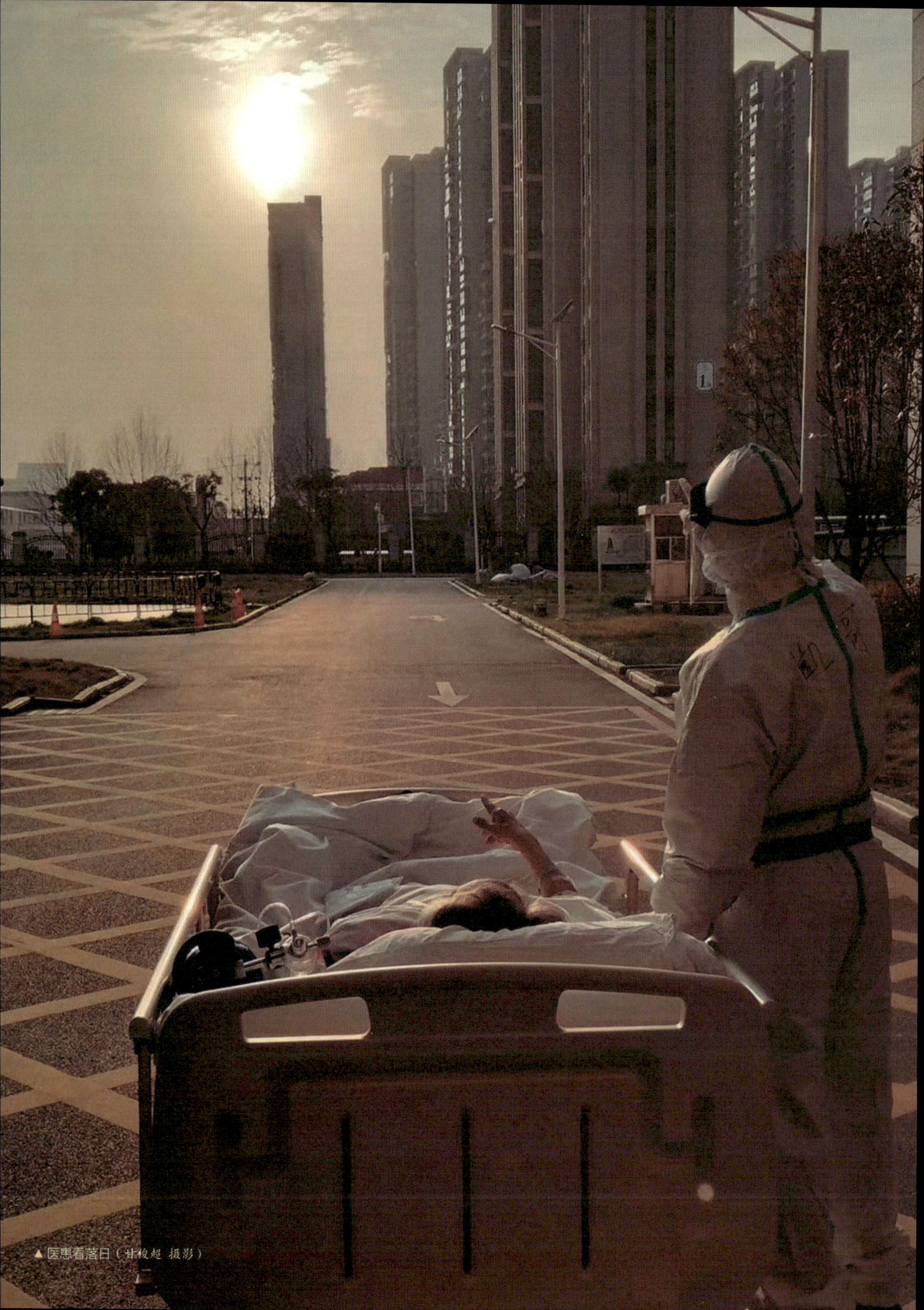

▲医患看落日（甘俊超 摄影）

一位是 87 岁的重症患者，一位是 27 岁的年轻医生，相距一甲子，相携沐夕阳。那早春三月的阳光，洒向大地，也洒在他们身上。前方的暖阳熠熠煌煌，身后的影子斜斜长长。

在他们身后，一位社工随即拍下了这一令人温暖、感动的“高光时刻”。无影无形的病毒像个不讲理的强盗，抢走了人们身体的康健，甚至抢夺了人们观日出日落、赏花开花谢的权利。躺在床上的老先生，已经“一个多月没见过太阳”了。那时那刻的那一抹夕阳，让无数疲惫不堪的灵魂于顷刻间被“治愈”了。

面对疫情，这位老者刚入院时病情危重，心情也低落到极点。上海援鄂医疗队队员为他提供了几乎所有的生活必需品，连内衣都是男队员捐赠的。经过一个月的治疗，他的状况日渐好转，心情好时还躺在病床上哼唱小曲儿。

愿我们熟悉的一切都恢复如初，愿以后还能拥有与你并肩赏景的美好时光。

2020

3.6

“谢谢你，勇敢的‘大白’”

这个春天，白色的防护服成为无数人表达情感的底板。

2 月 12 日，插画师黎婧感染新冠病毒，进入武汉体育中心方舱医院，整日忧心忡忡。这里的护士见大家都很沉闷，就邀约大家“一起跳舞”，氛围开始变得不一样。护士原本身材娇小，穿上防护服后却变得臃肿魁梧。在密不透风的防护服的包裹和束缚下，她们虽然汗流浃背、汗珠盈睫，却还是“不管不顾”地带领大家跳起舞来。她们“呆萌”外表下的温暖的心，让黎婧备受感动，也为她带来了创作“大白”的灵感。她用画笔讲述令她感动的所见所闻，记录“大白”们和萍水相逢的患者同舟共济的动人故事。

▲ 黎婧展示自己创作的漫画（肖艺九 摄影）

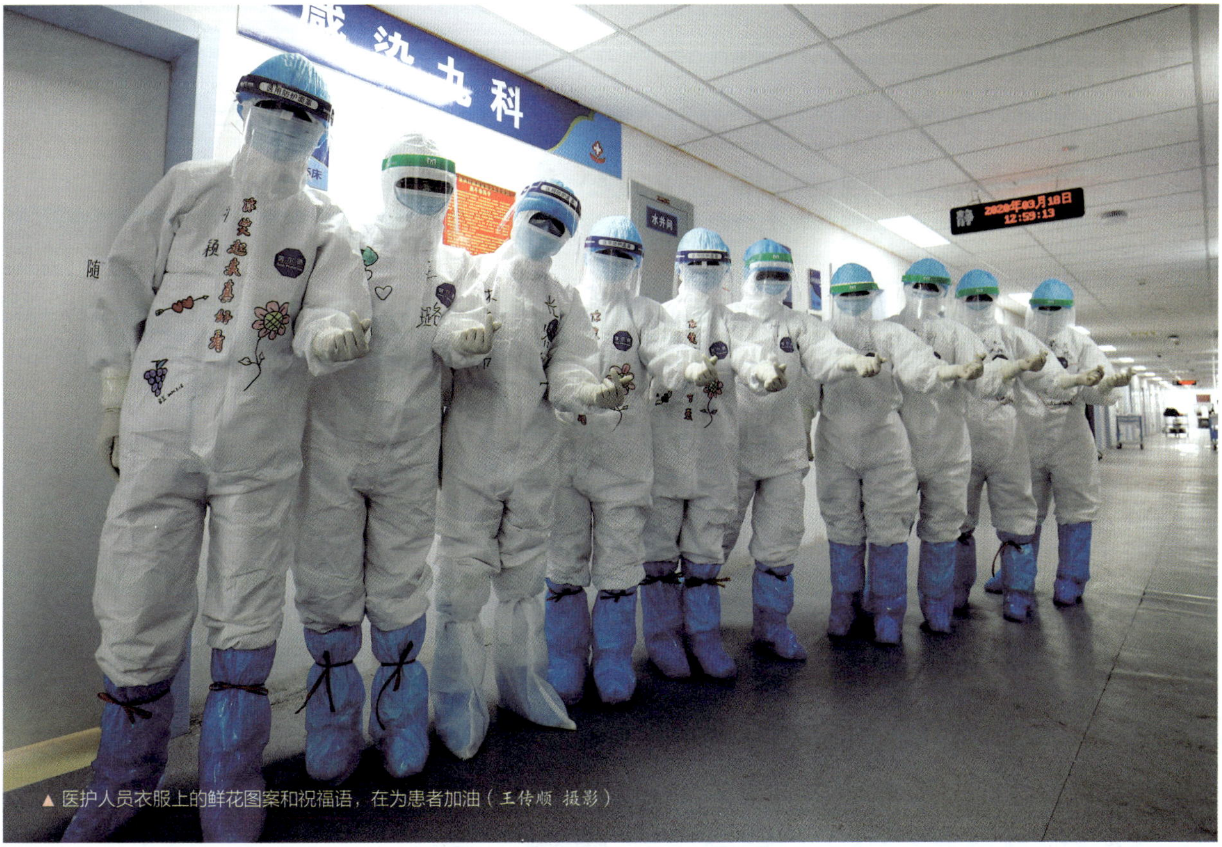

▲ 医护人员衣服上的鲜花图案和祝福语，在为患者加油（王传顺 摄影）

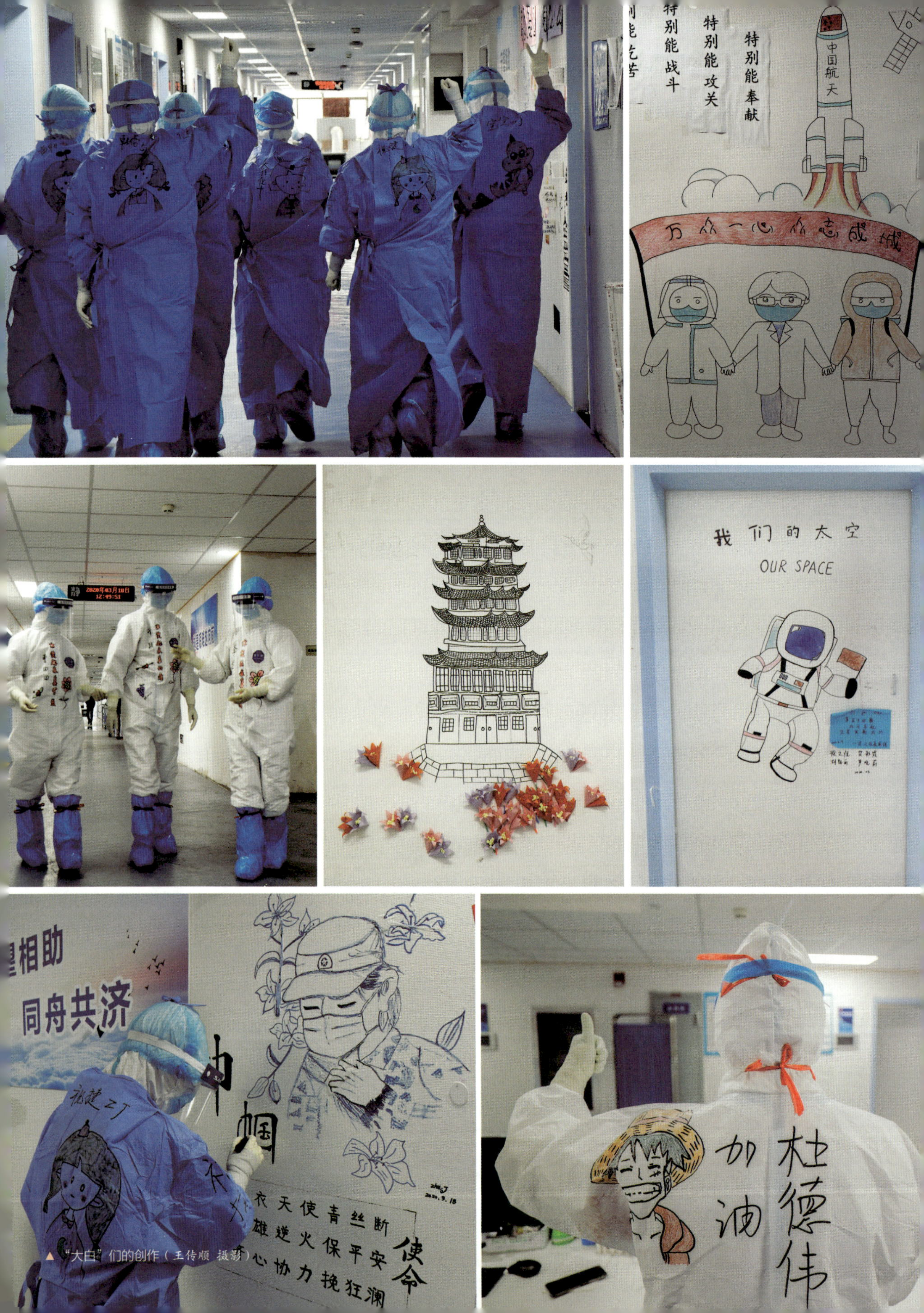

▲"大白"们的创作（王传顺 摄影）

这些萌萌的、暖暖的“大白”，不光是“治愈系”画作中的主角，也是现实生活中心灵手巧的作画者。记号笔是画笔，防护服是画板，高危隔离区是画室。创作环境虽简陋得让人心酸、掉泪，画作却传达着无法被摧折的生机和希望。

作画时，他们没有咖啡相伴，没有清风拂面，只有防护服下的周身汗水和护目镜里的模糊视线。防护服每班必换且须安全处理，因此这些画作就成了“绝版”，但只能以影像存留下来的画作更具直抵人心的魅力。

因为，这是我们在疫情阴云下见到的最美好的画。

2020
3.7

“危险地方，一定要有爸爸身影”

自战“疫”集结号吹响，武汉市公安局江岸区分局百步亭派出所社区民警沈胜文就从未回过家。最忙的一天，他开着自己的私家车，将十多名患者转移至隔离点。一天下来，老沈累得腿肚子抽筋，站都站不住。

▲沈胜文警官指导社区居民正确佩戴口罩（武汉市公安局江岸区分局 供图）

▲ 2 月 15 日，栖霞交通民警正在为过往车辆发放通行证（于乐田 摄影）

身穿藏蓝制服的他们，甚至来不及和熟睡中的孩子道别，便义无反顾地奔赴一线。河南省罗山县公安局五一派出所民警刘宝向儿子以信寄情:“从大年初一到今天，已经46天没有回家陪你了，爸爸一直很遗憾。作为警察的儿子，我相信你不会怪爸爸。最危险的地方，一定要有爸爸的身影。”

哪里有疫情，哪里就有警察在战斗。在武汉三镇，一支支公安“方舱战‘疫’突击队”、1200 多名民警按照“一院一专班”的规定日夜驻守，保障方舱安全，搬运物资，协调病患需求……需要帮助的地方，就会有他们的身影。

飞剑下天山

▲2 月 19 日，新疆库尔特边境派出所民警和护边员骑马翻越雪山，踏查边境辖区（李铭骥 摄影）

疫情当前，警察不退；一抹藏蓝，一道防线。一张新疆阿勒泰地区公安局边境管理支队富蕴大队库尔特边境派出所的民警和护边员于 2 月 19 日执行任务时的照片火爆网络，照片中的人物与场景被网友誉为“七剑下天山”。事实上，那次出警，并不像照片里那样“豪气冲天”，反而有些狼狈。

他们是前往离县城最远的边境村进行边境踏查、防疫走访的。当时，风雪交加、道路崎岖，民警们只能骑马前行。零下 20 多度，风如刀绞，鞋如铅灌，人都快被冻僵了，由于长时间在马背上颠簸，队员们的大腿也被磨红、磨出血。一天下来，一队人走访了 63 户农牧民，发放了 120 余份防疫知识宣传材料和 20 盒常用药品。“路途虽艰难，但不能有半点退缩，也不能落下一人。”

2020

3.8

“疫情过后，我要‘报复性’地热爱生活”

从农历正月初一开始，神州大地就采取了史无前例的联防联控和居家隔离措施。十几亿人响应号召，“宅”在家中，原地“不动”……一扇扇紧闭的家门后，是中国人的隐忍和坚守。

▲给口罩暴晒消毒（钱抨 摄影）

▲橘子口罩（钱烊 摄影）

“宅”在家中，钻研厨艺成为一种“全民娱乐”的项目：“我相信‘美食和家人不可辜负’。天天变着花样烧菜吃，我已学会了四十道菜，成功晋升为厨神！”不是每个人都能晋升为“厨神”的：“这些垮掉的‘作品’，完美地描绘了我的假期生活！”在国人的自制美食榜单中，电饭锅蛋糕、自制奶茶和凉皮备受推崇。而糊掉的烙饼、不成形的蛋糕……也成为特殊时期的特殊记忆。

▲宅家“口粮”（钱烊 摄影）

▲ 居家不出门的孩子用拼插组文字的方式为祖国祈福，期盼疫情早日结束，冬去春来（吴明涛 摄影）

▲ 农历春节期间，山东桓台县居民居家抗疫，客厅成为临时运动场（于文国 摄影）

谁说被“锁”在家中，就只能独自起舞？一位身着绿色卫衣的姑娘在落地窗边跳舞，这一幕被马路对面另一幢楼里的几个年轻人无意看到，年轻人们争相跳舞回应。在“宅”家时光中，人们的健身方式花样百出，充溢着各种奇思妙想：用纸箱当举重用的杠铃，用铁锅、铝盆玩冰壶，用筷子、圣女果和龙眼打台球……随着各种新技能的“解锁”，漫长的假期也开始变得不单调、不颓废了。

假期让人回归亲情、回归生活，更使人们开始规划未来的生活方式——“疫情过后，我要‘报复性’地热爱生活。唯有如此，我们才没有白过这段艰难时光。”一位网友说出了众人的心声。

2020

3.9

“我们不睡，这座城就不会输”

身穿厚厚的防护服，拎着沉重的样本箱，他们被称为“病毒样本快递员”，退伍军人刘森波就是其中一位。病毒样本在被采集后，要被多层包装盒隔离，于半小时内被送至核酸检测实验室。刘森波每天要往武汉雷神山医院跑两趟收取样本，他说：以前入伍是为了守护国家安全，现在到武汉是为了守护国家健康。

如果说“病毒样本快递员”离新冠病毒还有一层样本箱的距离，那么检测员则是揭开病毒面纱、离病毒最近的人。3 月 9 日深夜，当得知有两份刚排查出来的疑似病例样本后，山东省第二批援助湖北医疗队队员吴巨龙二话不说，起身就往鄂州市疾病预防控制中心监测科实验室赶。等结果出来、走出实验室后，吴巨龙又一次看到了凌晨 4 点钟的鄂州。

▲2 月 24 日，刘森波（左）与同事梅乙奇将收取的病毒样本转运至实验室（肖艺九 摄影）

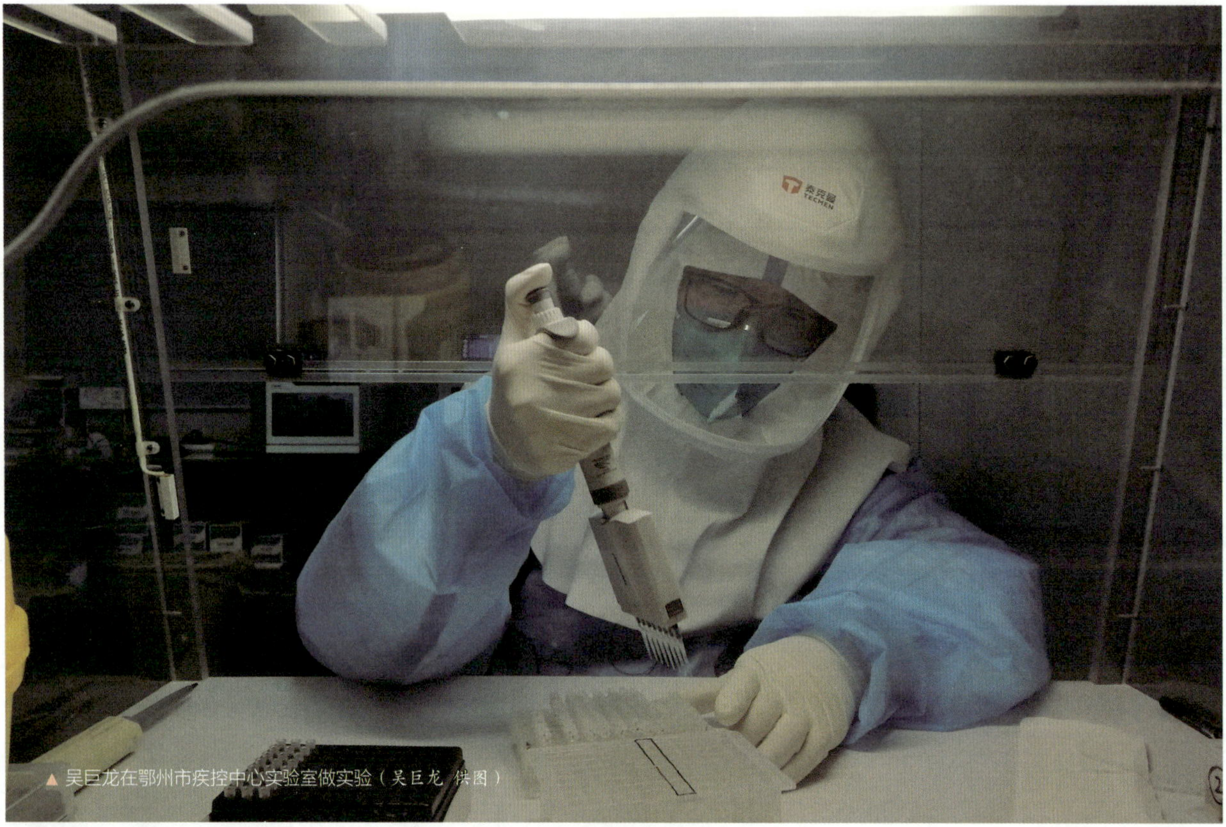

▲吴巨龙在鄂州市疾控中心实验室做实验（吴巨龙 供图）

▲核酸检测实验室内景（吴芳 摄影）

核酸检测结果是确诊新冠肺炎的重要标准之一。从 1 月 20 日山东省出现首例新冠肺炎确诊病例起，吴巨龙就参与了山东省内几乎所有市的新冠肺炎病例的复核确诊工作。

2 月 1 日一大早，吴巨龙作为山东省第二批援助湖北医疗队队员，出现在鄂州市疾病预防控制中心的实验室。他说，刚到这里时，实验室每天收样都在五六百份以上，最多时有七百多份。每一次核酸检测，从样本核对到最后发放检测报告，需要 5—6 小时，实验室每天至少需要进行两批次检测，也就是要不间断工作至少 12 个小时以上。吴巨龙每天接触的是可能带有活病毒的标本，接收、分拣、编号、加样、检测……每一个实验环节，都有让他感染病毒的风险。

从 2 月 1 日来鄂州到现在，不知不觉已经过去了一个多月的时间。凌晨 4 点，鄂州这座城市仍在沉睡，但“我们不睡，这座城就不会输”。队友的这句话，总是让吴巨龙感到温暖和力量。

2020

3.10

“我每天都要跟着流泪”

一天晚上 9 点多，华中科技大学同济医学院附属同济医院中法新城院区，9 位来自北京中日友好医院的医护人员在完成了 4 个小时的紧张工作后，来到了病区外的清洁区。他们在中国摄影家协会主席李舸的镜头下摘下口罩，屏住呼吸，留下了一张张特写肖像照。

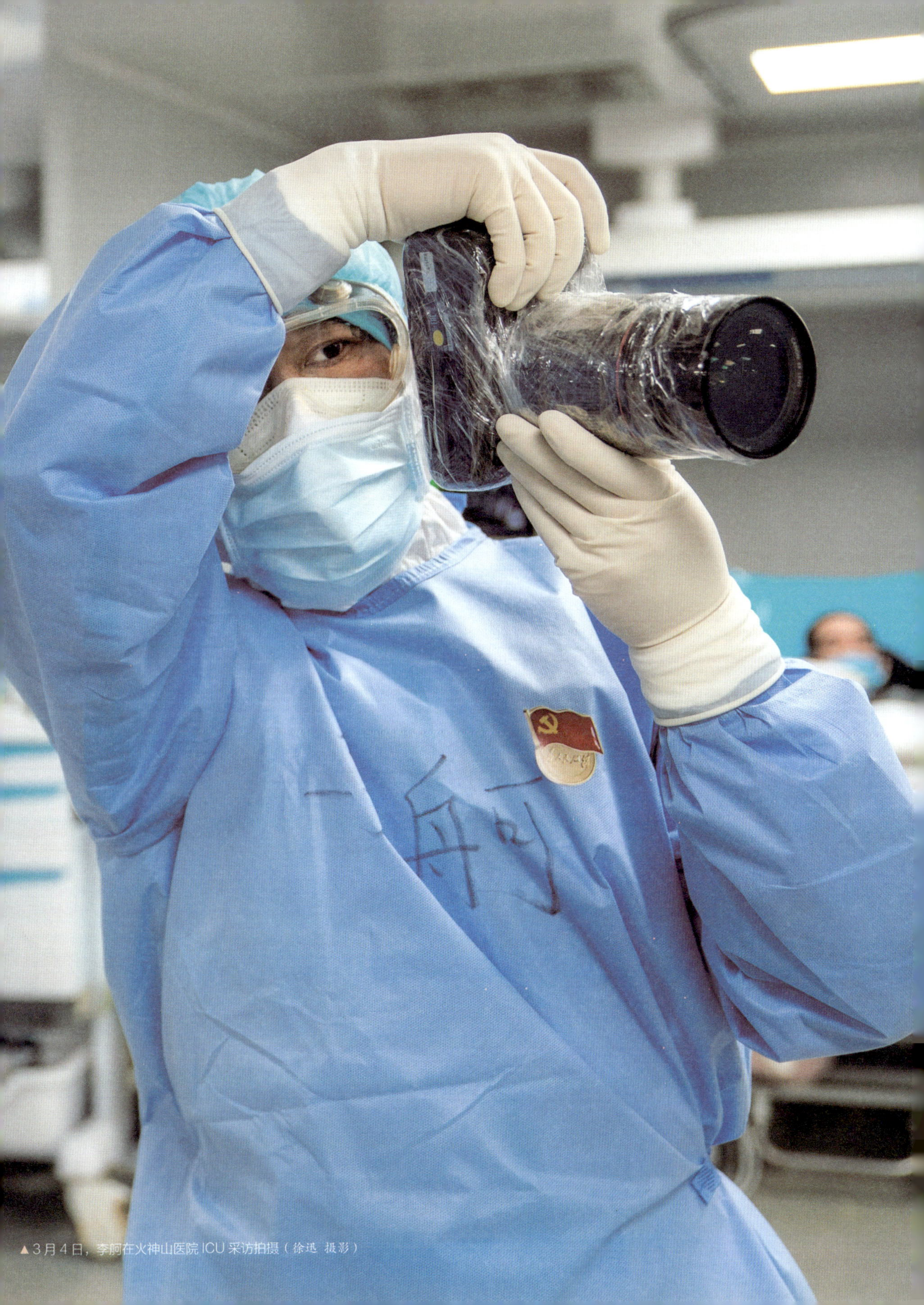

▲3 月 4 日，李舸在火神山医院 ICU 采访拍摄（徐迅 摄影）

疫情发生后，由李舸率领的中国摄协小分队来到了武汉，为“逆行者”造像。除此之外，他们还为白衣战士录了一些小视频，就问一句话：您最想对谁说什么或最想做什么？福建医生杜厚伟觉得这种形式是女孩子喜欢的，便不屑一顾地去洗澡了。等他出来，见大家还在录，就说：“我也录一下吧。”结果他刚说到“等疫情结束后，我要好好孝敬父母”时，就突然失声痛哭，后来哭到不能自已。

“我们不是在拍摄，而是以相机为媒介，与医护人员交心，”李舸说，“很多医护人员对我说，来武汉已经一个多月了，这种交流和释放是他们从没遇到的，也是最需要的。”

“我每天都要跟着流好几次泪。”面对医护人员的真情流露，经历过国家大喜大悲大事件的李舸，却经常情难自已。

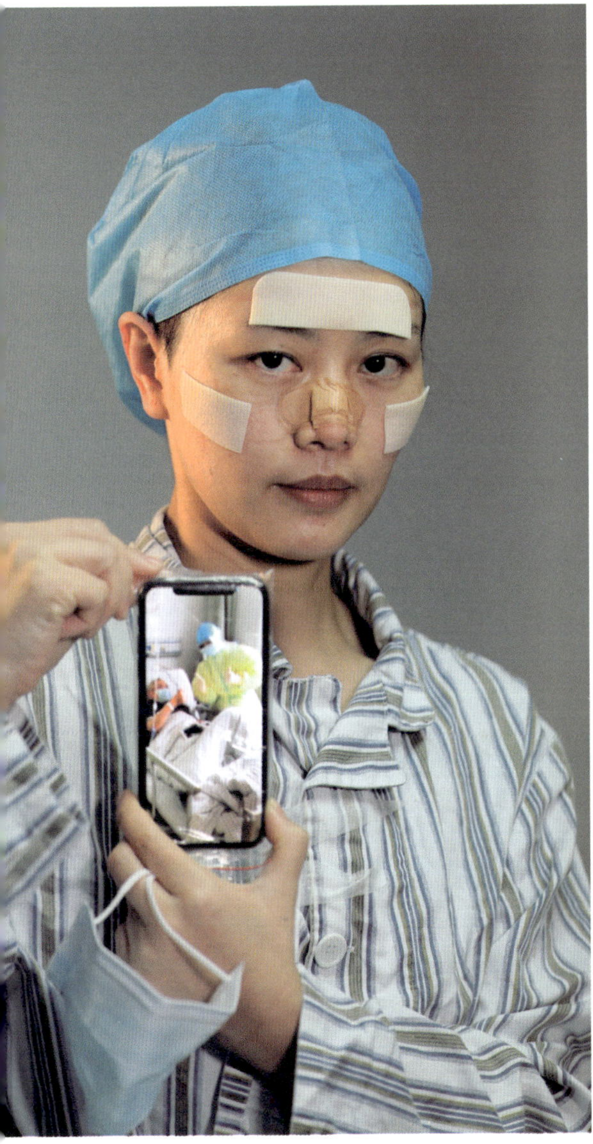

▲ 福建省立医院妇产科主管护师徐健（李舸 摄影）

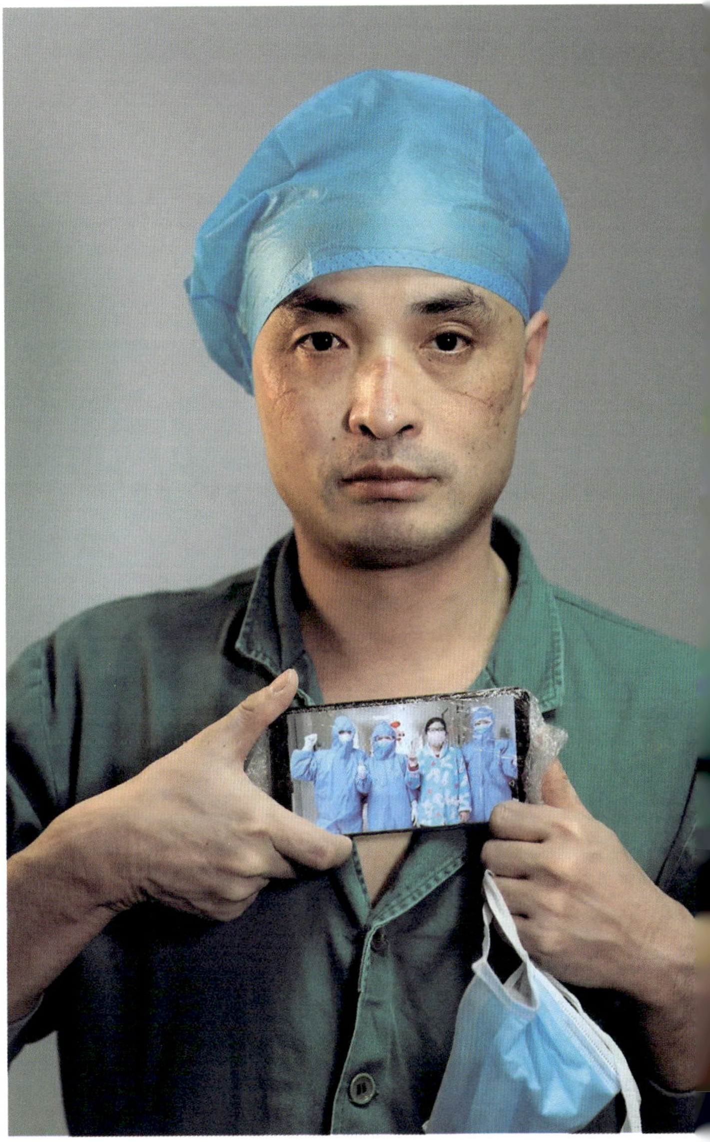

▲ 福建医科大学附属协和医院医生杜厚伟（李舸 摄影）

▲ 肖艺九 摄影

曙光

2020

3.10

“休舱大吉，望后会无期！”

“看着患者入口处的大门缓缓关闭，那一刻我感慨万分，病毒终于被我们阻挡住了。”3月8日，武汉客厅方舱医院里，来自山东济南的护士杨中霞不由得湿了眼眶。往事清晰如昨，她还记得开舱第一天时，从下午2点到晚上10点，仅仅9个小时，这里就收治了90多人。

3月10日下午，武汉最后一家方舱医院——武昌方舱医院最后一批患者出院。至此，武汉的16艘“生命的方舟”，已顶着疫情的狂风骤雨，载着1.2万余名新冠肺炎轻症患者，成功驶达了彼岸。

疫情最危急时，由体育馆、会展中心等场所改造而成的16家方舱医院急速启航，94支医疗队、8000多名医护人员不顾安危、不舍昼夜，为生命护航。几十个昼夜下来，方舱医院做到了零感染、零死亡、零回头，成为“托举生命希望的方舟”。

▲ 3 月 10 日，在武汉市江夏区大花山户外运动中心的江夏方舱医院，一名医护人员开心地展示背后的“封舱大吉”（才扬 摄影）

这些“生命的方舟”，一点儿也不像医院，因为它们“让所有病人在这里有大家庭的感觉”。

“方舱医院用最快的速度、最小的社会成本，达到了短时间内大幅度扩大收治容量的目的。”中国工程院副院长王辰说。

方舱医院清零了，武汉的各大医院也清零在望。在疫情防控阻击战的关键时刻，让我们一鼓作气、不胜不休！

▲生命的方舟（柯皓 摄影）

▲生命的方舟载着众多患者抵达胜利的彼岸（柯皓 摄影）

2020

3.17

“让我好好看看你的眼睛”

故人西辞黄鹤楼，烟花三月别江城。

在武汉最需要帮助的时刻，你们义无反顾地“逆行”而来；在垂危病人重获新生、阴霾江城云开雾散之时，你们开始分批撤离。

3 月 17 日，41 支国家医疗队的 3675 位医务工作者，踏上了返程之路。

过往的日日夜夜里，人们只能努力地从被雾气模糊的视线中辨认“最可爱的人”。现在，人们终于等到了他们脱下战袍的这一刻，终于看到了他们的眼睛，看清了他们的美丽与英武。

▲说天上星星很亮的人，是因为他们没有见过白衣战士的眼睛（王全超 摄影）

▲3月22日，在武汉市武昌区驻地，吉林省第十一批援鄂医疗队启程离鄂。领队张晓慧在大巴车上，眼中满是泪水（才扬 摄影）

▲3月22日，吉林省第十一批援鄂医疗队的医护人员准备启程回家（才扬 摄影）

眼睛是心灵的窗户。在与疫魔对抗的日子里，患者们低落过、惶恐过，也不约而同地从“守护天使”的眼睛里寻找过勇敢和希望。

“说星星很亮的人，是因为没有看过白衣战士的眼睛。”患者高先生在浙大一院之江院区住院的 30 天里，感觉“自己完完全全就像‘国宝’一样”。出院时，他哽咽不成语。

“姑娘，我看不到你的脸，让我好好看看你的眼睛。”一位阿姨从武汉东西湖方舱医院出舱时，依依不舍地对山东援鄂医疗队的唐晓培说。

那一天，听说你们要走——

武汉市民在阳台上高喊“感谢你们，白衣天使”，交警以“最高礼遇、最深敬意、最佳形象”护航，志愿者、民警、机场和火车站的工作人员列队相送……

那一天，我们终于看清了那一双双眼睛。

你们的眼角，挂满泪水。

你们的眼睛很大很大，装得下星空大海，装得下急难险重；你们的眼睛很小很小，就连两行泪水，也装不下。

▲ 3月23日，重庆援鄂医疗队队员乘车离开孝感时，孝感市民夹道欢送（胡虎虎 摄影）

武汉胜则湖北胜，湖北胜则全国胜。截至3月1日，29个省区市和新疆生产建设兵团、军队等调派340多支医疗队、42000多名医护人员驰援湖北，19个省份还对口支援湖北除武汉市外16个市州（林区）。从1月24日除夕夜开始，军队先后派出3批共4000多名医护人员驰援武汉。各省区市驰援湖北医务人员数量如下：北京1215人、天津1289人、河北1090人、山西1509人、内蒙古798人、辽宁2045人、吉林1179人、黑龙江1534人、上海1608人、江苏2757人、浙江1985人、安徽1324人、福建1366人、江西1201人、山东1782人、河南1262人、湖南1458人、广东2452人、广西961人、海南843人、重庆1614人、四川1458人、贵州1401人、云南1132人、陕西919人、甘肃776人、青海239人、宁夏787人、新疆387人、兵团107人，共38478人。
健康所系
性命相托
当我步入神圣医学学府的时刻
谨庄严宣誓：
我志愿献身医学
热爱祖国
忠于人民
恪守医德
尊师守纪
刻苦钻研
孜孜不倦
精益求精
全面发展
我决心竭尽全力
除人类之病痛
助健康之完美
维护医术的圣洁和荣誉
救死扶伤
不辞艰辛
执着追求
为祖国医药卫生事业的发展和人类身心健康奋斗终生
各省区市38478名驰援医务人员分别被安排在湖北省武汉市和十堰市等16个市州，人数分别是：武汉市31097人、十堰市130人、鄂州市839人、恩施州130人、黄冈市1197人、黄石市347人、荆门市303人、荆州市826人、随州市391人、咸宁市493人、襄阳市637人、孝感市1337人、宜昌市265人以及三个省直辖县级市：仙桃市243人、天门市150人、潜江市71人和神农架林区22人。3月16日，中央应对新冠肺炎疫情工作领导小组召开会议，会议要求制定方案，组织援鄂医务人员分批撤离。根据安排，17日，41支国家医疗队3675人将踏上返程。这批医务人员在湖北武汉期间共支援当地14所方舱医院、7所定点医院。
从1月24日第一支医疗队出发前往武汉，到3月17日首批医疗队踏上返程，已经53天。
谢谢你们
为我们拼过命
3月17日，首批41支国家医疗队3675人踏上返程
人民日报新媒体

2020
3.21

“谢谢你，救过我的命！”

疾疫如彻骨之酷寒，但大国之韧劲从未被“封冻”。无数力量汇集，无数暖流涌动。山东拿出最硬家底，捧出滚烫真心，齐心“鲁”力，硬核“参战”，在“激活”自身最强“免疫系统”的同时，千里驰援对口支援的湖北黄冈，与黄冈人民携手共克时艰。

仁者爱人，民胞物与。白衣执锐战黄冈，齐鲁情漫大别山。当时，黄冈是除武汉之外疫情最严重的城市之一。在各方努力下，经过了53天的艰辛奋战，3月18日，大别山区域医疗中心确诊患者清零，山东支援湖北医疗队圆满完成了救治任务。

▲济南市区亮灯，为武汉加油，为中国加油（刘军 摄

▲3月21日，与山东医务人员朝夕相处多日的网红金毛“大黄”与队员依依惜别（《黄冈日报》 供图）

▲3月21日，黄冈一名3岁的孩子竖着大拇指为即将离开的山东援助湖北医疗队队员点赞，队员们弯腰与他互动（陈爱武 摄影）

3 月 19 日，山东第二批援助湖北医疗队在酒店门口合影留念时，一只流浪狗突然闯进了队伍，紧紧依偎在医护人员身边，冲着他们撒娇。在进驻黄冈的 50 多天里，山东医疗队的队员经常投喂这只流浪的金毛犬，给它起名叫“大黄”，并与它建立了深厚的情谊。准备拍摄的工作人员把这位“不速之客”“请”了出去，没想到它绕了一圈，又回到了队伍中来。

3 月 21 日，山东医疗队从黄冈撤离。黄州大道两旁是绵延了十多公里的送行市民队伍。“感谢山东，英雄一路平安！”“谢谢你，救过我的命！”听着车窗外那一声声深情的呼喊，队员沈晓晓哭湿了两个口罩：“来时，空无一人；别时，万人相送。曾经无数次地说‘黄冈加油’，今天终于能够说‘黄冈再见’。”

临行前的这天上午，仿佛预感到了别离，“大黄”泪眼蒙眬地跑到酒店门口，迟迟不肯离去。“这一别，不知道何时才能再相见。小家伙，祝你好运！”队员们握住它的爪子与它告别。不过，令他们感到宽慰的是，“大黄”已找到了自己的主人，从此不用再流浪。

“联合专家考察组经过不同的方式仔细观察后认为，毫无疑问，中国对控制新冠病毒传播的大胆措施，已经为控制迅速扩展的致命的疫情带来了转机。我想，我们要认识到很重要的一点，对于武汉人民，全世界都欠你们的情，随着疫情的结束，希望有机会可以感谢武汉人民，感谢他们的付出，因为这里的许多人都遭受过苦难，那个城市的人们已经并且正在经历一段非比寻常的时期。”

——世界卫生组织赴中国考察专家组负责人

布鲁斯·艾尔沃德

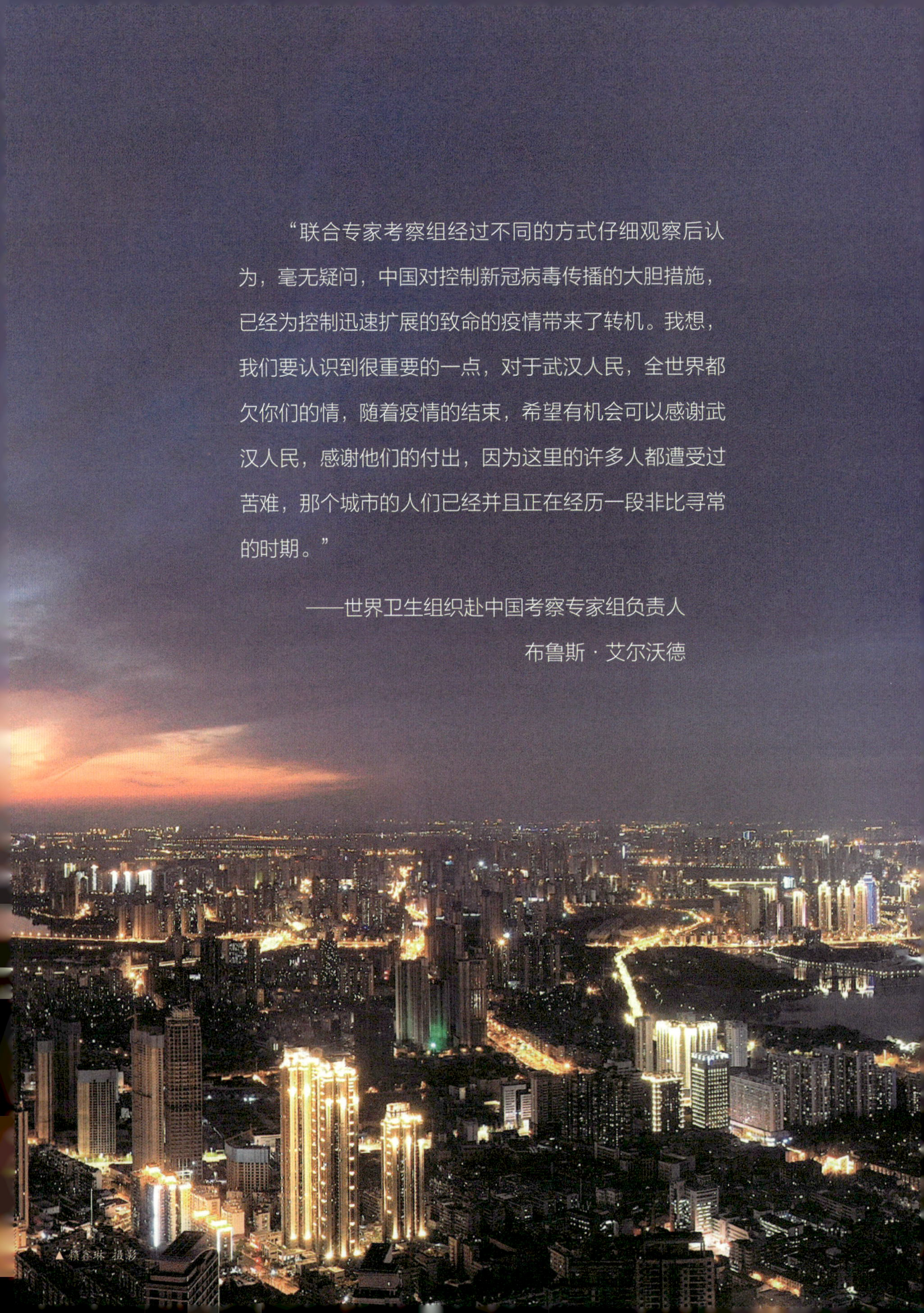

▲赖鑫琳 摄影

"Wuhan has proven to be a city of heroes

who can solve problems."

——Zhong Nanshan

Editor's Note

At the beginning of Lunar New Year 2020, the sudden outbreak of COVID-19 caught many people across the country by surprise. Looking back years later, we will recall not only the fear and sorrow brought about by the epidemic, but more importantly the warmth and hope we shared together during those days of ordeal. In recognition of the great humanity and goodness manifested in the determined fight against the coronavirus, *Shandong Pictorial* Reporting Team prepared this book by carefully selecting 40 inspiring and touching stories told by ordinary people who engaged themselves fearlessly on the front lines of the heroic battle. These narratives were accompanied by compassionate pictures to highlight those heart-warming moments that define us as human beings.

Due to time constraints, we were unable to contact the photographers of these pictures individually, for which we sincerely apologize. We urge the photographers to contact us at their earliest convenience if they believe their pictures are not adequately acknowledged in the book. Honoraria will be presented to them for their photographic works, and a full acknowledgment will also be made when the book is ready for a second edition.

Special thanks go to all the people involved in the publication of this book for their dedication and efforts. Inspired by the goal we all share, we are committed to working and meeting challenges together as we move forward. We look forward to welcoming a new spring when flowers blossom and the moment when we can give each other an enthusiastic hug to celebrate the ultimate victory.

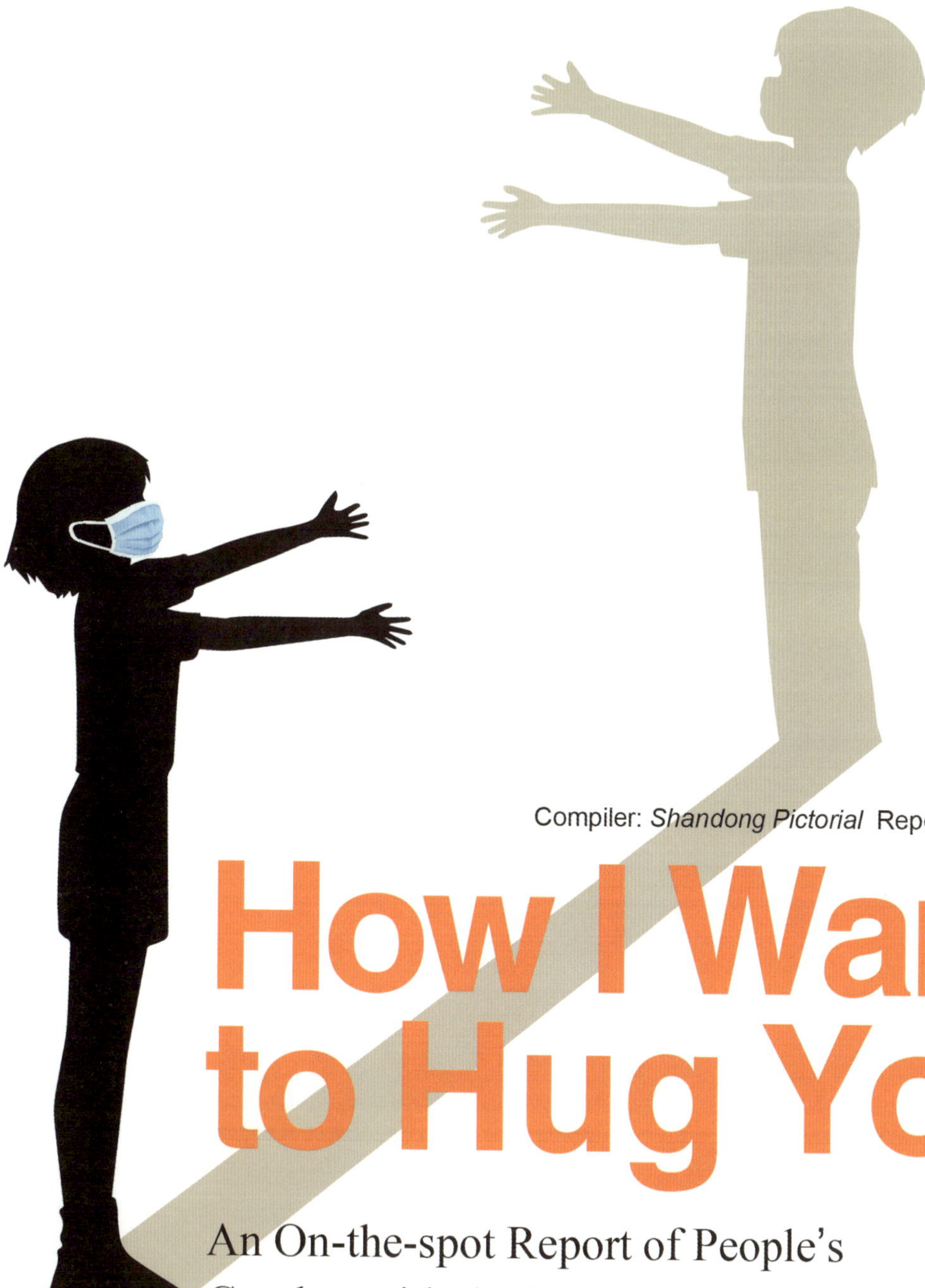

Compiler: *Shandong Pictorial* Reporting Team

How I Want to Hug You

An On-the-spot Report of People's Combat with the Epidemic

SFP Shandong Friendship Publishing House

CONTENTS

Feb. 3

050 "I am determined to hold on till the end of the epidemic"

Feb. 5

052 "I love reading"

Feb. 6

058 "Please be assured that the old man passed away in a decent manner"

Feb. 9

060 "Wearing white coats, they are leaving for the battleground. Please return safe and sound!"

Feb. 10

062 "To see you off today is to welcome you back tomorrow!"

Feb. 11

066 "Ten seconds in the isolation ward there"

Feb. 12

072 "I want to grow up like you"

Feb. 13

074 "He managed the production line all by himself for 16 days"

In order to contain the virus disease, Wuhan has since January 23rd, 2020 taken a herculean measure to close all inbound and outbound routes, thus successfully winning the precious "window of opportunity" for the fight against the endemic in China and across the world.

e Outbreak
f COVID-19

▲ Photo by Lai Xinlin

JANUARY 23

"Don’t cry, Wuhan"

Located in the middle reaches of the Yangtze River, Wuhan’s unique geographical location makes it the “thoroughfare to nine provinces”. In the 19th century, Wuhan was the most important inland city of commercial activities in China, and also one of the largest metropolises in the world. Now, it is a dazzling highlight on the new night lights map of the major Chinese cities. It is also a vibrant city of youth with 1.3 million college students, making it one of the youthful cities in the world.

▲ Road signs on Zhuanyang Avenue in Wuhan show multiple sections of highway closed, January 27th, 2020. [Photo by Zhao Ming]

However, in Lunar New Year 2020, the city became one of sorrowful tears in the eyes of Dr. Zhong Nanshan, an internationally renowned Chinese pulmonologist and an academician with the Chinese Academy of Engineering (CAE).

On January 20th, Zhong Nanshan, the head of the high-level expert team, which was put together and sent to Wuhan by China's National Health Commission (NHC) to guide epidemic response work and conduct on-site investigations, confirmed that a novel coronavirus of unknown origin was spreading uncontrollably from person to person in Wuhan.

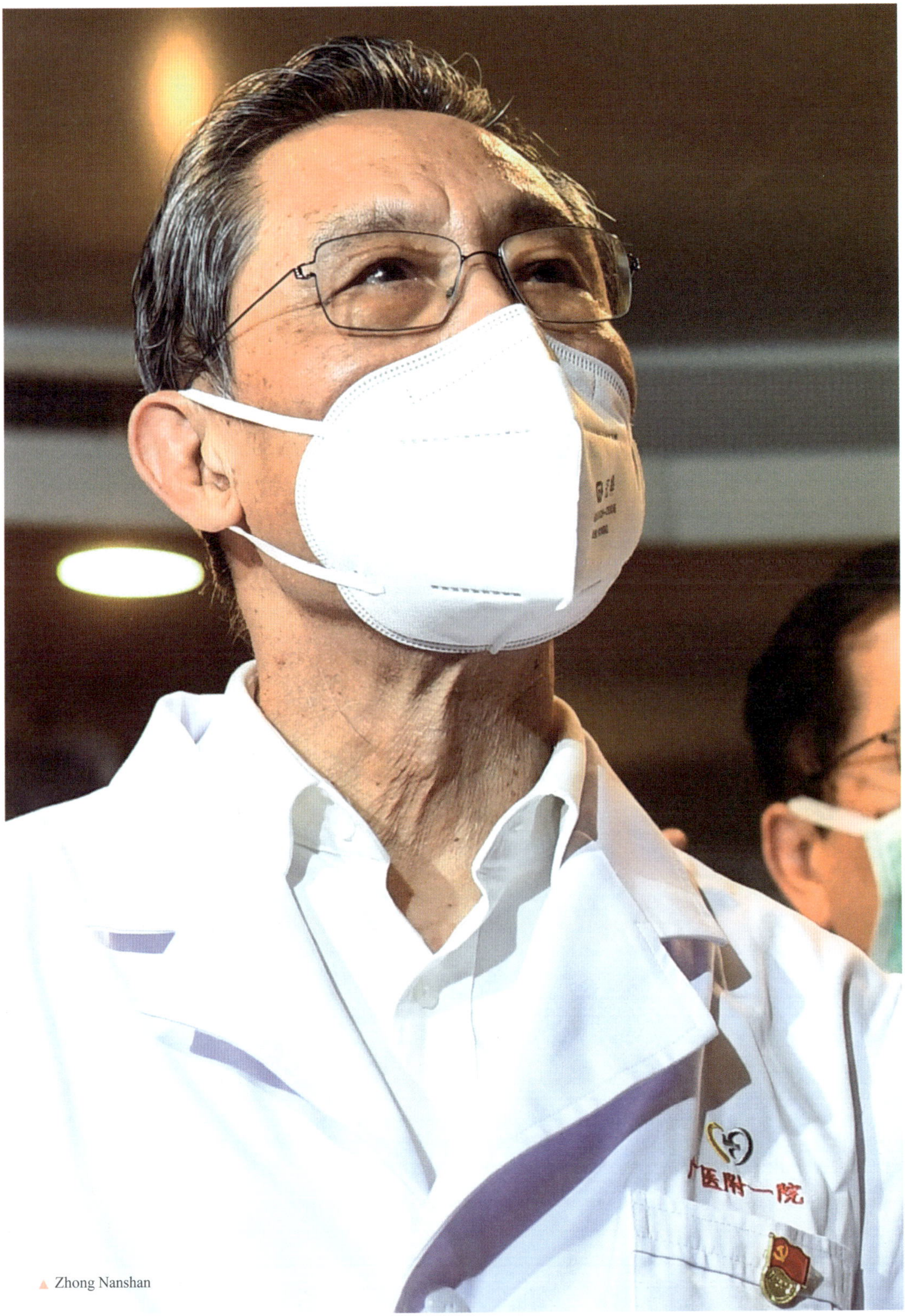

▲ Zhong Nanshan

In order to contain the spread of the epidemic, starting at 10:00 am on January 23rd, the public transportation system, including buses, subways, trains and flights across the whole of the city, was suspended and all outbound routes were also shut down.

A passenger in the empty square of Wuhan high-speed railway station on January 23rd, 2020. [Photo by Cheng Min]

The long-awaited Spring Festival reunion turned into quarantine and people's normal lives were suddenly disrupted by the epidemic, which made the gigantic city of Wuhan stop and quiet down like a ghost city. Over the past two months, this lockdown city, with a population of more than 10 million people, painfully struggled day and night.

▲ Two passers-by on an empty street in Wuhan [Photo by Wang Xiao]

**Wuhan was crying,
temporarily.**

Don’t cry, Wuhan.

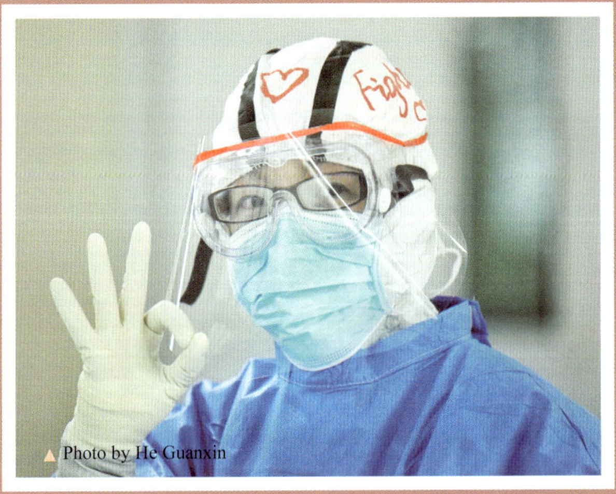

▲ Photo by He Guanxin

Fi

th

ght Against
e Epidemic

JANUARY 23

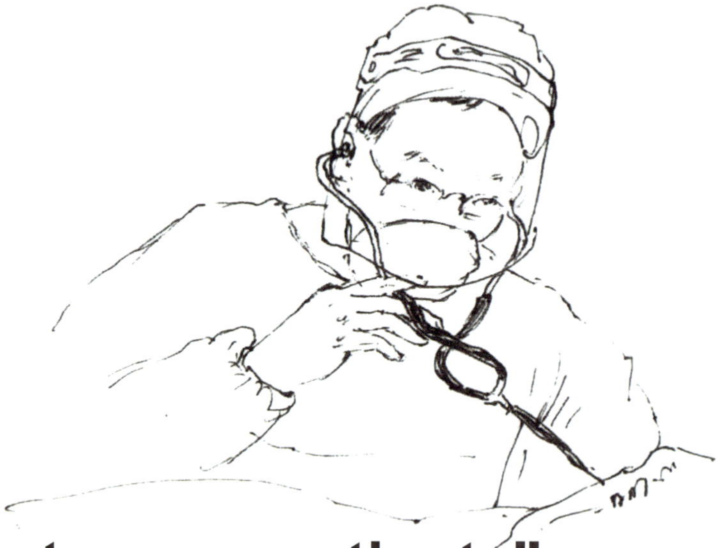

"I live only to save patients"

He is Dong Zongqi, an 86-year-old senior expert of the Department of Respiratory Medicine at Wuhan Children's Hospital and the recipient of the prestigious "Chinese Pediatrician Lifetime Achievement Award". From "Day One" when Wuhan was sealed off, he kept working to treat patients in his protective equipment on his electrically propelled wheelchair. "I have spent all my life treating patients. I can't leave them."

Wearing a suit of protective clothing and an N95 face mask, Dong Zongqi rarely went for a drink or went to the restroom so that he could save more time for his patients. During the whole morning when he was in the clinic, he would normally receive as many as 30 children patients. Concerned about his health, fellow colleagues kindly warned him that at his age he should no longer work like a superhero. He should instead take good care of himself. However, Dr. Dong said: "I live only to save patients. Old though I am, I am still in good shape. There's nothing to worry about me."

It seems that being a doctor itself is sufficient enough to make one face up to life and death more courageously. Facing the outbreak of the epidemic, tens of thousands of local medical personnel in Wuhan held fast to their posts and never wavered. Without any slightest hesitation, they rushed to the battleground resolutely and without fear.

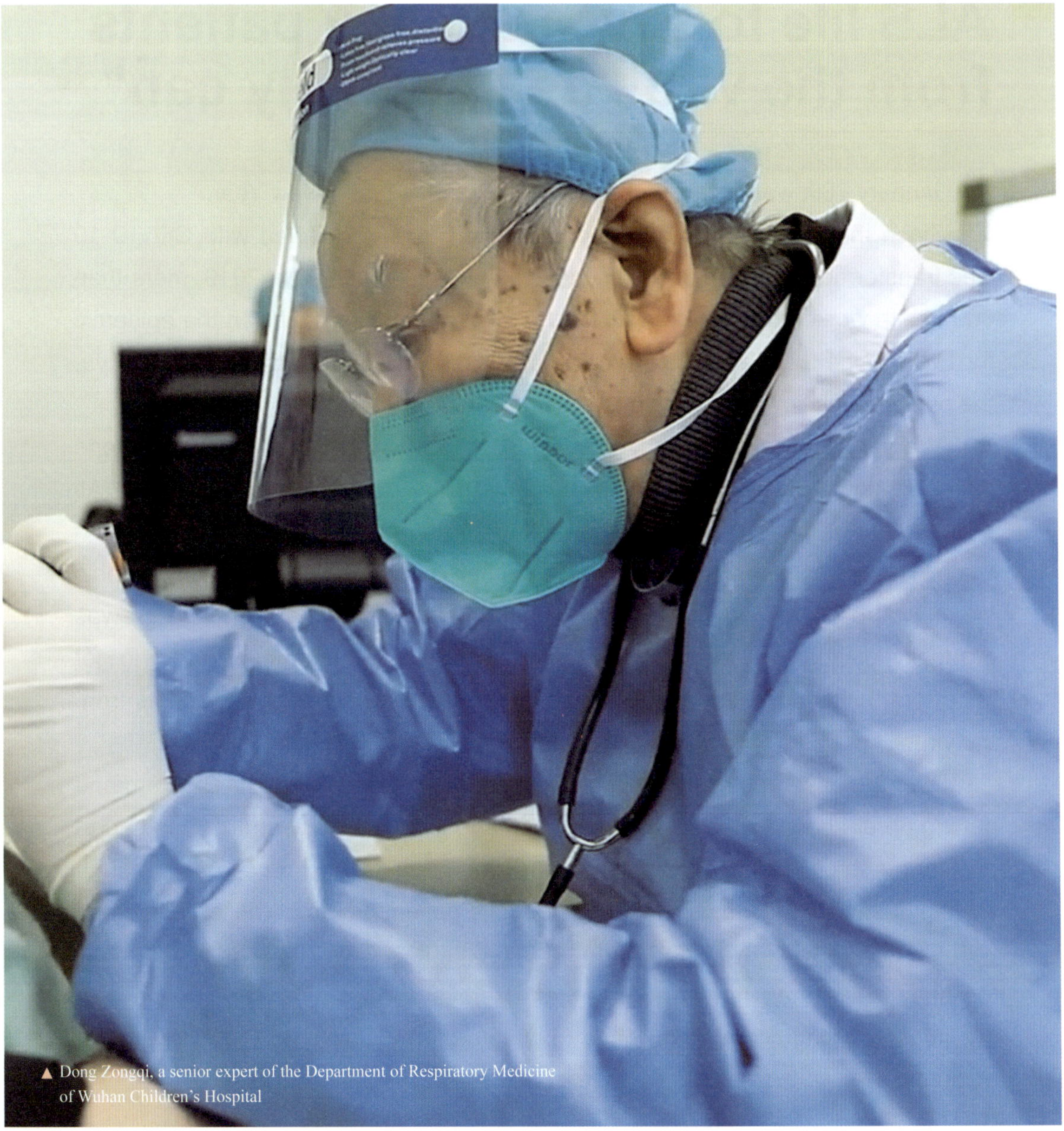

▲ Dong Zongqi, a senior expert of the Department of Respiratory Medicine of Wuhan Children's Hospital

JANUARY 26

"I will spend the remainder of my ALS life to save as many patients from the virus as I possibly can"

January 26th was the second day of the Chinese Lunar New Year.

Since the first batch of seven pneumonia patients infected with COVID-19 was transferred to Wuhan Jinyintan Hospital on December 29th, 2019, more than 600 health workers had worked on the front lines of the combat with the epidemic for twenty-nine days already. At 9:00 pm, a 57-year-old man, Dr. Zhang Dingyu, the president of Jinyintan Hospital, was utterly exhausted.

In a very short period of time, Dr. Zhang had answered 6 consultative phone calls. He could be heard shouting throughout the corridor in the building. "All colleagues and patients in the hospital know I have a quick temper and a loud voice. This is because I am racing against time." Suffering from ALS (amyotrophic lateral sclerosis), his legs have already begun to atrophy and the whole body was gradually losing consciousness. "I have to run faster against time and try to get important things done in my life. I have to run faster to save more patients from the virus."

Over the past months of fighting the virus, going to bed at about 2:00 am and getting up at about 4:00 am has become Zhang Dingyu's daily routine. He had to answer numerous calls and handle various emergencies. As if not already enough for him, just when he was saving those serious patients, his wife became infected with COVID-19 while working at another hospital far away. However, Zhang was too busy to visit her; he did not see her for several days already. "The clock of my life is counting down, and I have to devote all my energy to the war with the epidemic.

▲ Dr. Zhang Dingyu, the president of Jinyintan Hospital [Photo by Ke Hao]

JANUARY 27

"Don't cry. Mom will come back after subduing the monster"

Facing the invisible enemy of the virus which is crazily attacking humans, who can fight against it and win?

The determined health care workers are the real heroes in harm's way.

"Wuhan, we're coming for you!"
"Hubei, we're coming for you!"

Recently, the city of Wuhan and the province of Hubei (where Wuhan is located) have become the destination of tens of thousands of angles in white coats. On January 26th, the first batch of the national anti-epidemic medical treatment teams lost no time in rushing to Wuhan. Soon afterwards, medical teams from all across the country raced to Hubei to join forces in combating the epidemic.

▲ In Zibo City, the twelfth batch of Shandong medical team goes to the front line of anti-epidemic in Hubei Province. Before leaving, a boy suddenly runs forward and takes his mother's hand, crying "Mom, don't go" on February 20th, 2020. [Photo by Li Xiuchun]

▲ The second batch of Shaanxi medical team gathers to set off. Zhao Li, the head nurse of Daxing Hospital kisses and says goodbye to her 11-year-old-son Li Xiwen through masks, February 2nd, 2020. [Photo by Wang Hui]

Liu Jie, a head nurse of Chongqing municipal medical team, is a proud mother of a son and a daughter. After learning that their Mom had signed up for the medical team to go to Wuhan, the children kept hugging her affectionately. The girl had tears in her eyes while the boy cried loudly. "I have to comfort them the best I can and tell them not to cry. I promise them that Mom will come back after subduing the monster."

Wearing a physician white coat, they are formidable warriors. Saying goodbye to their kids, moms instantly transform into the "monster-beating" doctors. With their fragile human bodies, they help build up a safe defense line out of their determination, compassion, and motherly love.

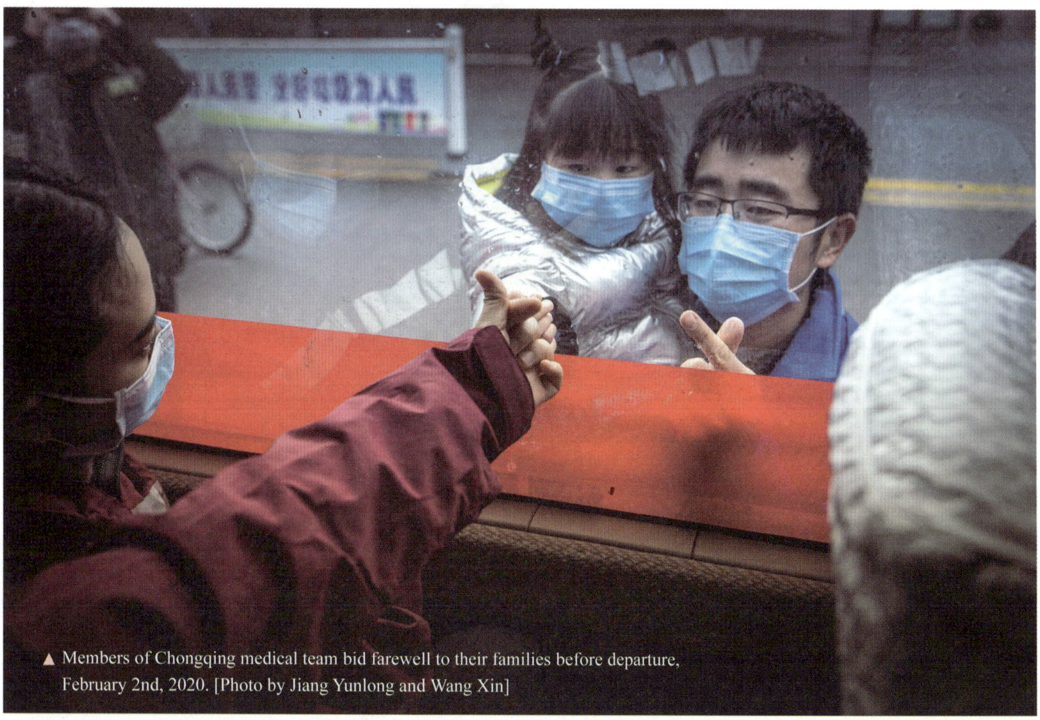

▲ Members of Chongqing medical team bid farewell to their families before departure, February 2nd, 2020. [Photo by Jiang Yunlong and Wang Xin]

▲ Medical workers, heroes in harm's way, leave for Hubei Province, with their loved ones' understanding and support. [Photo by Yin Chenqian]

JANUARY 28

"Zhao Yingming, you must come back safely. I promise I'll do all the housework for you for a whole year!"

For sure, there are heroes, indeed many heroes, in harm's way. Likewise, there are many "husband-housekeepers" back at home. In this war without gunpowder smoke, all health care workers risk their lives and fight bravely. As they are combating the virus, their loved ones are worried for their safety.

At 7:00 am on January 28th, the Guangyuan medical team was leaving for Hubei Province. When the bus started moving, a middle-aged man suddenly shouted at the bus in a crying voice: "Zhao Yingming, did you hear me? You must come back safely. I promise I'll do all the housework for you for a whole year!"

When Zhao Yingming, who was inside the bus, was told by her colleagues that her husband promised to do all of the housework for a whole year, she shouted back to her husband, "Honey, thank you for all you have done for me. Please take good care of our home! I promise you I will return safe and sound. I will closely monitor your progress in doing housework for the year to come."

This cheerful trade of the thoughtful shouts not only brings the two sweethearts closer to one another, but also inspires the people of Hubei Province and the people of the whole country.

▲ The third medical team from Shandong Province supporting Hubei Province are about to set off. Zheng Lei, a nurse of ICU of the Second Hospital of Shandong University, says goodbye to his wife Shi Congcong, February 2nd, 2020. [Photo by Rao Qi]

JANUARY 29

"Working on the crane for five days and nights non-stop, I almost wavered"

On January 23rd, in modelling itself after Beijing Xiaotangshan Hospital, the Wuhan municipal government decided to construct a hospital named Huoshenshan (literally: Mount of the God of Fire) Hospital in Wuhan to focus exclusively on treating COVID-19 patients. Two days later on January 25th, the Wuhan government decided to construct another hospital named Leishenshan (literally: Mount of the God of Lightning and Thunder) Hospital in Wuhan within two weeks.

It was the Spring Festival holiday season, and yet more than 1,400 construction workers sacrificed their holiday and started the project immediately. However, there was still a lack of helping hands for these huge construction projects. A call was issued and hundreds of people from all directions enthusiastically responded. Cheng Tianhong, a crane driver, was one of these people. “At that time, my wife, out of her concern for my safety, kept telling me not to go, but I came here anyway. As a resident in Wuhan, how could I flinch at this critical moment?”

▲ Construction record of Huoshenshan Hospital in Wuhan
[Photo by Xiao Yijiu]

▲ The construction site of Huoshenshan Hospital on the Lunar New Year's Eve, January 24th, 2020. [Photo by Huang Lei]

More and more people like Cheng Tianhong joined forces in constructing the hospitals. The team grew big quickly:**800 ... 1,000 ... 2,000 ... 5,000** people on the construction site.

Cold though the winter was in Wuhan, the Huoshenshan area, close to the Zhiyin Lake, turned out to be a "hot" and hopeful construction site.

Cheng Tianhong's job was to operate a heavy crane. He was so diligent that he did not leave the crane for one single day for five consecutive days. When he was utterly exhausted, he would take some sleep on the crane and then continue to work. Likewise, thousands of construction workers kept working 24-hour shifts on thousands of large-scalc machinery and transporting vehicles.

During the busiest time, there were more than 7,000 people working on the construction site, operating more than 800 excavators, bulldozers and other construction equipment at the same time.

▲ Hundreds of excavators are under operation on the construction site of Huoshenshan Hospital.[Photo by Huang Lei]

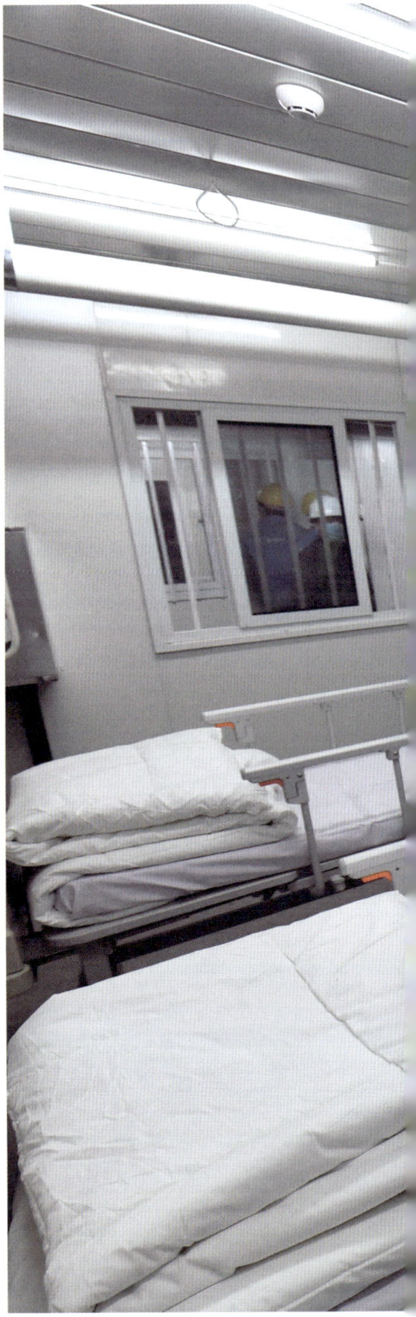

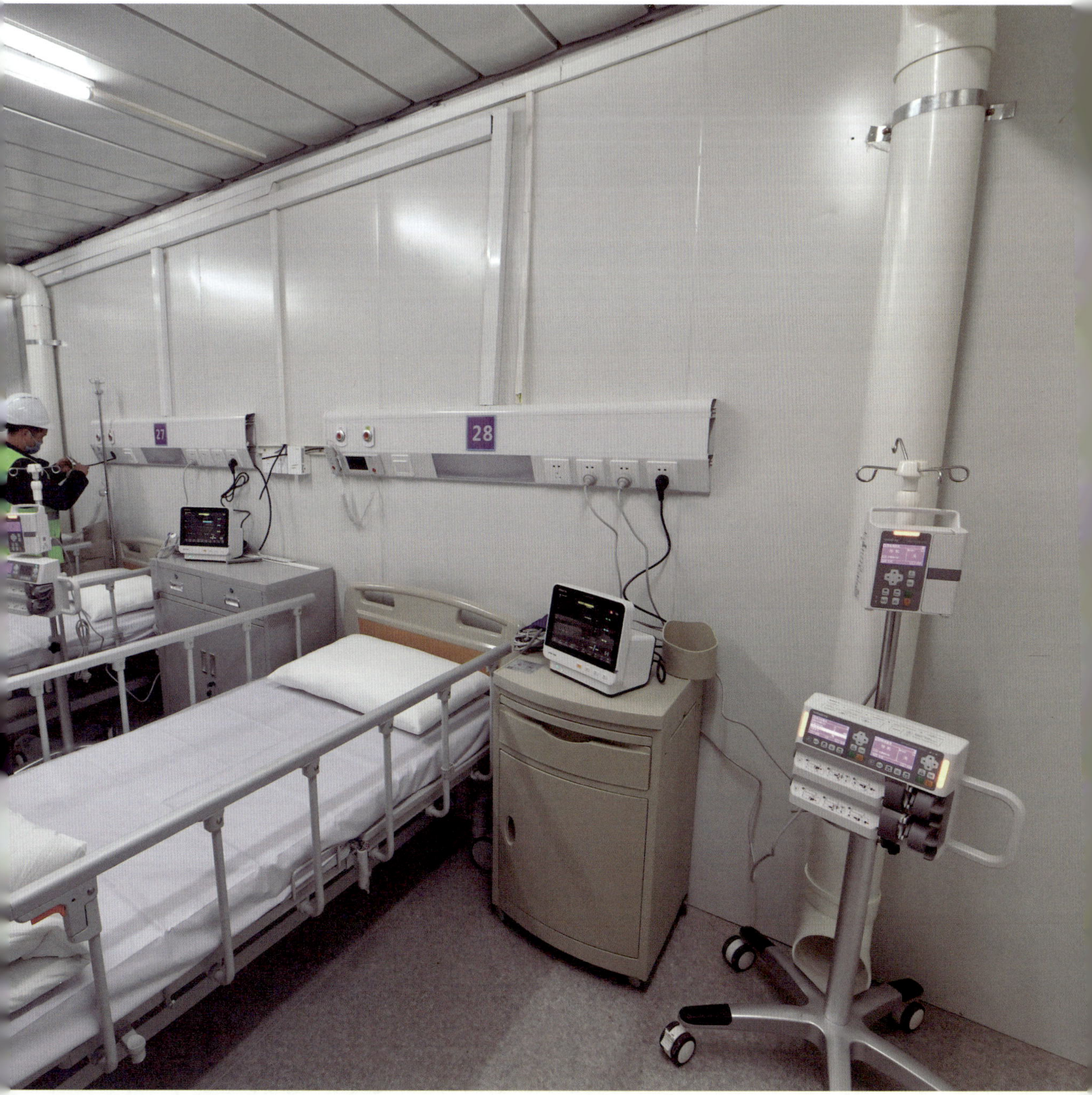

▲ A worker installs the warden call system at Huoshenshan Hospital, February 2nd, 2020. [Photo by Wei Lai]

▲ A full view of Leishenshan Hospital in Wuhan. 60% of the construction has been completed on February 1st, 2020. [Photo by Mei Tao]

It took only ten days and nights to build Huoshenshan Hospital, one for respiratory infectious diseases, with a total floor area of 34,000 square meters and a capacity of 1,000 patient beds. It has become a new landmark in China's determined fight against the epidemic.

"To be honest, I once wavered, seeing the contagious patients were transferred here. But I decided to continue the work for three more days. When I saw that these patients had a better place to stay in, I had a sense of fulfillment. After all, our painstaking efforts paid off," said Cheng Tianhong.

FEBRUARY 1

"The only help I can offer is to give them the vegetables I grow myself"

From a remote mountain village far away in Yunnan, a southernmost province in China, several farmers rode their motorcycles all the way to Wuhan, carrying 22 tons of bananas!

On the evening of January 28th, Li Fuguang, together with two fellow villagers from Kaifeng, Henan Province, brought 16,000 kilograms of fresh carrots. After a 10-hour non-stop trip, they delivered the carrots to the health care workers who were fighting the epidemic on the front lines of the battleground.

On the same day, the people of Shouguang, Shandong Province, also stayed up all night. Sponsored by the local government, each household in the district picked fresh cucumbers from its own greenhouse and carefully packed them in foam boxes. During the night the first batch of more than 350 tons of vegetables was ready.

▲ Shouguang people of Shandong Province donate vegetables to Wuhan. [Photo by Han Mingyun]

▲ The vegetable transport team sets out for Wuhan. [Photo by Han Mingyun]

▲ Vegetable farmers in Shouguang, Shandong Province pick all kinds of high-quality vegetables overnight, January 27th, 2020. [Photo by Li Danqing]

"When we were desperate and helpless during the devastating Wenchuan earthquake, rescue materials were sent to us from all over the country. Now, Wuhan needs us. The only help I can offer is to give them the vegetables I grow myself," said Wu Qiang, a farmer in Shifang, Sichuan Province, who donated 50 tons of radishes and 15,000 kg of vegetables, in addition to a large amount of garlic seedlings, good for twenty acres.

On January 29th, Wen Jie, a migrant worker in Linyi, Shandong Province, found a message that Leishenshan Hospital in Wuhan urgently needed boardroom installation workers. After discussing with his family, he grouped a team of 9 fellow workers and travelled all the way to Wuhan to join forces in constructing the hospital. "I went directly to the construction site and had no time to take a good look at the city," Wen Jie said.

Later, characteristic agricultural and sideline products from all over the country came to Wuhan to "register": the celery from Liuzhou, Guangxi Zhuang autonomous region, the beans from Sanya, Hainan Province, the corn from Xuwen, Guangdong Province, the banana from Honghe, Yunnan Province, the radish from Dandong, Liaoning Province, and the walnuts from Kashgar, Xinjiang Uygur autonomous region are here... These are not only agricultural products, but also the deep feelings of farmers across the country.

FEBRUARY 2

"The military races to people's rescue when they are in danger"

▲ The PLA draws forces to undertake medical treatment at Wuhan Huoshenshan Hospital. [Photo by Wang Chuanshun]

At the most critical time for the COVID-19 epidemic prevention and control, Chinese soldiers were ready to come to people's rescue.

On February 2nd, Ma Ling arrived in Wuhan as a member of the military medical assistance team in Hubei Province. Before the team set off for Wuhan, he made a pledge, "Facing the epidemic, we, the Chinese People's Liberation Army, will never retreat! We will do our best to protect people's safety and health!"

On the same day, Huoshenshan Hospital was delivered to the military medical assistance teams in Hubei for management and operation. On the following day, a total of 1,400 health care workers from different medical units of the armed forces were dispatched there, beginning to undertake medical treatment tasks soon afterwards.

As the "important battlefield" for Wuhan to fight against COVID-19, the "Battle Report" of Wuhan Huoshenshan Hospital is particularly touching—"Accept the first batch of confirmed cases of COVID-19", "Receive severe cases of COVID-19" , "The total number of patients admitted exceeds 1,000".

On February 13th, Wuhan Huoshenshan Hospital ushered in the first good news since its operation—the first batch of patients with COVID-19 cured was discharged from here.

On the same day, the transport aircraft Y-20 made its first expedition to support Hubei.

"'Fat girl' has arrived in Wuhan. Come on!" some netizens wrote this message excitedly.

On February 13th, 11 transport aircraft, including Y-20, landed in Wuhan with 1,400 PLA medical staff, as well as medical supplies. Subsequently, the PLA sent an additional 2,600 medical staff to join forces with Wuhan in its combat with the COVID-19.

Since the outbreak of the epidemic, the PLA armed forces have provided quick and effective support to Wuhan the best way it can: by ways of air, rail and road. When most Chinese people gathered together for a family reunion dinner on the Eve of Chinese Lunar New Year on January 24th, a total of 450 military professionals from medical universities of the army, navy and air force of the PLA responded to the order and set off for Wuhan, wearing only backpacks.

▲ Since January 24th, the Chinese military has sent three batches of medical staff, with a total of over 4,000, to support Wuhan. [Photo by Cheng Min]

Since January 24th, the Chinese military has sent three batches of medical staff, with a total of over 4,000, to support Wuhan. Now, more than 10,000 health care workers are racing against time to save and protect lives from the virus. In the meantime, the military medical personnel take all necessary precautions to protect

▲ Military medics arrive at Wuhan Tianhe International Airport by military aircraft. [Photo by Cheng Min]

themselves. So far, they have maintained a record of “zero infection”. It is worth mentioning that for the first time the Y-20, China’s largest military transport aircraft, took part in non-war military operations since its maiden flight in 2013. And the Y-20 military transport aircraft dispatched 10 times in these operations.

FEBRUARY 3

"I am determined to hold on till the end of the epidemic"

Every day, about 400 to 600 boxes of food were delivered free to hospitals by a young girl, Liu xian and her team. At the beginning, she drove her car around to various hospitals to deliver the food by herself. She won herself an affectionate nickname "Raincoat Girl" from the health care workers, as each time when she delivered the food, she had to wear a raincoat as a substitute for protective suits (which she had none).

The "Raincoat Girl" is from Sichuan Province. During the epidemic, she felt sympathy when she saw many health care workers unable to eat hot meals. She decided to do something about this. So, on February 3rd, days after the city of Wuhan was locked down, she drove more than ten hours all the way from Chengdu, Sichuan Province to Wuhan, bringing with her a team of chefs and food materials. Upon arrival on the following day, she started cooking and delivering free food for the health care workers.

Away from home for more than 20 days, the "Raincoat Girl" missed her family very much. She told her father on the phone that when she returned home, she also wanted to become a hero like those angels in white coats. Her father was impressed by her words but said that they did not want a hero, they just wanted a daughter at home.

▲ Raincoat Girl [Photo by Cheng Min]

Impressed and also inspired by the “Raincoat Girl,” people across the country also wish to do the same and through her they are donating supplies of various kinds to health care workers on the front lines of the battle. The girl has become a kind of relay station for love and compassion. All over the country, there emerged numerous such “Raincoats,” which in no time have turned into a big “Umbrella”. “I am determined to hold on till the end of the epidemic,” said the “Raincoat Girl.”

▲ Wuhan Keting Exhibition Center is under intensive renovation, February 4th, 2020. Starting on the night of February 3rd, three locations in Wuhan are quickly transformed into Fangcang makeshift hospitals. [Photo by Cheng Min]

FEBRUARY 5

"I love reading"

On February 1st, Wang Chen, an academician of the Chinese Academy of Engineering and President of the Chinese Academy of Medical Sciences, arrived in Wuhan, together with several other specialists. After a thorough investigation, they figured out that the most urgent task at the moment was to cut off and contain the spread and transmission of the virus. They made a couple of serious suggestions to promptly admit the confirmed cases with minor symptoms and provide them a medical care, so as to avoid creating new sources of infection.

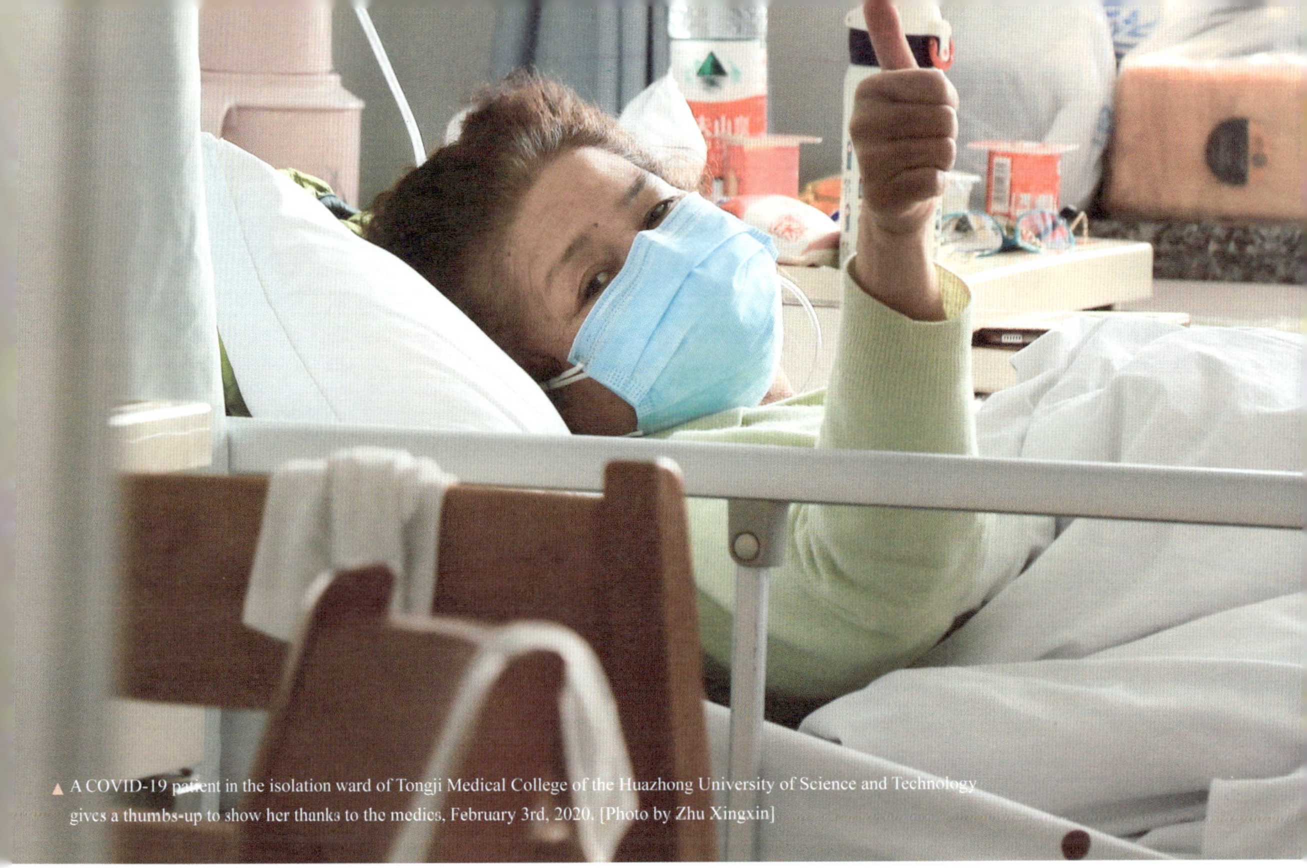

▲ A COVID-19 patient in the isolation ward of Tongji Medical College of the Huazhong University of Science and Technology gives a thumbs-up to show her thanks to the medics, February 3rd, 2020. [Photo by Zhu Xingxin]

▲ In the makeshift cabin hospital in Hongshan Gymnasium in Wuhan, a medical worker leads the patients to do traditional Chinese fitness activity Baduanjin. [Photo by Lu Chong]

The construction of Fangcang makeshift hospitals was one such important measure to "leave no one unattended to." In a short period of 10 days, several mobile cabin hospitals, which were regarded as the "Cabins of Life", were constructed and opened to the public in three locations of Wuhan. There was not enough preparation time for the construction of the mobile cabin hospitals, but once constructed, the makeshift medical facilities provided a much-needed treatment to a large number of patients.

Encouraged by and appreciative of the hard work of the medical staff, patients here all stayed calm and remained optimistic. In these "Cabins of Life," under the caring supervision of the medical staff, patients would sometimes do square dancing to cheer themselves up. Some even did aerobics to upbeat songs, turning the makeshift wards into "cabins of hope." Some other patients, despite a noisy environment, devoted themselves to study, diligently preparing for exams to come when they are recovered and released from the hospital.

▲ Let's take exercise! [Photo by Ke Hao]

Among the first batch of patients admitted to the Fangcang makeshift hospital inside Wuhan International Conference and Exhibition Center on February 5th, there was a young man with a face mask, resting on a hospital bed and holding a big book in hand. In the mobile cabin hospital, his calm and relaxed facial expressions while reading contrasted sharply with the intense and busy scene around him. When asked why he was so intent on the book, he said, "I love reading. I bought this book in a bookstore when I came back to Wuhan."

Although the epidemic was ravaging around and the flames of the battle against the virus were raging high, once he opened a book, he immersed himself completely in a world of his own.

▲ The "Reading Man" in a Fangcang makeshift hospital, whose calmness allows us to see the power of reading. [Photo by Ke Hao]

"Please rest assured that the old man passed away in a decent manner"

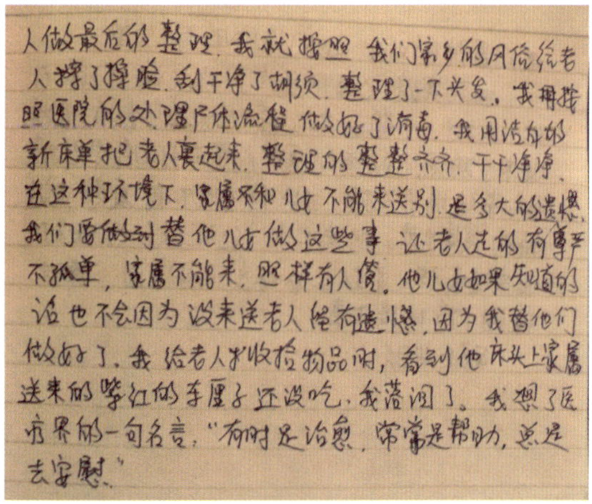
人做最后的整理。我就按照我们家乡的风俗给老
人擦了擦脸，刮干净了胡须，整理了一下头发。我再按
照医院的处理尸体流程做好了消毒。我用清洁的
新床单把老人裹起来，整理的整整齐齐，干干净净。
在这种环境下，家属和儿女不能来送别，是多大的遗憾。
我们要做到替他儿女做这些事，让老人走的有尊严
不孤单，家属不能来，照样有人管。他儿女如果知道的
话也不会因为没来送老人留有遗憾，因为我替他们
做好了。我给老人收拾物品时，看到他床头上家属
送来的紫红的车厘子还没吃，我落泪了。我想了医
学界的一句名言："有时是治愈，常常是帮助，总是
去安慰。"

At 10:00 am on February 6th, in the ICU of Dabieshan Regional Medical Center, Su Xiaoyan, a nurse of Shandong medical team heard her teammate shouting: "Come and rescue Bed No.12!" By the time they got there, another teammate was doing CPR on the patient. Wearing thick layers of protective clothing, the medical workers had difficulty performing CPR continuously. The three of them continued doing CPR in turn for more than half an hour. Unfortunately, they failed to bring back the old man's life.

The COVID-19 wards are strictly isolation wards and families are not allowed to enter. That means medical workers were the only ones who were there to bid farewell to the dying patients. "This patient's sickness progressed too fast. Just yesterday afternoon, he chatted with us and said that he would like to share the cherries which his families sent him." While packing his belongings, Su Xiaoyan saw the purplish red cherries on his bedside and cried, "Indeed, I can't stand it anymore."

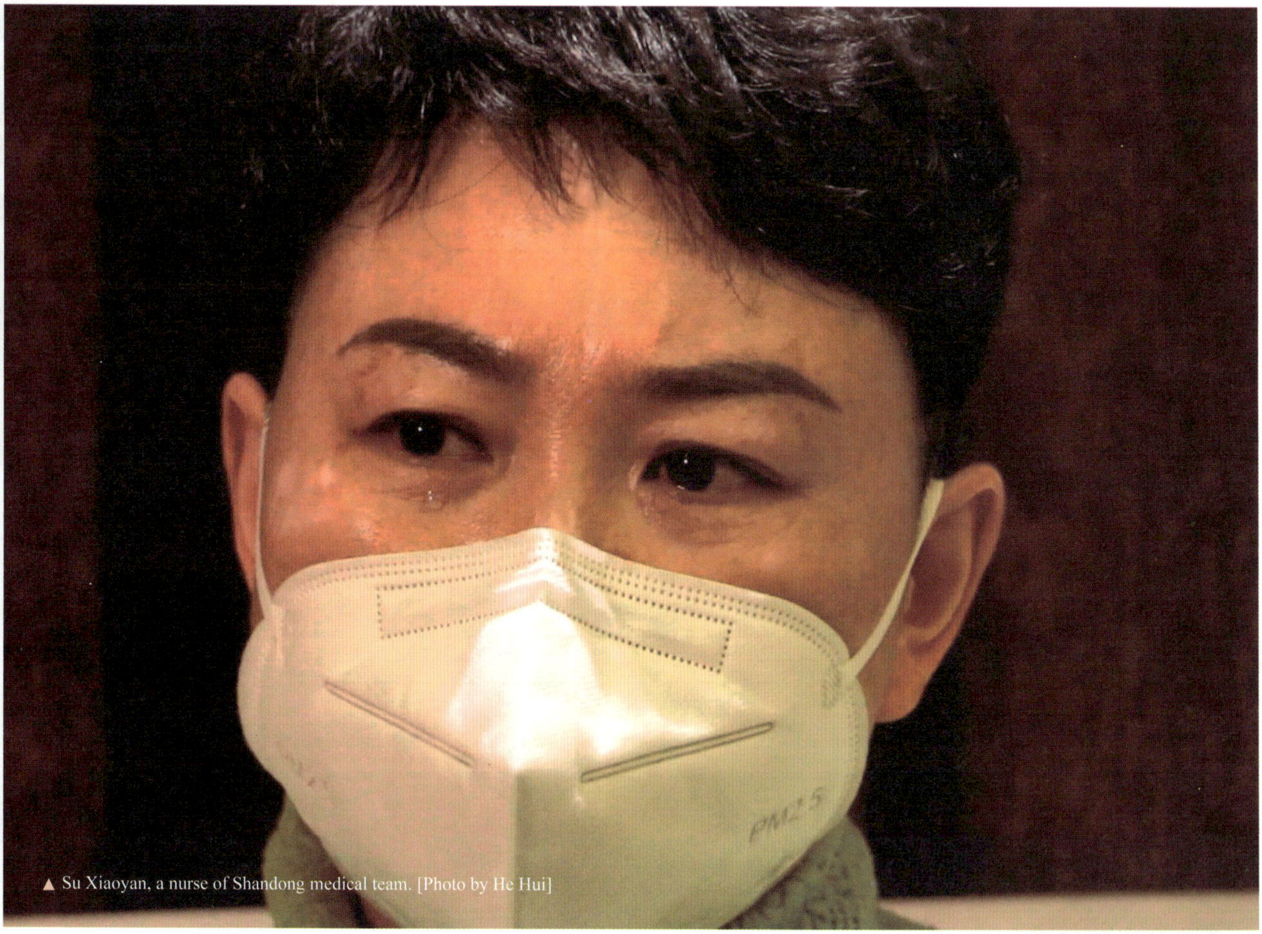

▲ Su Xiaoyan, a nurse of Shandong medical team. [Photo by He Hui]

According to the folk custom, Su Xiaoyan wiped the old man's face, shaved his beard, and combed his hair. Subsequently, she disinfected the dead patient according to standard procedures and wrapped the old man with a piece of new white bed sheet, neatly and cleanly.

"You can rest assured that the old man left the world in a clean and decent manner without pain." Su Xiaoyan wrote in her diary, "If his children knew it, they would not regret being unable to come and seeing him off."

▲ Zhang Yufeng holds a banner to see his wife and other health workers off. [Photo by Tan Yunfu]

FEBRUARY 9

"Wearing white coats, they are leaving for the battleground. Please return safe and sound!"

Though health care workers are tough and fearless, they are also someone else's children, parents, husbands and wives.

At 8:30 am on February 9th, Li Qin, a head nurse of the Pneumology Department of Changshu No. 2 People's Hospital, joined in her colleagues to get ready to leave for Wuhan soon.

At that moment, Zhang Yufeng walked towards his wife, holding high a banner with the lines of a verse on it. He planned to read loud for his wife the lines of the verse he wrote. When he walked closer, he saw her eyes filled with tears. The only thing he did was to raise higher the encouraging banner.

Confronting the virus, he sincerely hoped that these courageous health care workers could contain the vicious epidemic like real warriors and that they would also adequately protect themselves.

The photo that captured the touching moment went viral on the Internet. Netizens said: "Today, Zhang voiced the lofty feelings on behalf of the whole country with 1.4 billion people."

▲ A man confirmed as a mild case in Dewang Community, Beihu Street, Jianghan District, Wuhan, waits for the "transfer ambulance" to go to the Fangcang makeshift hospital, February 10th, 2020. [Photo by Li He]

FEBRUARY 10

"To see you off today is to welcome you back tomorrow!"

On February 10th, in the heavily COVID-19 infectious area of Dewang Community, Beihu Street, Jianghan District, Wuhan, a man was confirmed as a mild case and he would be transferred to the Fangcang makeshift hospital for a quarantine treatment. His father stood far away and watched his son get on the "transfer ambulance."

The battle against the COVID-19 virus started, aiming at "leaving no one unattended to." "To see you off today is to welcome you back tomorrow" was something that echoed in the minds of the people across the country.

▲ A patient gets on the "transfer ambulance." [Photo by Li He]

▲ The patient's father rides behind all the way, looking at him through the window. [Photo by Li He]

FEBRUARY 11

"Ten seconds in the isolation ward there"

Meng Xuegang, a member of the third batch of Xinjiang medical team for supporting Hubei Province, had flown over more than 3,000 kilometers from Xinjiang to Wuhan. He asked to be sent, among the first group of people, to work in the isolation ward. However, he never thought that he would be “driven out” by a ward nurse just within less than 10 seconds after entering the isolation ward.

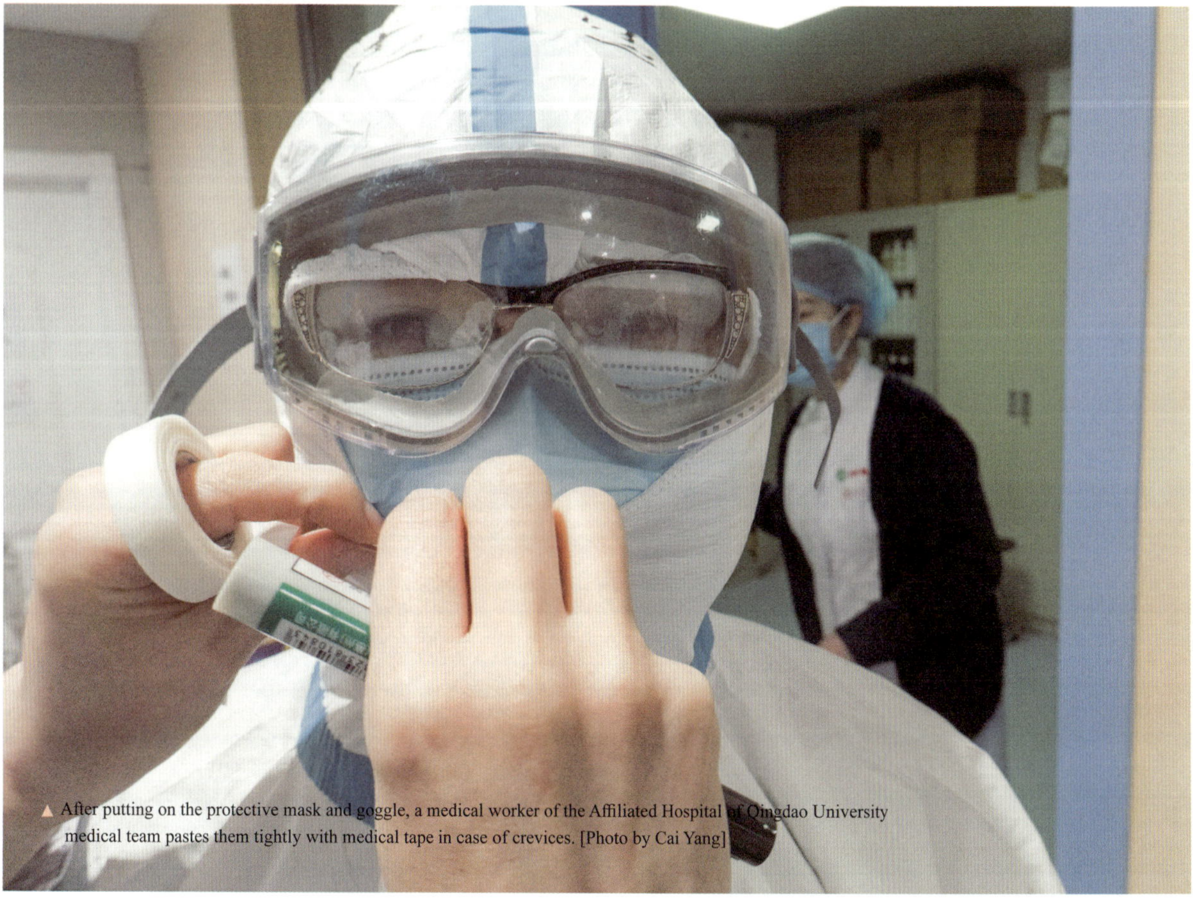

▲ After putting on the protective mask and goggle, a medical worker of the Affiliated Hospital of Qingdao University medical team pastes them tightly with medical tape in case of crevices. [Photo by Cai Yang]

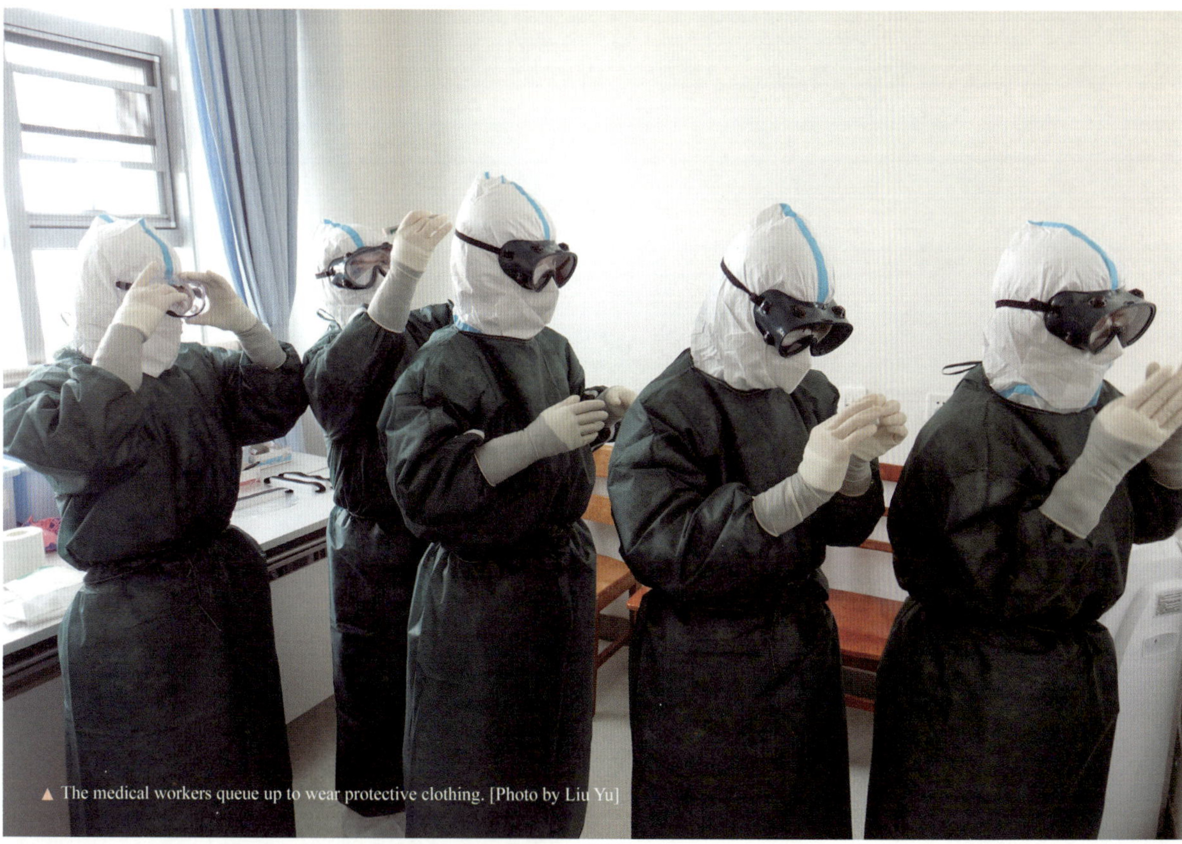

▲ The medical workers queue up to wear protective clothing. [Photo by Liu Yu]

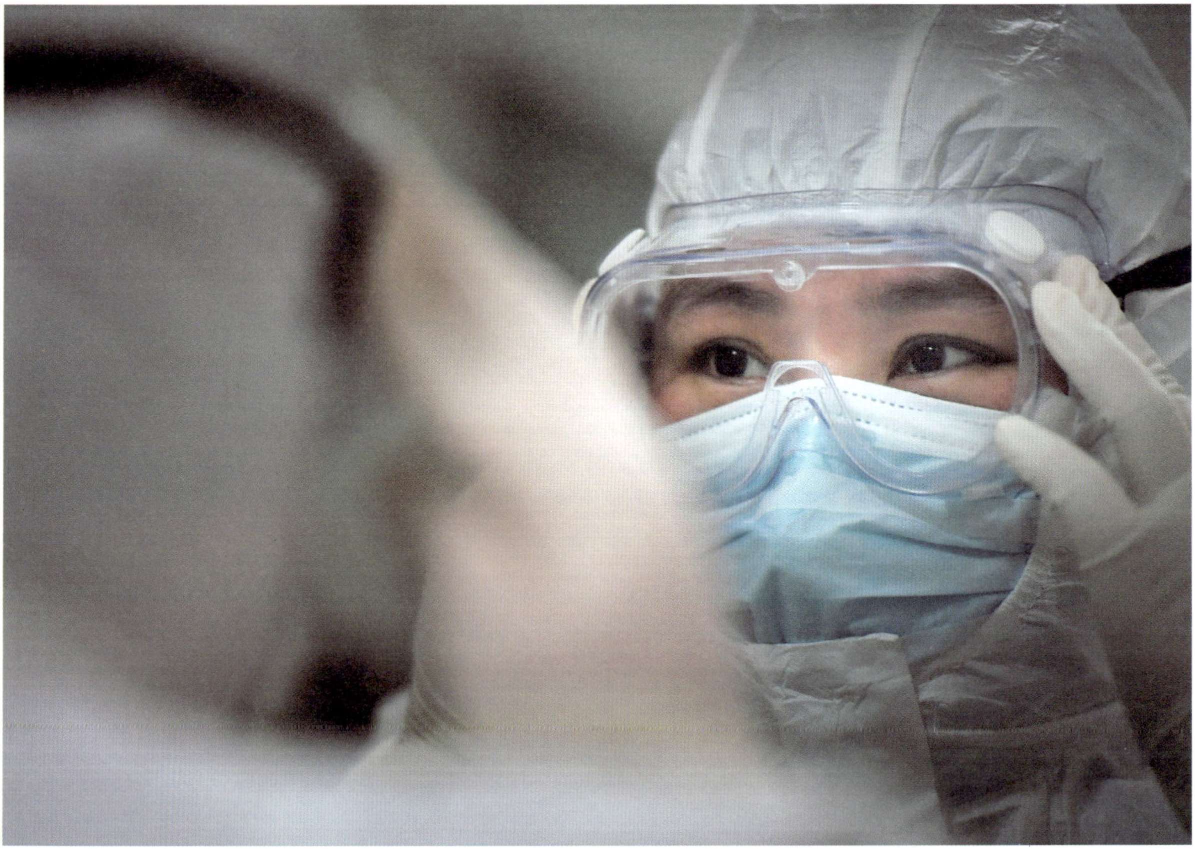

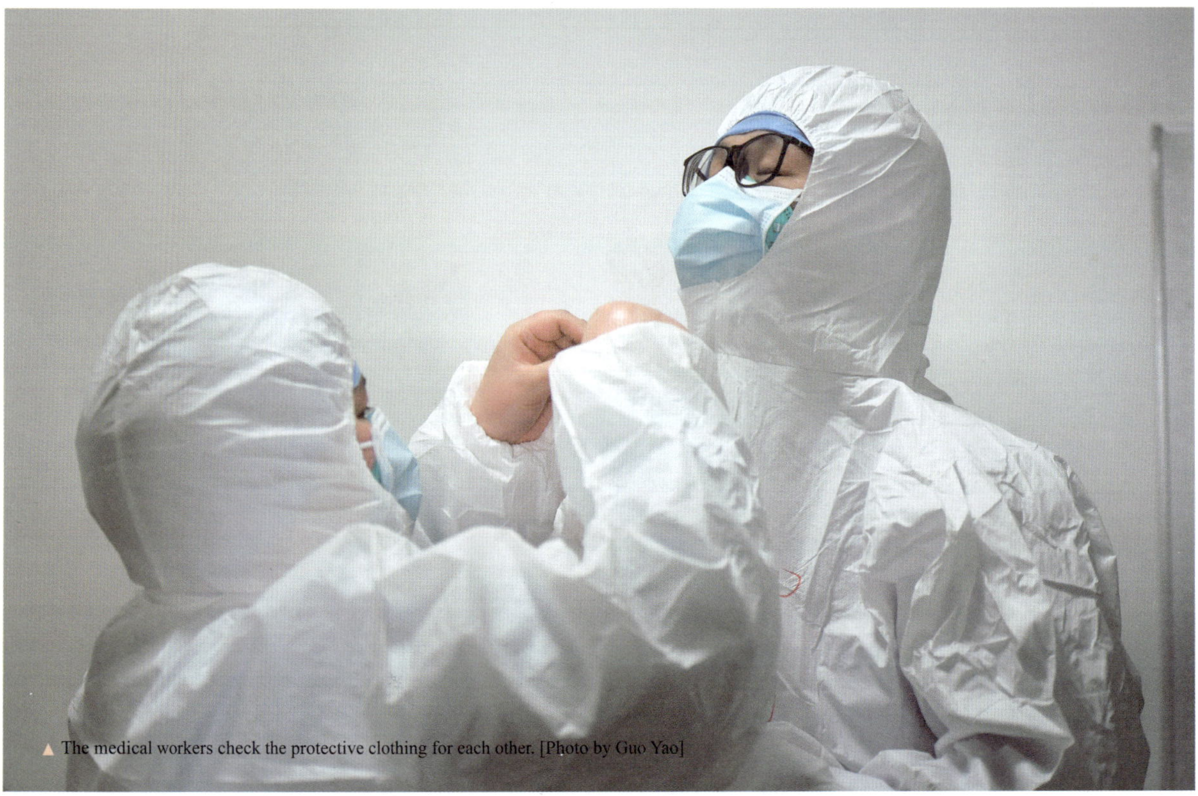

▲ The medical workers check the protective clothing for each other. [Photo by Guo Yao]

This was the first time ever that Meng entered the isolation ward. It took him 20 minutes to put on the protective gear. Then, he had to pass the cleaning area, buffer area, before he was finally allowed to enter the ward. When he was ready to move in, he was stopped by a nurse at the entrance, "Can you see the ground through your goggles?"

"Of course," Meng Xuegang felt a bit confused.

"Get out! If you can see the ground, then there must be some crevices on your facial mask."

Consequently, the frustrated Meng Xuegang, who stayed in the isolation ward for only 10 seconds, had to walk back to the buffer area.

According to the standard procedures, each time after one takes off a layer of the protective gear, one would need to disinfect his hands for at least 15 seconds. Thus, after about half an hour, Meng Xuegang was finally able to take off all the protective clothing and isolation suits safely. He then returned to the cleaning area, re-disinfected his hands, and put on a new set of protective suits. This time, Meng Xuegang successfully passed the tight check-up.

Of course, Meng Xuegang would not forgive himself for the negligence he had. Recently, the medical teams dispatched from all over the country were racing against the clock to join forces in assisting Wuhan and Hubei in fighting the virus. Due to the increasing number of medical forces to be sent to the area, there was a short supply of the protective gears. To make it worse, if one medical staff member gets infected, the whole medical team will have to be put in quarantine. Therefore, for the safety of the entire medical team, any negligence is inexcusable.

This was the first lesson Meng Xuegang learned after he came to Wuhan. Because of the multi-layer protective gears, each time when Meng walked out of the isolation ward, the clothes under his protective suits were completely soaked with heavy sweat. The moisture gathered on the goggles he wore dripped just like a “tiny streak.”

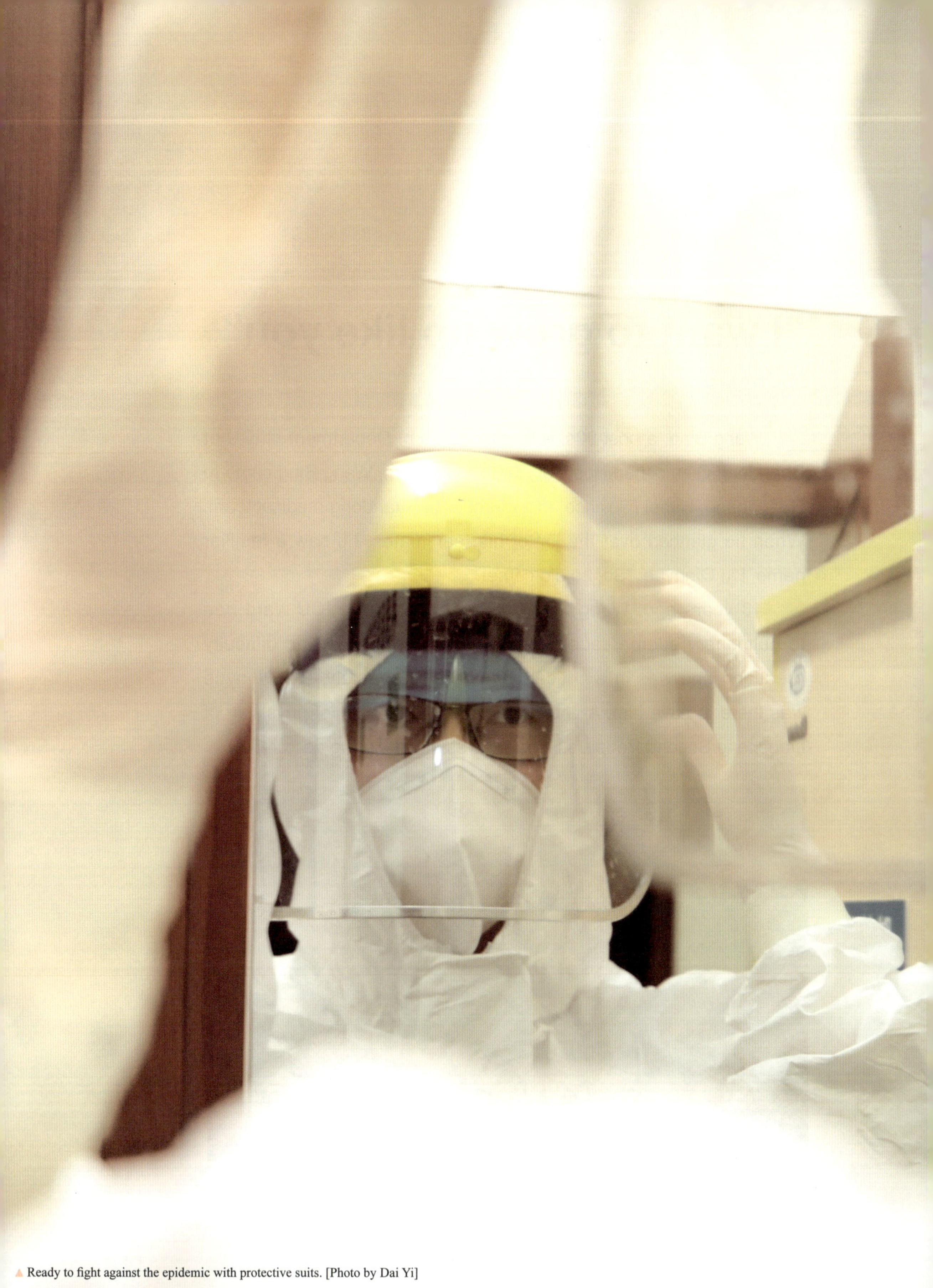

▲ Ready to fight against the epidemic with protective suits. [Photo by Dai Yi]

FEBRUARY 12

"I want to grow up like you"

Wang Bing, a post-90s, is a chief nurse of Department of ICU of Shandong Qianfoshan Hospital. On January 28th, Wang Bing came to Huanggang, Hubei Province as a member of Shandong medical team. When he glanced over the list of his teammates, he saw a familiar name, Liu Qingyue. "So, he did come!"

13 years ago, Wang Bing was admitted to the ICU ward due to pulmonary edema caused by penicillin allergy. He had difficulty breathing and was in a critical condition. Fortunately, Liu Qingyue was there to save him. At the moment, Liu, deputy chief physician of Liaocheng Second People's Hospital, was his attending doctor.

▲ Doctor Liu and Wang Bing plan to eat Wuhan hot-dry noodles together in the street when the epidemic is over. [Photo by Cai Yang]

It was this experience that made Wang Bing study medicine.

"Are you Doctor Liu? Do you still remember saving a child who suffered penicillin anaphylactic shock back in 2007?" On the night of January 31st, Wang Bing tentatively sent Liu Qingyue a WeChat friend application and initiated a video call nervously and yet excitedly.

"Is that the chubby boy?" Liu Qingyue's instant reply made Wang Bing's eyes tearful. After many years, they did still remember each other. Although Wang Bing was eager to see the physician who saved his life, he knew better than anyone else that the most important thing to do at the moment was to take care of the virus-infected patients.

Not until February 12th, almost twenty days later, did they get a chance for a brief meeting. As they met, Wang Bing was too excited to utter any words. Instead, he kept bowing to Dr. Liu Qingyue to express his deep gratitude.

Equally excited, Liu said to Wang Bing, "I never thought that you would become a doctor yourself. That's great." Brief though his words were, Wang was very moved and impressed by Liu, a man who had inspired him as his role model.

▲ Liu Qingyue and Wang Bing. [Photo provided by Wang Bing]

FEBRUARY

13

"He managed the production line all by himself for 16 days"

Yuan Chuanwei is in charge of the production work in a small company which produces hydrogen peroxide sterilizers. On January 2nd of the lunar calendar, he received an urgent request, asking for assistance to support Wuhan. At night, Yuan Chuanwei hurried back to Suzhou, Jiangsu Province, where his company is located. But he found himself in a difficult situation: due to the Spring Festival holiday, workers were all back home and none was in the factory. Yuan Chuanwei made an unusual decision: to run the whole production line all by himself.

This was of course a mission almost impossible for one single person. However, driven by a fervent desire to help combat the ravaging epidemic, Yuan Chuanwei appeared to be like a “superhero.” He stayed in the factory, working day and night almost non-stop. After the manual operation was completed, the automatic cutting mode of machines was to be applied. During this time, Yuan was able to grab some sleep for about 20 minutes. Just think about this. One set of machines has more than 10 components. To complete the order of 200 sets within 15 days would normally take 5 workers to closely collaborate with each other. Yuan, however, did all this by himself within just 16 days.

A man of commitment can work wonders. “I never felt that I was fighting alone. There are many others inspiring and supporting me.”

▲ Yuan Chuanwei works on the production line. [Photo provided by Wangting Town, Xiangcheng District, Suzhou City]

FEBRUARY 14

"In my eye, you are the deep love of my life"

On the front lines in combating the epidemic, they were real warriors fighting the virus. In everyday life, they are sweethearts to each other. They worked in the same hospital but they could seldom meet each other.

He is Wu Xu, and she is Gao Dan. They both work at Shenyang's Center for Disease Control and Prevention. Fighting the virus on the front lines of the battle, they were able to meet for five minutes only, though. That was the moment when Wu Xu collected and sent the patients' virus testing samples to Gao Dan who worked in the laboratory. Each time when they met, they would urge each other, saying "Take care!"

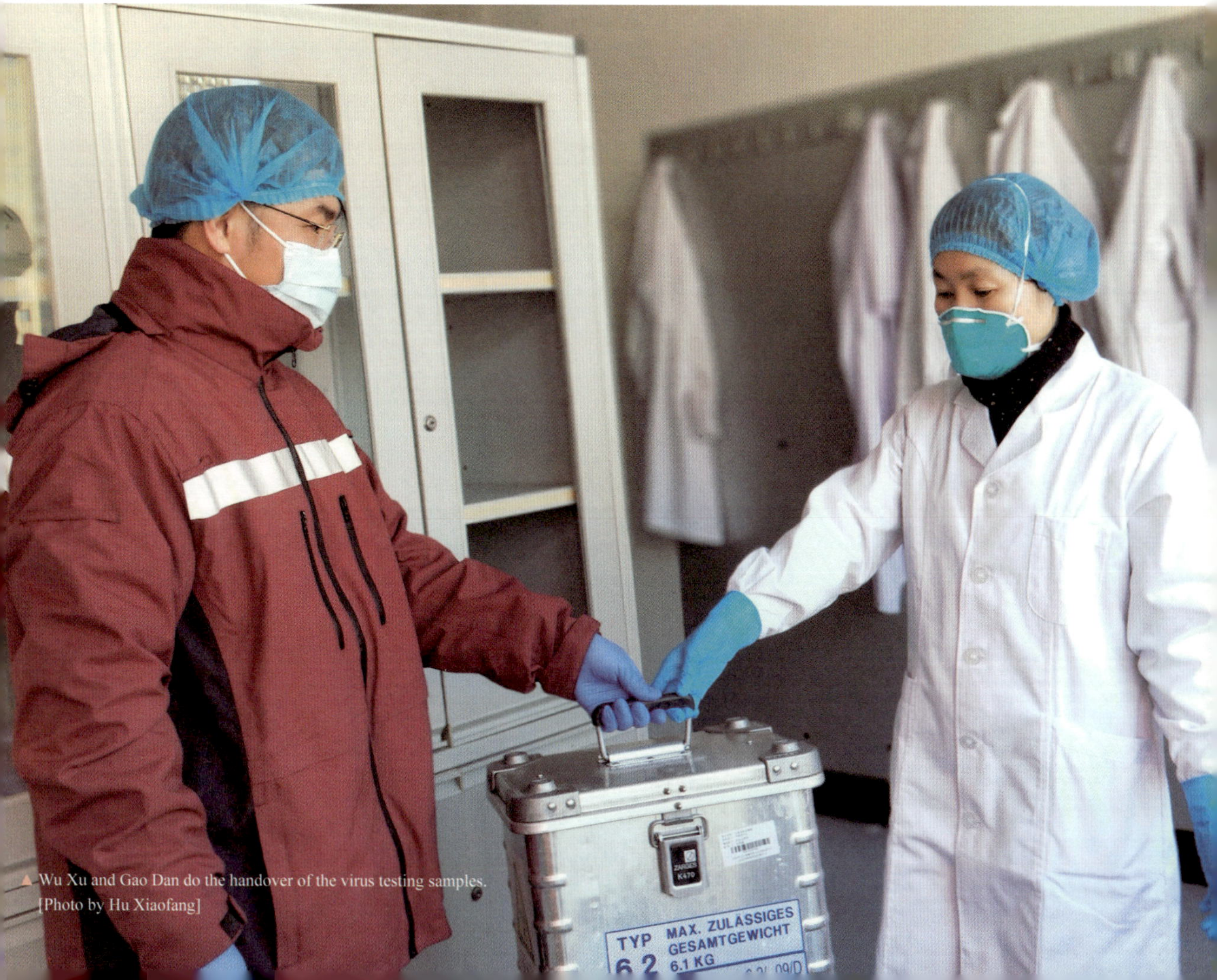

▲ Wu Xu and Gao Dan do the handover of the virus testing samples. [Photo by Hu Xiaofang]

▲ Tu Shengjin and Cao Shan have a brief meeting on the aisle in the hospital, February 2nd, 2020. [Photo by Wang Yuran]

He is Tu Shengjin, and she is Cao Shan. Both of them work at Wuhan Jinyintan Hospital. They worked at the 5th and 6th floors respectively, but this special distance seemed to keep them far apart. Even in the same building, they hardly had a chance to meet each other, as they were each fully occupied by their duties. "I hope you will protect yourself well. When you are well, I am well," said Cao Shan to her lover with tears in her eyes.

He is Chen Bing, and she is Xu Xiaoqi. On the aisle in the area of isolation wards in Shaoxing People's Hospital, they came across each other in protective suits. They greeted and hugged one another within less than 20 seconds before they had to go back to work. Even though they worked in the same hospital, such a brief meeting was still very precious to them.

▲ Head nurse Ding Min of the 1st batch of medical team supporting Hubei from Shandong makes a phone call with her colleague Cao Heng across the window, encouraging each other. [Photo by He Hui]

He is Zhang Shihua, and she is Liu Xin. They both work in Pidu District People's Hospital, Chengdu. They planned to go for a marriage certificate on February 2nd. However, Zhang Shihua was unable to keep the appointment as scheduled. He wrote his apology on a piece of paper: "I am so terribly sorry for being unable to come. But I promise I will protect our love all my life!" Outside the isolation ward, Liu Xin's face had been covered with tears.

In my eye, you are the deep love of my life.

▲ A special promise at a special time [Photo provided by Pidu District People's Hospital]

Producing Wuling masks. [Photo provided by Wuling Motors]

FEBRUARY 15

"I will produce whatever the people need"

In the battle against the epidemic, the shortage of medicine and medical supplies was haunting. Companies and enterprises all across the country spared no efforts to make a "crossover" and started to produce protective suits for health care workers.

Confronting the spread of the epidemic, Wuling Motors transformed its production lines and became the first automaker in the world to make face masks. The company made it clear publicly, "Wuling will produce whatever the people need." On the day of Feb. 14 alone, Wuling Motors already delivered one million medical masks, which were to be used solely for health care workers and which were not for sale.

▲ During the outbreak of COVID-19, Qingdao Huanqiu Garments Co., Ltd transforms its casual clothing production line to produce the needed protective clothing and facial masks to ensure the supplies needed for epidemic prevention. [Photo by Wang Zhaomai]

Gree Electric Appliances, a home appliance manufacturer in China, spent 20 million RMB founding a medical technology company whose primary job is to produce masks and protective goggles urgently needed by health care workers in their fight against the epidemic.

▲ Workers produce the protective products. [Photo by Cui Chengjie]

"Save the last grain of rice for the army, use the last piece of cloth to make a uniform, and send our last son to fight on the battlefield."

During the War of Resistance against the Japanese Invasion at WWII, there were many touching stories about the people in the Yimeng Mountain in Shandong Province who did all they could to support the Resistance War. Now, in the war against the epidemic, Shandong, a province with an advanced industry, made a quick "crossover" and started to produce medical supplies, in hopes of mitigating the current shortage of such supplies. For example, clothing enterprises in Shandong transformed their production lines to make protective suits and facial masks, many wineries switched to produce disinfection alcohol, whereas a number of soda factories began to produce facial masks, disinfectant, and protective equipment. This is a familiar scene in the present-day Shandong.

Shandong Huitonghua Medical Instrument Co., Ltd., an export enterprise for garment, turns to produce the needed masks and its daily output is 60 thousand. [Photo by Du Yubao and Zhou Wengang]

FEBRUARY 16

"I just want to air hug you, so much right now!"

A warm hug is an expression of feelings. Since the outbreak of the epidemic, however, it has become a symbol of hope. Lovers, separated by distance, or glass door, have to "air hug" each other.

Since the first day of the Chinese Lunar New Year, Liu Haiyan, a nurse of Fugou County People's Hospital, had not been able to return home because of her heavy duties at the hospital. On the seventh day of the Lunar New Year, her husband, together with her daughter, came to deliver her favorite food: dumplings. They cried when they saw each other. The daughter left the dumplings at the doorsteps, and Mom came out to get the food. After completing such a "handover," the young girl shouted "Mom, I miss you," which made the mother heartbroken. With tears in her eyes, she opened her arms and air hugged her daughter from behind the glass door.

▲ Liu Haiyan air hugs her daughter.
[Photo provided by Propaganda Department of Fugou County, Zhoukou City]

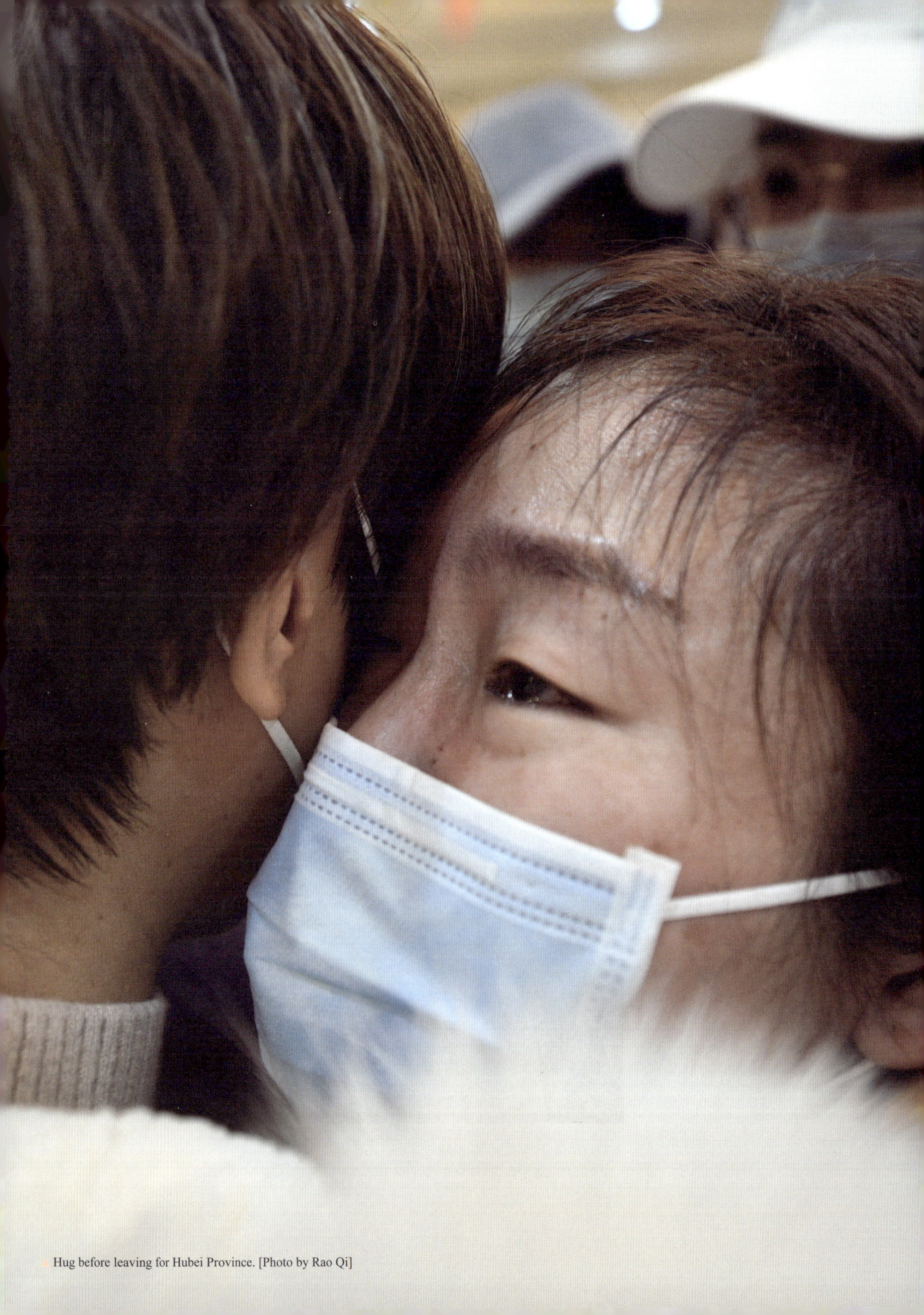

Hug before leaving for Hubei Province. [Photo by Rao Qi]

Wang Xiaoting, a pediatrician of Wuchang Hospital in Wuhan, had been staying at a hotel since she was transferred to work in a fever clinic. Nonetheless, her husband still accompanied her to her workplace every day, rain or shine. Worried about the risk of infection, Wang Xiaoting always refused to get in the car and insisted on walking by herself. Out of an abundance of love for her, the husband would drive slowly behind her and lighted her way with the beam lights. Late at night, on the street in the light rain, the wife walked with an umbrella, her steps hurried but firm. Behind her, the husband in the car escorted her unhurriedly but silently.

Because of the epidemic, a nurse at the Fourth Affiliated Hospital, Zhejiang University School of Medicine, was separated from her lover. They finally got to see each other after an 11-day separation, when they began to work in the isolation ward. “Sweetheart, I miss you so much.” They kissed each other from behind glass. They agreed to get the marriage license as soon as the epidemic was over.

In Xi’an, Shaanxi Province, 94-year-old Grandpa Li and 84-year-old Grandma Huang were both infected and hospitalized. When Grandma Huang's condition worsened and she needed to be transferred to another hospital, she said to Grandpa Li: “I don’t want to go. I want to be with you.” After Grandma Huang was moved to the hospital, Grandpa Li suffered from a respiratory failure. The doctor encouraged him, saying, “When you get better, you can make a video chat with Grandma Huang.” In the end, Grandpa Li’s situation improved, and he shouted to his wife from a distance: “Come on and get on with the treatment. Let’s go home together when you recover!”

Love is coming your way kindly, and yet it seems it has to stay away from you for a while due to the virus.

You are my tenderest love, and I am your strong armor.

In the spring of 2020, I just want to air hug you, so much right now!

▲A reporter walks under cherry blossom trees in Wuhan University on March 20th. [Photo by Cai Yang]

FEBRUARY 17

"Diapers have become a must-have for everyone"

"Today is January 29th, and it's my fourth day in Wuhan. Now, I better understand how difficult the situation is for us health care workers. We have to race against time to save more patients. Since it takes a lot of time to take off the protective suits and then put on a new one, many of us chose not to go to the restroom within 8 hours during a shift. As such, diapers have become a must-have for everyone." This is what Dong Tingting, a health care worker of the first batch of Liaoning medical team for Wuhan, wrote in her dairy.

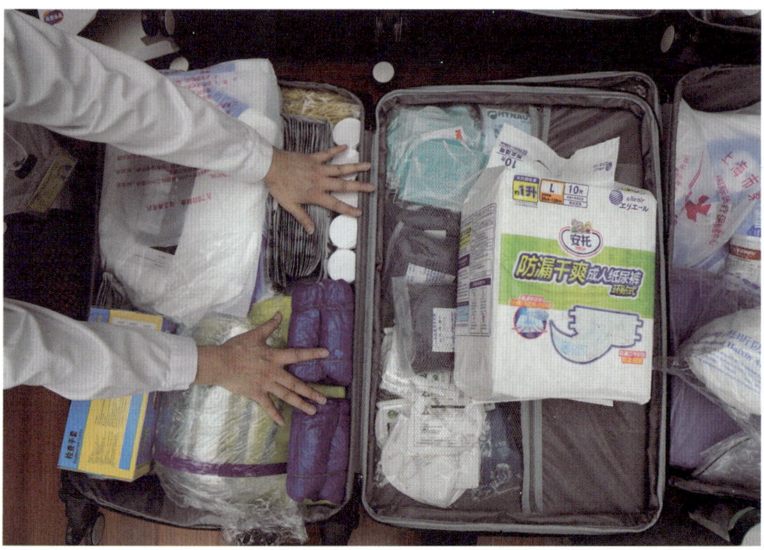

▲ On the evening of February 17th, the functional department of Shanghai General Hospital prepares adequate medical supplies and personal necessities for the medical team members who are going to the front line of anti-epidemic in Wuhan. [Photo provided by Shanghai General Hospital]

▲ At Jinan Yaoqiang International Airport, when the ninth batch of Shandong medical teams goes to the front line of anti-epidemic in Hubei Province, a health care worker ties a red ribbon on the colleague's backpack, February 11th, 2020. [Photo by Wen Bo]

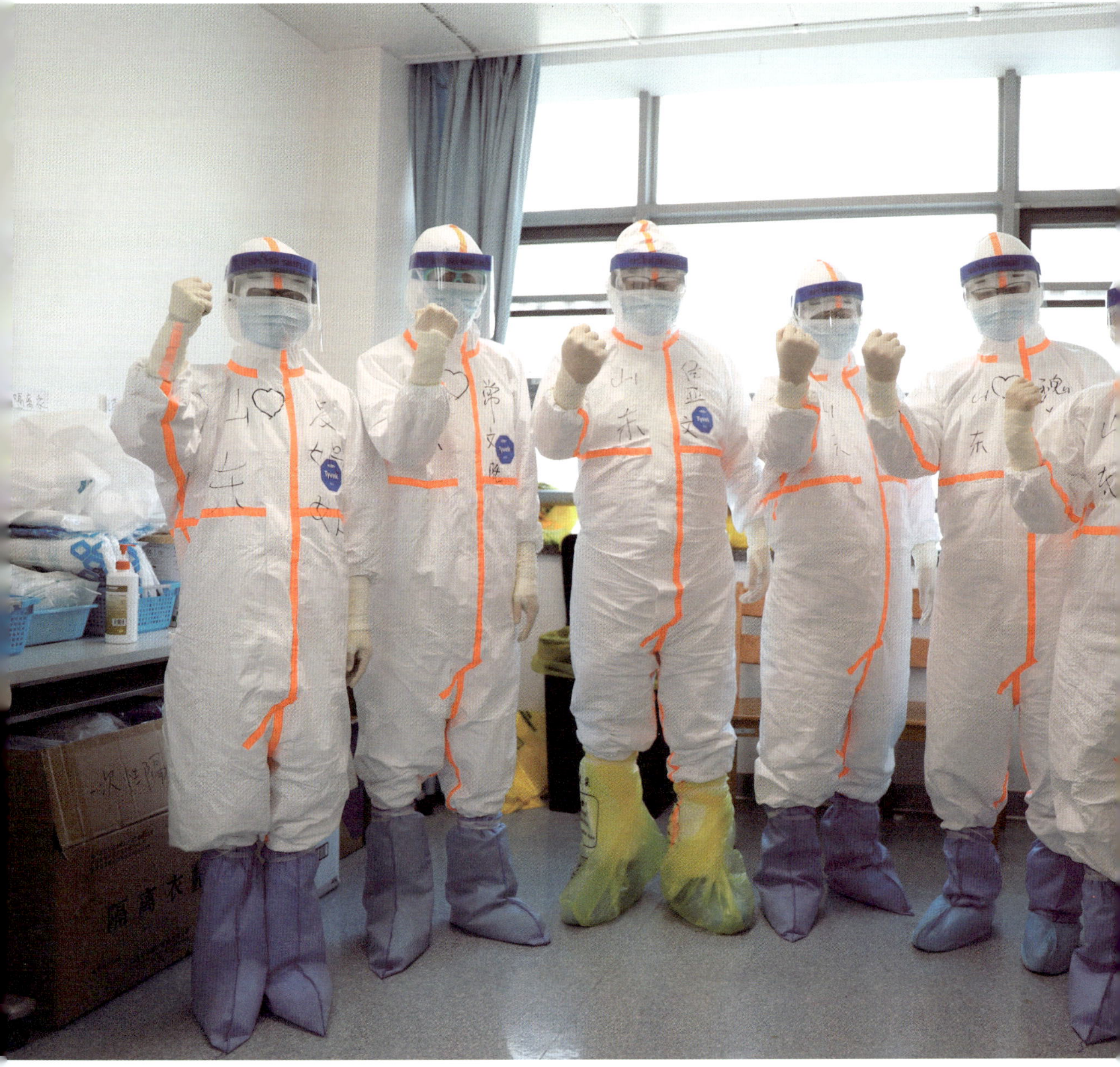

▲ All perseverance is for reunion. Be strong, Wuhan. Be strong, China. [Photo provided by the third batch of Shandong medical team]

"Dad, I know I am not supposed to call you. Wearing a multi-layer protective suit, you not only can't answer any calls, but also can't eat, drink or even go to the restroom during a shift. Dad, now I understand why you put diapers in your luggage. I'll never tease you about using my baby brother's diapers anymore." This is what Zhao Zixuan, a 10-year-old boy, wrote to his dad in a letter. His father, Zhao Ning, is a health care worker of Liaoning medical team sent to assist Wuhan in its fight against the epidemic. In order to save protective suits, he wore diapers while working. This is because each time when a health care worker takes off his/her protective suit, he/she has to put on a brand-new protective suit for the purpose of preventing and controlling the virus.

Compared to the first batch of supporting medical teams sent to Hubei Province, the members of the following batches had more time to pack for their trips. As was mentioned above, now all health care workers know that diapers have become a must-have. On February 9th, a photo of a Shanghai medical team went viral online. In the snapshot, hundreds of 28-inch suitcases were seen covering the ground, each stocked up with diapers.

More and more health care workers of medical teams carry with them adult diapers as must-have medical supplies. For them, wearing a diaper may save sets of protective suits. To do so enables them to stay the course until the final victory is achieved.

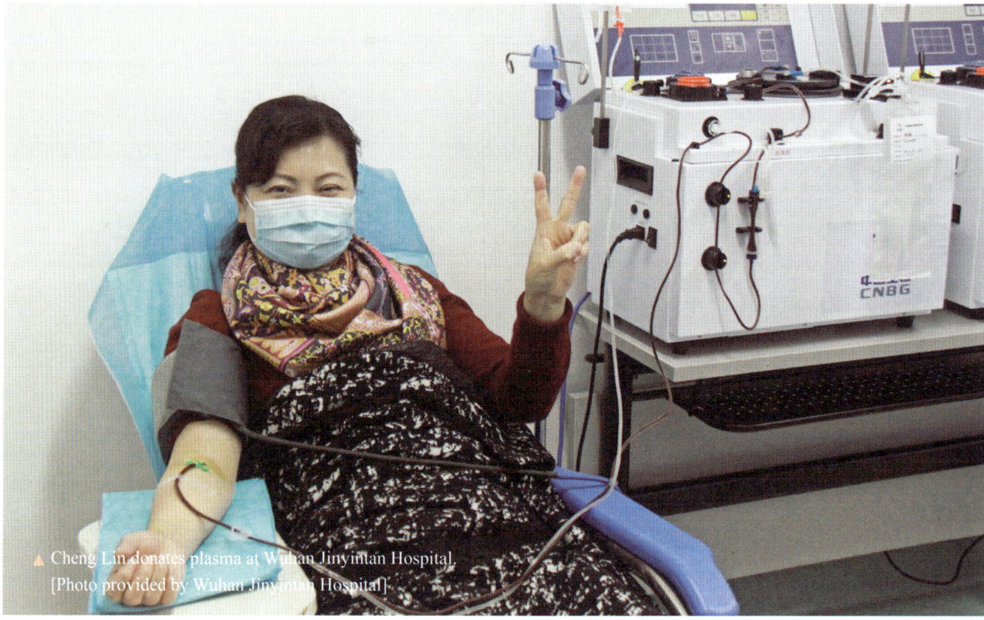

▲ Cheng Lin donates plasma at Wuhan Jinyintan Hospital.
[Photo provided by Wuhan Jinyintan Hospital]

FEBRUARY 18

"Our country saved us. Now, we want to save other people!"

Around 10:00 am on February 18th, a special plasma donor came to Wuhan Jinyintan Hospital. She is the wife of Zhang Dingyu, who is the director of the hospital, and brought her classmate, one who recently recovered from the COVID-19 infection, with her.

On the same day, there was also a plasma donor in Beijing, a recent convalescent from the COVID-19, who donated 200ml plasma.

On February 5th, China's National Health Commission issued Guidelines on the Novel Coronavirus-Infected Pneumonia Diagnosis and Treatment (5th edition), stating that convalescent plasma therapy can be used on severe and critical cases.

On February 4th, a day before the Guidelines were issued, Xiong Kan, the director of Wuhan Jiangxia District Hospital of Traditional Chinese Medicine,

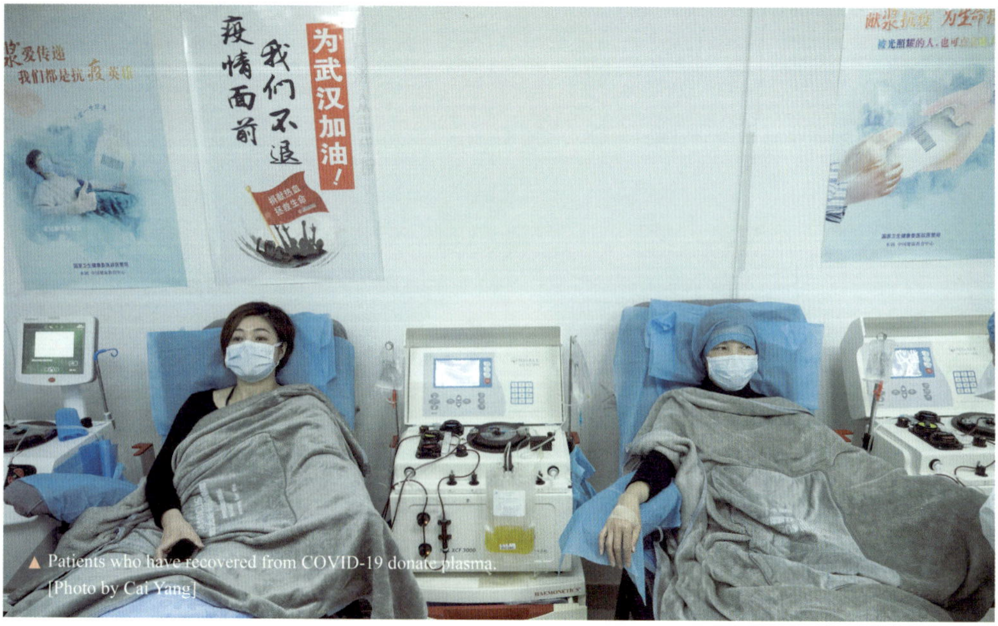

▲ Patients who have recovered from COVID-19 donate plasma. [Photo by Cai Yang]

already called on the virus convalescents for plasma donation: "Plasma from recovered patients may contain antibodies which can save lives of other critical patients." Wu Fen and Yuan Li, two health care workers who were just discharged, immediately responded to the call, "We would like to donate our plasma if it works, no matter how." The convalescent health care workers in the hospital, at or under 30 years old, donated a total of 6,600ml plasma.

On the evening of February 13th, products of therapeutic privileged plasma were put into clinical test. Zhang Dingyu said, there were large quantities of antibodies that could defend against virus in bodies of recovered patients. He called on them to donate plasma to treat critical patients.

Soon afterwards, apart from Hubei, several donors from Shanxi, Shanghai, Guangdong, Jiangsu, Henan, and Beijing donated as well. The first donor of Guangdong, who is no elder than 20 years old, said with emotion: "Our country saved us. Now, we want to save other people!" The first donor of Hunan donated 400ml plasma on February 15th. In his view, blood can be remade, but life cannot be repeated.

People who have recovered help people who are being treated. The "warm blood" that flows back brings back love and condenses the strength to overcome the epidemic.

Photo by Xiao Yijiu

An Uphill Battle

▲ Marks are shown on the face of Li Lanjuan, an academician of Chinese Academy of Engineering after she takes off her mask.

FEBRUARY 20

"Each mark on the face is a medal of honor"

On February 20th, Li Lanjuan, a 73-year-old academician of Chinese Academy of Engineering and a member of the high-level expert team from China's National Health Commission, walked into ICU situated in the east region of Renmin Hospital of Wuhan University to visit 8 critical patients infected with COVID-19. After she finished, Li Lanjuan took off the protective outfit, cuts and marks from wearing a tight-fitting face mask for hours on end could be clearly seen across her face.

Medical workers would often work long hours, wearing the multi-layer protective clothing. When they take off their masks and protective suits, it pains one to see their faces and bodies covered with cuts and marks imposed by the protective gear after long shifts.

Just when the combat with the epidemic had raged on for over a month, a cold spell came unexpectedly bringing in blowing wind and heavy rain; it was followed by rising temperatures and lots of sunshine. All this has imposed painful marks on the face of Dai Wenhao from wearing a face mask for too long. Dai is a health care quarantine worker on the front line at a checkpoint on the provincial boundary on Guangdong Yunwu Highway. The drastic change in temperature from 3 degrees centigrade to 27 degrees centigrade has turned his face chapped and scabbed.

▲ Dai Wenhao, a quarantine worker on the front line at a checkpoint on the provincial boundary on Guangdong Yunwu Highway and an ex-soldier of 18 years' Party standing [Photo by Lin Junpeng]

On the other hand, the physical impact left on the faces and bodies of the health care workers can also be viewed as an indication of their sense of responsibility and commitment.

In a sense, these cuts and marks on their faces are medals of honor widely recognized by society for the heroic deeds and selflessness of the health care workers at the front of the battle against the coronavirus.

A nurse uses two pieces of medical proof fabrics to cover the marks on her face after wearing the mask for hours working in the isolation wards. [Photo by He Guanxin]

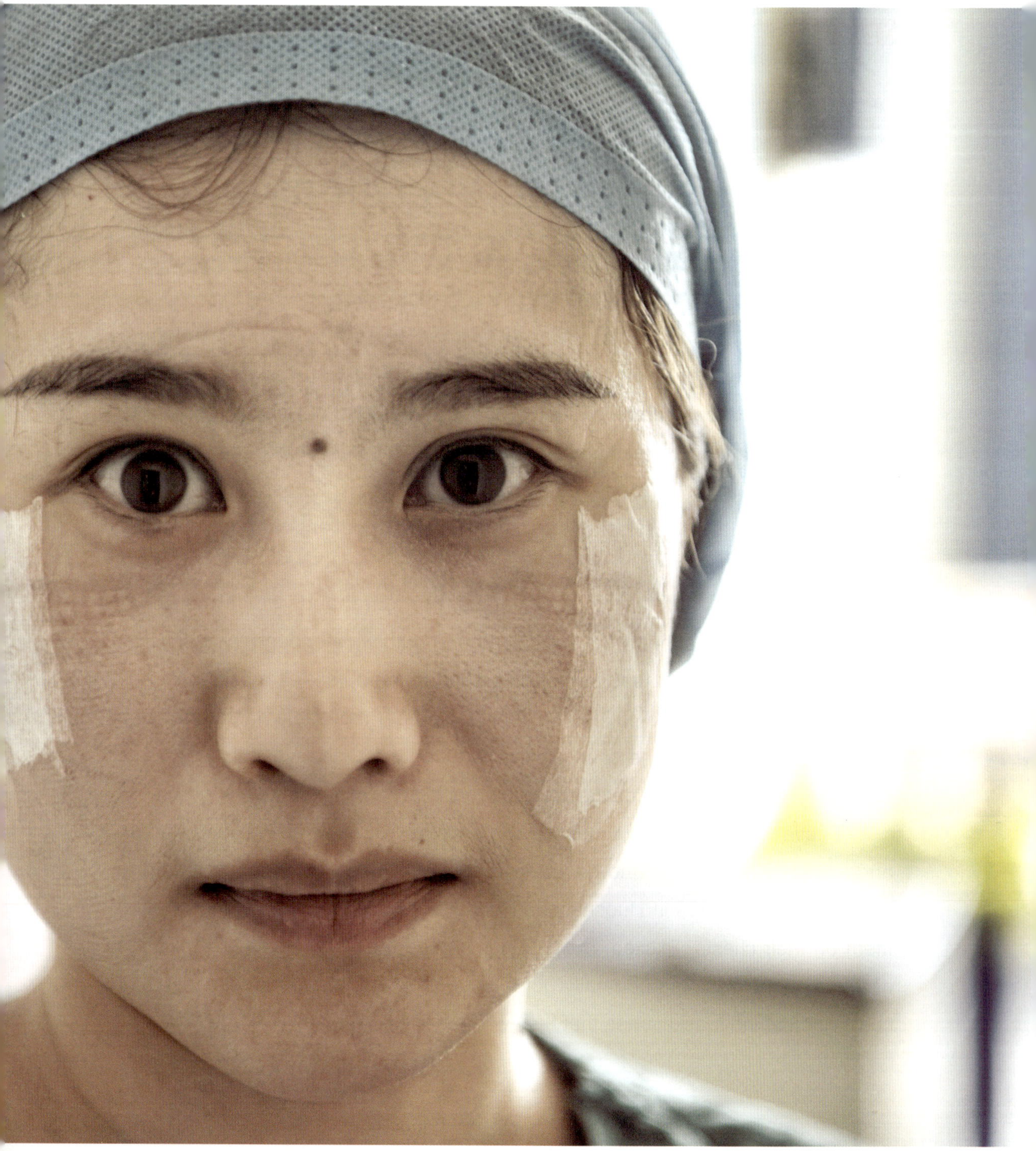

FEBRUARY 22

"For your own safety, please do not get so close to me, doctor!"

When Doctor Huang Runhu from Shanxi medical team was examining the chest CT scan, a patient said: "Doctor Huang, please do not come so close to me, in case you may also get infected. We are patients but you are not. You have the important mission to take care of the city of Wuhan." These words moved Huang Runhu to tears. He looked up and saw over 20 patients anxiously waiting in a long queue.

One patient suffered from a car accident beforehand, which made her unable to move one of her arms and open her mouth wide enough for a physical checkup. After helping to feed her for half an hour, the nurse felt a back pain and tried to straighten up. The patient suddenly raised her moveable hand to throw a piece of dirty tissue into the bowl, saying repeatedly that she was full. The nurse knew that this patient did it deliberately in order that she could take a short break.

"I have seen you many times, yet I still do not know what you look like, an angel who saved my life and gave me dignity." To meet the requests from the patients, many doctors in Huoshenshan Hospital printed their photos and placed them on their chests. Excited, many patients used their phones to take pictures of these caring doctors and finally got a close look at these angels under white coats and behind masks, ones that they will remember forever.

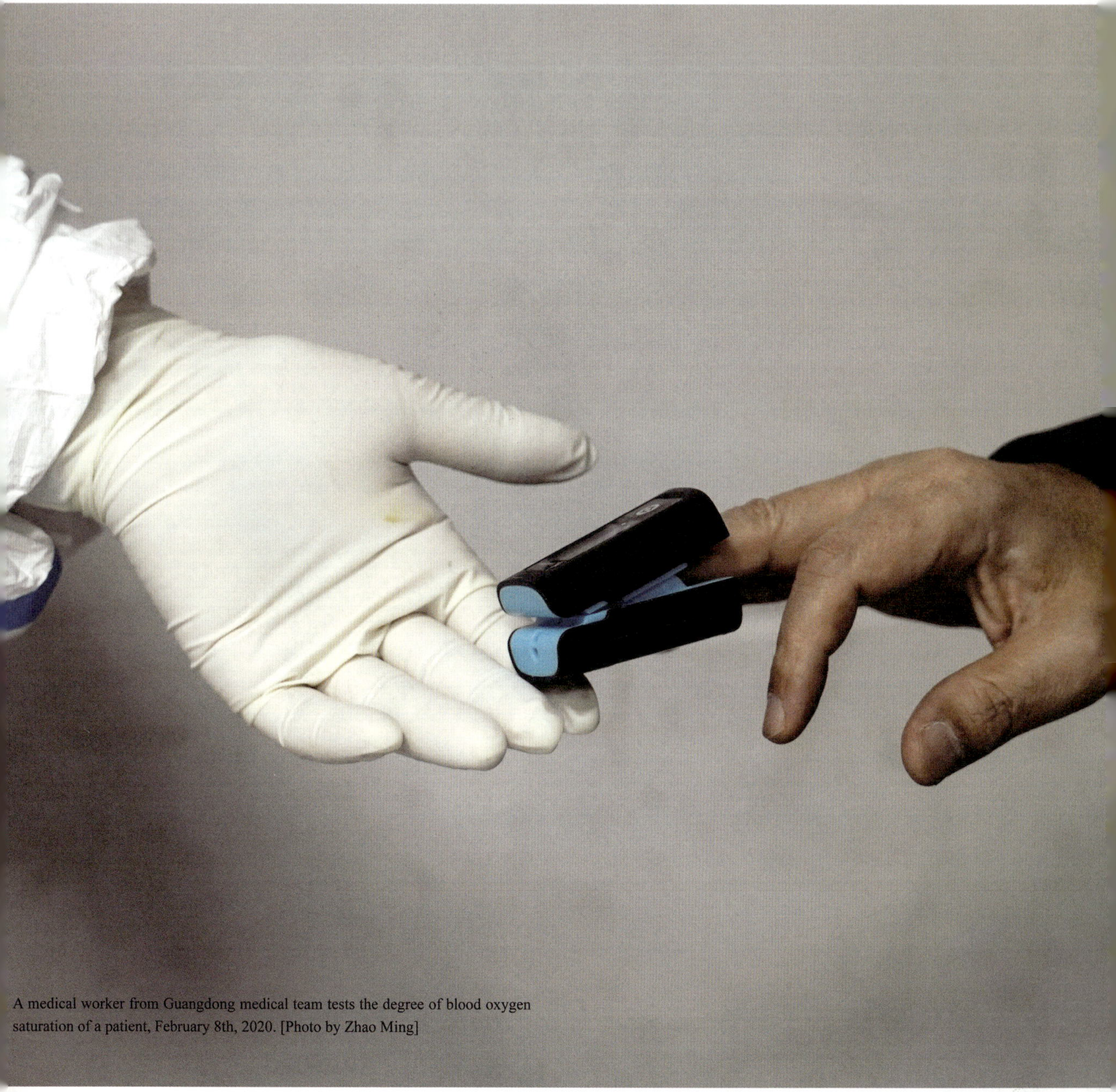

A medical worker from Guangdong medical team tests the degree of blood oxygen saturation of a patient, February 8th, 2020. [Photo by Zhao Ming]

"When I was desperate and helpless, you came to me with love and resolution, which enabled me to endure all the hardships of this unusual winter. Your compassion and tenderness in protecting people's lives have been deeply engraved in everyone's heart."

▲ I cannot see your face, but I have borne your warm care in mind. [Photo by Li Hongzhen]

博洁
winner

FEBRUARY 23

"Tens of thousands of people responded to the call for volunteers!"

Facing the epidemic, what can we ordinary people do? This question was answered when numerous volunteers came forward to respond to the call.

After motor vehicles were banned in downtown areas of Wuhan and the 24-hour lockdown was implemented in all residential areas, it was rather inconvenient for local people to go and buy daily provisions. On the morning of February 23rd, Wuhan began to recruit volunteers in the city to provide grocery shopping and delivery services to residents. Just within 10 hours, the number of applicants reached more than 10,000. In less than a week, this number quickly grew beyond 70,000 applicants.

Hua Yuchen, who teaches at Ganghua Elementary School in Qingshan District of Wuhan, served as a volunteer driver, temperature checker, porter and announcer at a Fangcang makeshift hospital. "I'm not a doctor, and I cannot treat and save patients on the front line. The only thing I can do is to serve as a volunteer, and I am eager to contribute to the combat against the coronavirus the best I can."

▲ Hua Yuchen, a volunteer in Qingshan District of Wuhan City, Hubei Province
[Photo provided by Hua Yuchen]

The Volunteers temporarily left behind their regular identities. They formed a special motorcade to transport medical staffs and patients; they organized themselves into squads to purchase and deliver food and medicines for citizens, to take temperatures for passengers on the wintery streets, and to answer the hotlines to kindly comfort worried people late at night. Throughout the day and night, they made themselves available wherever help was needed. They were not superheroes, but they tried their best to help people across the city.

▲ At Huajin Community of Wuchang District, Wuhan City, volunteers help citizens subpackage vegetables, February 23th, 2020. [Photo by Cheng Min]

▲ Community volunteers collect residents' information at night when people are at home, February 5th, 2020. [Photo by Fang Zeping]

On January 22nd, Didi Chuxing, a taxi company, started to recruit volunteer drivers. He Mingrong, a woman of 49 years old, responded to the call with the slightest hesitation. “Facing the epidemic, we should not flinch!” For the first few days, she was so fully tied up that she only had enough time to eat instant noodles for lunch. When some warm-hearted people heard about it, they offered free boxes of food to volunteer drivers like He Mingrong. He Mingrong was moved by their kindness and said, “Doctors serve patients, we serve doctors, and now others serve us.” Indeed, Wuhan is a city of love and compassion.

Getting ready to respond to the call, which was known as “receive orders,” became volunteer drivers' daily routine. For instance, within less than 5 minutes when “a community order” was issued, more than 950 package delivery tasks were quickly “grabbed” by these enthusiastic volunteer drivers. Those who failed to “grab” a piece of work complained about not checking their phones in a timely manner, which caused them to lose the opportunity to perform their duty.

While people followed the city order to stay at home, volunteers like them were taking the risk and serving the needed. “Are you scared?” people asked Zheng, a volunteer, to which he replied, “What I feel is not fear but warmth, strength and happiness. I am delighted to be able to help others throughout this trying time.”

FEBRUARY 24

"What I am helping transport are the people who are saving life!"

Wang Yong once was a deliveryman himself. On the Eve of the Lunar New Year, he discovered that there was a taxi shortage in the city, which would negatively impact the fight against the epidemic. On the following day, he went to the headquarters of the courier service company and asked to drive, as a volunteer, health care workers to work. He simply could not bear to see that these health care workers had to walk home for up to 4 hours. On the first day when he started his volunteer ride, he alone transported over 30 health care workers. He realized to his dismay that driving more than 300 kilometers a day was as much as he could possibly handle all by himself.

Thus, he started to enlist volunteers via WeChat (a Chinese social messaging network) and was able to recruit close to 30 volunteer drivers. He and his volunteer team worked day and night to provide transportation to health care workers. So much so that they had 3 of their cars completely worn out. They did not have any regrets. They truly believed that this was the right thing to do: the sooner they could get these health care workers back home, the more time they would have for a much-needed rest before they continued their medical work on the front lines of the battle against the virus.

▲ Wang Yong the deliveryman
[Photo provided by Wang Yong]

More and more medical teams came from across the country to support Wuhan in its fight against the coronavirus. However, Wang Yong soon realized that all the basic needs for these newly arrived health care workers were satisfied, some of their minor requests like eating food, changing shifts and having a haircut were not taken care of, inconveniencing their daily lives. So, he and his volunteer team began to busy themselves on a new "front." On February 3rd, Shanghai medical team planned to throw a birthday party for a member of its staff. When Wang Yong learned this, he offered to get all necessary materials ready for this happy occasion.

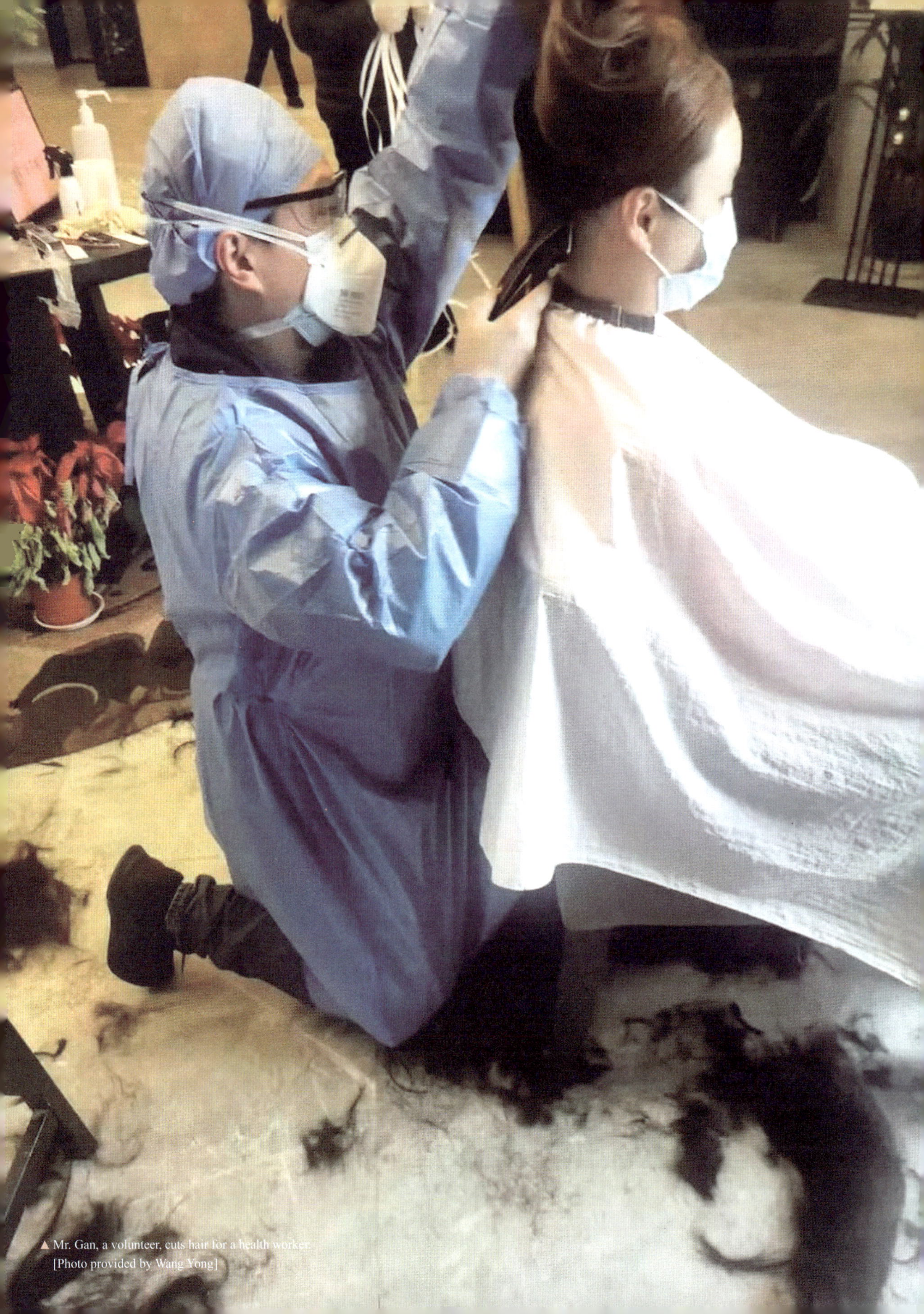

▲ Mr. Gan, a volunteer, cuts hair for a health worker.
[Photo provided by Wang Yong]

At 10:00 am on February 24th, Wang Yong received a call from a nurse as he was about to have his breakfast. She said her car accidentally grazed an electric bicycle when she was rushing to deliver medicine to a treatment center. It was a minor accident, but it was hard to find any repair garages during the epidemic, so she could only turn to Wang Yong for help. Hearing this, Wang rushed to the site of the accident. He told the nurse to continue her medicine delivery, and he would take care of everything. Afterwards, Wang Yong said he did this so that the health care worker could focus on her work.

"We cannot heal the wounded and rescue the dying at the front lines as the health care workers do. We should do our best to do the logistic work well. "

▲ Volunteers celebrate birthdays for members of Shanghai medical team.
[Photo provided by Shanghai medical team]

FEBRUARY 25

"I am not the God of Medicine"

Failing to get the medicine for two consecutive days, on February 24th, Feng Feng, who was a social worker at Huiminyuan Neighborhood Community of Houhu Street, Jiang'an District, Wuhan City, continued to wait outside a local pharmacy together with his colleagues early in the morning at 5:00 am. After 12 hours, they finally received close to 100 bags of medicine they desperately needed. Because they did not bring enough boxes, Feng Feng made some small bags and had them tied up across his body. It made him look awkward, but it did work.

The medicine bags on Feng Feng were the hope for all the patients in the community, who were the responsibility of social workers like him. Known jokingly as "butlers," these community social workers provide residents in the neighborhood with various kinds of services. It is their job to take care of many small things for the residents. After the epidemic broke out, lots of community social workers like Feng Feng have been making great efforts to perform their duties. Under normal circumstances, Feng Feng would serve more than one thousand residents. During the lockdown, he offered to provide one more service: to fetch and deliver medicine for them, in addition to his regular duties.

"I hope I can help those residents who are severely ill. They cannot live without medicine." At the beginning, only a small number of people asked him for medicine delivery service. Now, as the demand grew, he would have to deliver medicines for fifty or sixty people every day. What Feng Feng did throughout the trying times reminds us of the hero in *Dying to Survive*. Realizing that people were desperately awaiting him, he dared not to delay a single minute. In Hubei Province, there are 170,000 community social workers like Feng Feng who offered to shop groceries and fetch medicine from pharmacies and then deliver them to people under quarantine.

▲ Outside Hankou Pharmacy on Huangshi Road of Jiang'an District, Wuhan City, Feng Feng puts on him the medicines he bought for the residents. [Photo by Cai Yang]

Since the outbreak of the epidemic, nearly 4 million urban and rural community social workers across the country worked diligently to take care of residents in 650, 000 urban and rural communities and neighborhoods. Indeed, they are unsung heroes.

▲ Community workers work in the snow. [Photo by Sun Jinsong]

N95 DETECTION

FEBRUARY 27

"As long as we are running, Wuhan will not stop"

▲ A deliveryman riding in Yongqing Street, Jiang'an District, Wuhan, with words "Go, Wuhan!" on his storage box. [Photo by Li He]

During the lockdown, many people pressed "pause" and slowed their lives down. But this was not the case for a special group of people, who instead acted in "fast forward" mode. They hurriedly communicated across the city to transport various kinds of items, materials, and daily provisions desperately needed by residents and health care workers on the front lines of the epidemic.

For the past month, Hu Bo, a deliveryman, was very busy with various kinds of deliveries. During the first few days of the lockdown, each member of his delivery team received more than 100 delivery orders and some orders need to be delivered two or three times a day, such as drinking water, milk and other items. He worked day and night non-stop until his feet developed blood blisters because he overworked himself.

▲ Packages are sterilized before being delivered to customers. [Photo by Wang Xin]

Wu Hui, a food courier, admitted that he was once very scared by the wide spread of the epidemic, and that he thought of quitting his job for a while after the Lunar New Year. Seeing health care workers had but only instant noodles to eat due to a lack of food delivery service, he encouraged himself and decided to continue his work during the Spring Festival holiday. The first order he received on the first day of the Lunar New Year was from the Department of Respiratory Medicine at Wuhan University's Zhongnan Hospital. From that day on, he has kept running around the city non-stop. "On duty, I got a chance to meet various kinds of people and I have been moved by the friendship and warmth they displayed to me."

On the morning of February 13th, Feng Shengming received a purchase order for 1,000 boxes of chocolates. He was worried. "These days, chocolates

▲ Food couriers wait for orders at night. Their presence keeps the catering industry alive during the fight against the epidemic. [Photo by Zhang Renyu]

are almost sold out in the store. Where and how can I find so many boxes?" Nonetheless, Feng took the order when he learned that the buyer was the medical team from Shanghai to support Wuhan to fight the epidemic. These health care workers are often too busy to eat, and bars of chocolate would give them much-needed energy when they are hungry. Feng and his colleagues divided themselves into three groups and searched across the city for chocolate bars throughout the whole day. Finally, they managed to find enough boxes of chocolates as required and delivered them to the long awaiting medical team.

It is indeed a touching scene when these hard-working deliverymen travelled around the city on its empty streets and alleys. What they deliver was not just goods of various kinds, but more important warmth and encouragement to people who had to stay at home during the lockdown.

▲ A delivery worker sticks to the post in this special period. [Photo by Li Yujian]

FEBRUARY 28

"It's dangerous, but someone has to do it"

During the trying times, most people stayed at home to avoid the spread of the epidemic, but some people still had to work outdoors from dawn to dusk, rain or shine. Actually, on many occasions, they were the only ones seen on the empty streets. Wearing orange uniforms, these street-cleaning workers appeared to be like warm sunshine in the cold winter.

In hospitals, in addition to tens of thousands of health care workers, there were a group of cleaning people doing the dirty, tiring and dangerous work of getting rid of medical waste. On January 28th, Zhang Chunxiang received a notice that the Union Hospital, affiliated to Tongji Medical College, needed cleaning workers urgently. She signed up immediately. To assure her husband, who was worried about her safety, Zhang Chunxiang said, "Don't worry about me. We will wear the same protective suits as doctors do. Health care workers from all over the country risk their lives to save people in Wuhan. We local people should not be cowards."

▲ On the early morning of February 3rd, the staff of Jiang'an Sanitation Group do cleaning work along the Jiefang Avenue in Wuhan. [Photo by Cai Yang]

▲ On the early morning of February 3rd, the staff of Jiang'an Sanitation Group take a group photo after working on Liuhe Road in Wuhan. [Photo by Cai Yang]

▲ At Yunfeng Company in Qingshan District, Wuhan, a worker moves medical waste transfer boxes, March 4th, 2020. [Photo by Cai Yang]

On February 11th, Chen Wanhe and Di Huilan, who are husband and wife, volunteered to be the first batch of cleaning workers to work in the Fangcang makeshift hospital in Wuhan International Expo Center. They worked for 16 days without taking a break. When they were asked to take a rotation leave, they rejected the offer and asked to continue to work in the hospital. “I want to stay here to help around. It’s safe in here with fewer people in the cabin,” Di Huilan said firmly.

Starting from January 19th, Zhai Aizhen had a “new weapon,” which was a disinfectant sprayer adapted from a pesticide sprayer. She was responsible for the disinfection outside the 12 quarantine stations. “To finish the whole area, the battery car has to be charged twice a day and takes 20 minutes to disinfect each point. Carrying a large bucket of disinfectant every day, my back and legs hurt painfully, but I keep telling myself that this is my small way to contribute to the fight against the epidemic. And I should try my best to do it well.”

During the combat against the epidemic, there was a total of 36,000 cleaning workers in the city of Wuhan, fighting on the front line to protect the environment from the spread of the epidemic. Among them, more than 2,400 were assigned to work in the hospitals, Fangcang makeshift hospitals and 400 quarantine stations, responsible for cleaning, disinfecting, as well as removing medical waste. In Hubei Province, there were a total of more than 80,000 cleaning workers on duty every day during the fight against the epidemic.

MARCH

2

"It feels like the sky is always foggy"

When fog and sweat are full of the goggles' lenses, medical staff can only see through the transparent track formed by the water droplets. They can only distinguish each other by sound, and give the patient an injection with experience and feel.

The closed goggles are blurred by sweat but can not be wiped. [Photo by Ke Hao]

"I don't want to cry, because I'm wearing goggles," said a nurse working in the ICU, tears rolling in her eyes.

"Mum wears heavy protective outfit every day, like a clumsy penguin, and when she wears goggles, she looks like an old lady with poor eyesight." In a family letter a child used a mocking tone to comfort his mother fighting at the front lines.

……

Since joining forces with Wuhan for the combat against the epidemic on February 12th, they passed the famous Yangtze River Bridge numerous times, but never got to see the well-known Yellow Crane Tower clearly. "It feels like the sky is always foggy," said one of the health care workers. But a patient on the side said, "Not really. It's actually a fine day."

It turned out that the fog on the goggles worn by the health care worker who made the remark blurred his vision.

▲ When the goggles are removed, the hot breath inside immediately condenses into water drops. [Photo by Du Yubao]

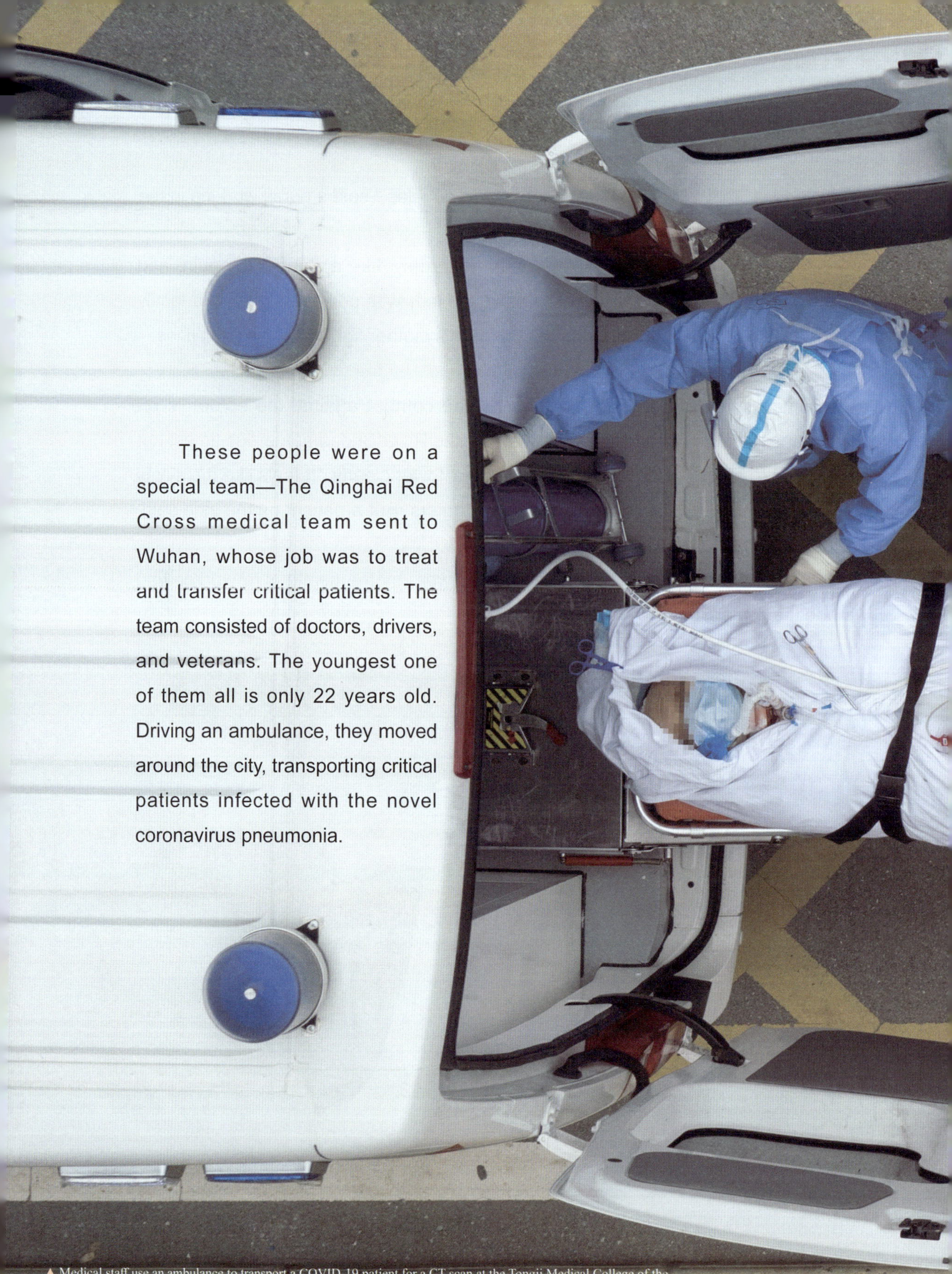

These people were on a special team—The Qinghai Red Cross medical team sent to Wuhan, whose job was to treat and transfer critical patients. The team consisted of doctors, drivers, and veterans. The youngest one of them all is only 22 years old. Driving an ambulance, they moved around the city, transporting critical patients infected with the novel coronavirus pneumonia.

▲ Medical staff use an ambulance to transport a COVID-19 patient for a CT scan at the Tongji Medical College of the Huazhong University of Science and Technology, March 6, 2020. [Photo by Cai Yang]

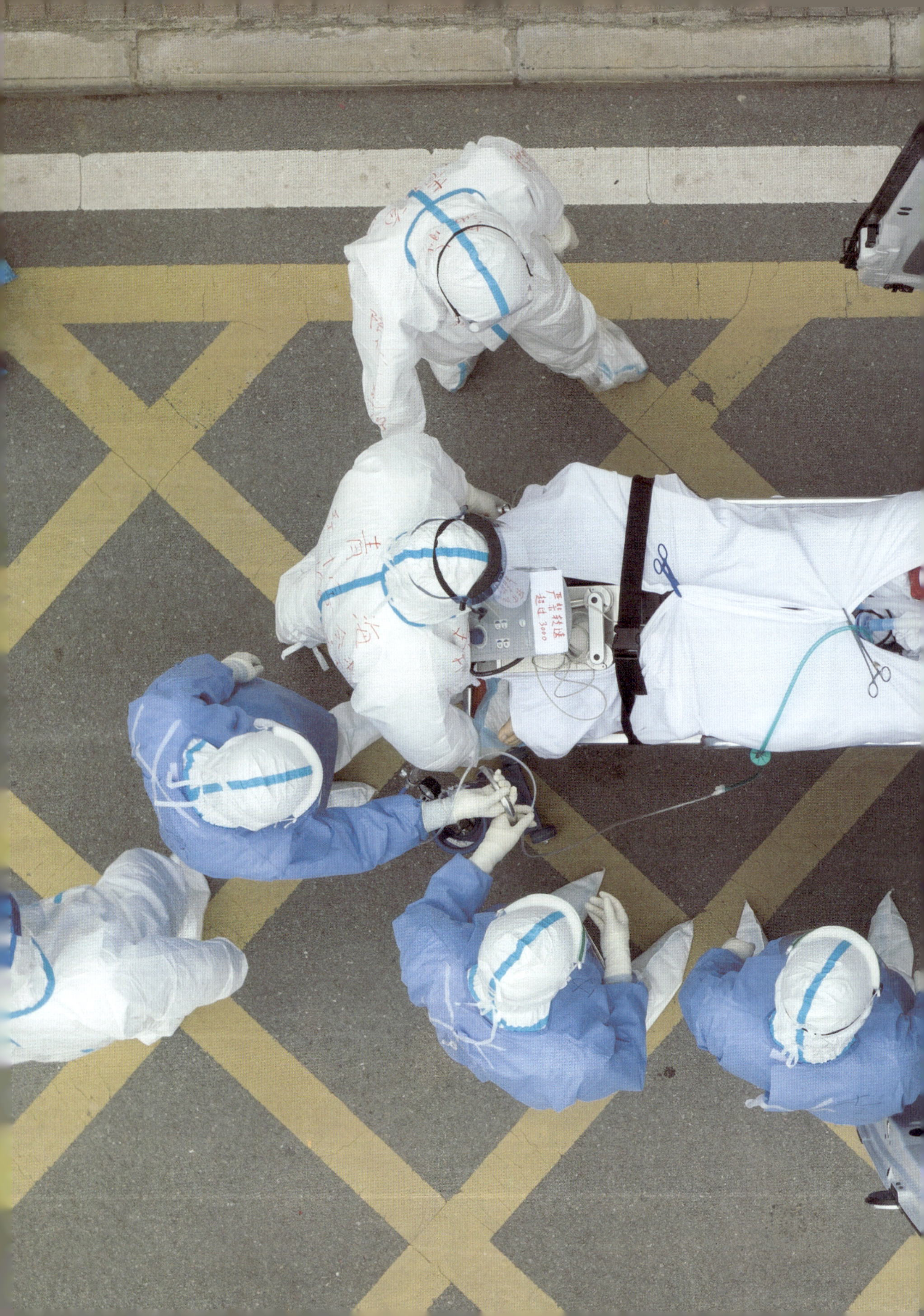

▲ After the epidemic, many people coming to aid Wuhan want to visit the Yellow Crane Tower. [Photo by Cai Yang]

"Many seriously ill patients are completely unable to walk, and some are even in an intubation coma. They have to be carried on a stretcher," said the transfer team leader Wang Haitao. "We try our best to encourage them to stay strong and make sure they stay in a stable condition throughout the transfer. Together, we will get through this hard time.

"When the epidemic is over, what we want to do most is to take off the protective coats and goggles. We will walk up the Wuhan Yangtze River Bridge and have a good look at the Yellow Crane Tower, as well as the blue sky of Wuhan."

MARCH 3

"The cloud knows how much I love you"

In the newborn care unit in Tongji Hospital, Tongji Medical College of HUST, there was a newborn baby named “Little Pomegranate.” Before he was born, his parents had been both diagnosed as having COVID-19. On February 3rd, “Little Pomegranate” was sent to the intensive newborn care unit as soon as he arrived in this world.

Although dad and mom were not around, “Little Pomegranate” was accompanied by his “nurse mothers” and watched by many people through live broadcasts. The nurses fed him 8 times a day, turned him over, changed diapers for him...

▲ "Little Pomegranate" in the incubator [Photo by Qi Jiandong and Tao Jidong]

王凡凡的徒弟
加油！宝宝真棒👍医护人员辛苦！
是你的白月光 YA
好专业
方喜宝 分享了直播
大灰熊和彩虹熊
石榴还在睡觉呢
芋郁圆
小石榴，姐姐要去上课啦，上完课来看你呀
用户7206019624 分享了直播
EurusHeathcliff
不行了听哭了
番茄 a 酱酱酱酱
穿的隔离服，太脏不能抱小宝宝
慢慢习惯以后只有自己
宝宝加油
分享
一起聊聊...
想想想想想想... 进入
小石榴一直健康成长哦！
-春风吹绿
.
AmyAmy-Yue
宝宝乖
EurusHeathcliff
听说晚上爸爸会来
AmyAmy-Yue
当了妈妈之后太容易感动了，宝宝加油
y瑶舞
加油😊
天际楚云端
哥哥给你弹琴🎹
冒个泡泡，说说自己想法～
元气萌芽 分享了直播
言叶-云汐
姐姐给你弹古筝听哦
分享
一起聊聊...
真人不会起名字 进入
我的宝贝跟你差不多大，你们都要健康长大哦
芳博_爱跑步的女博士 分享了直播
佳佳佳小甜
加油宝宝
大灰熊和彩虹熊
分享到朋友圈，看哭一批人
小女子·大志气
两点喝奶奶
蓝色 7908
宝爸应该一直守在这里看吧！
花落梦香烟
加油
橘猫是只染色的猪
手手动了刚刚！！！
数数数数_
感觉要醒
4条新消息
分享
一起聊聊...

Every move "Little Pomegranate" made attracted long-distance care from millions of "fathers and mothers" through live broadcasts. Seeing him smile, netizens gave a thumb up. The bullet screen was suddenly full when he was being fed and moving his little hands and feet. Even late at night, netizens stayed online to watch "Little Pomegranate" sleep and the nurses feed him and turn him over.

"Little Pomegranate" was in good health, and the result of the nucleic acid test was negative, so he was transferred into a general ward on February 19th. On March 3rd, he welcomed the cloud-based party on the live broadcast for the full first month of his life. People who cared for him even sent him warm wishes. A netizen drew a picture of family portrait in which medical workers, journalists and warm-hearted people, who had been caring about him, were all included.

"Please forgive us that we have not yet held you in our arms. We feel assured seeing that you are taken care of so well by your 'nurse mothers.' I wish you a healthy and happy future." "Dear son, seeing you grow up healthily makes us happy. Mom hopes that you can be safe, healthy and joyful." At the party held on the live broadcast, the parents of "Little Pomegranate" also gave their wishing videos.

Faced with the ravaging epidemic, as the name of the baby shows, people all over China stand together like a pomegranate. To protect "Little Pomegranate" is to keep the hope alive and to finally defeat the virus.

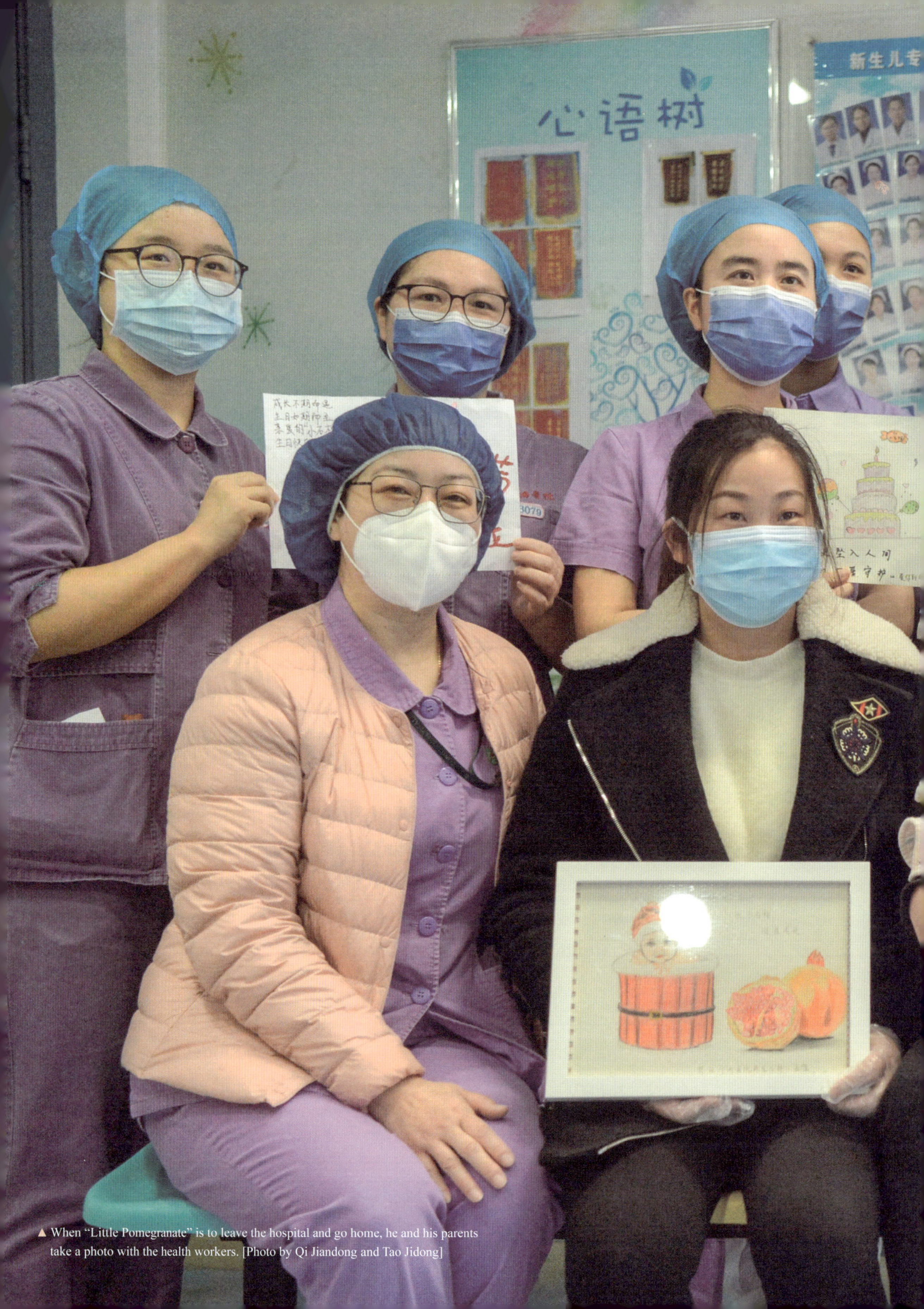

▲ When "Little Pomegranate" is to leave the hospital and go home, he and his parents take a photo with the health workers. [Photo by Qi Jiandong and Tao Jidong]

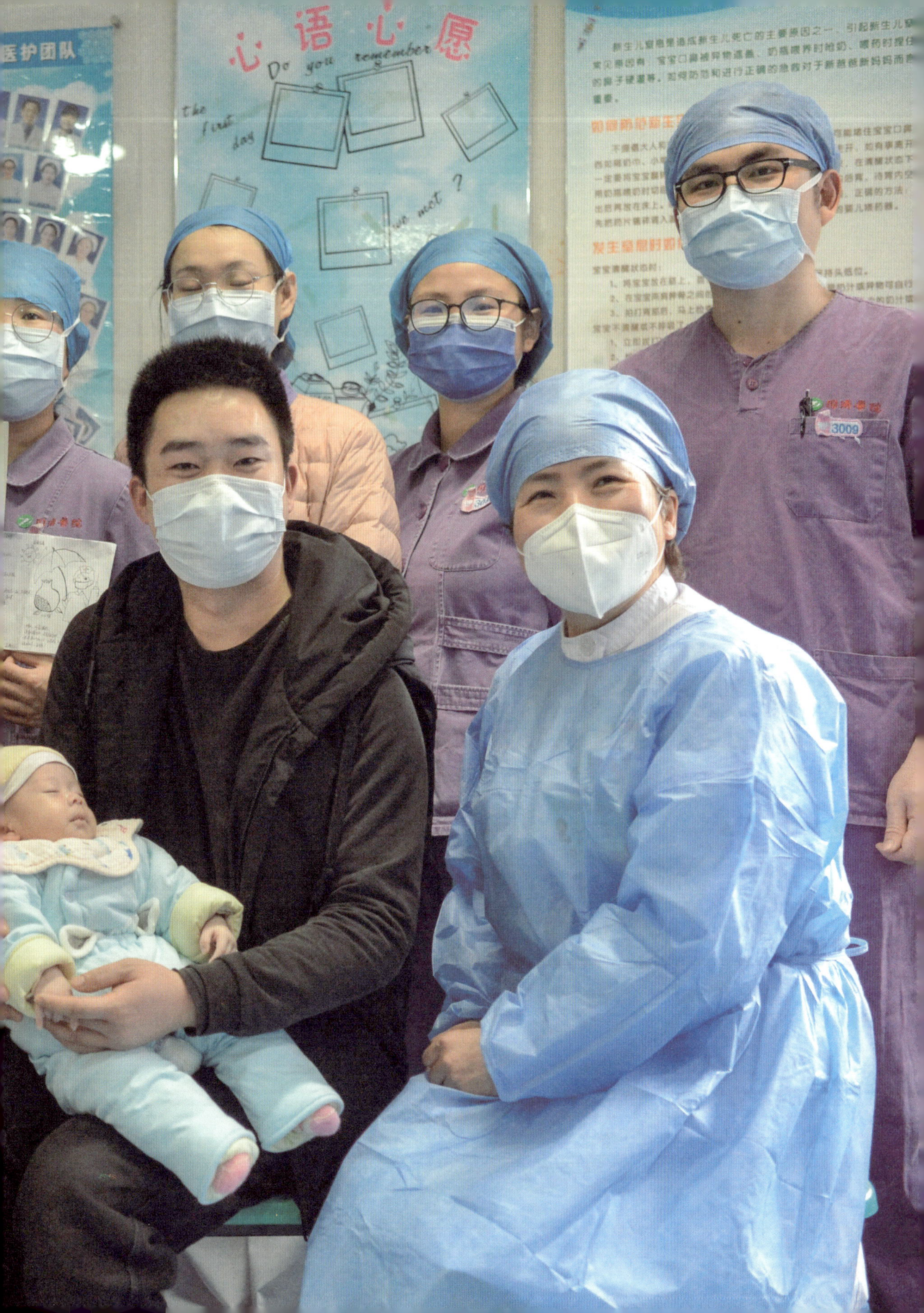

心语心愿
Do you remember
the first day
医护团队
3009

MARCH 4

"Refuel Wuhan with every bit of our efforts"

▲ Wen Rui checks the equipment. [Photo by Tian Yue]

As the epidemic was ravaging, the Second Yangtze River Bridge in Wuhan lit up every day with the words "Stay Strong, Wuhan!", "China will win!" and "Salute the heroes in the fight against the epidemic." Behind the lights, there was a gentleman on duty diligently and silently working. He is Wen Rui, post-90s, whose job was to maintain the bridge lights. In an orange container hut in Wuchang Jiangtan Park, he worked for 44 days as of March 4th.

The lighting of the Second Yangtze River Bridge was supported by 347 sub-control boxes, 22 power distribution cabinets, 4 switches, and 2 high-voltage phase changes, which were carefully coordinated through sets of computers. Every day, Wen Rui would go up to the bridge to check the equipment to make sure the lights shine on the Yangtze River on time and accurately. He would often need to get outside the guardrail, and sometimes even climb down the bridge pier gap to do maintenance work, with the turbulent water flowing just underneath his feet. The operation surface was rugged and slippery; each of his moves made people gasp.

▲ We appreciate your help. [Photo by Wei Lai]

▲ Ma Ting directs the vehicles. [Photo provided by Ma Ting]

Ma Ting, together with her colleagues, held on to the post at a gas station to make sure the oil distribution service was secured for hospitals and ambulances in the area. Each time when the ambulances and shuttles came for refuel, Ma Ting was always the first to serve them. "Doctors are fighting the virus and saving lives on the front lines regardless of any danger. What are we afraid of?" she said.

"We must race against time. Ambulances are important for life saving. Doctors are saving patients. We must help them!"

Courageous and determined, ordinary people like Wen Rui and Ma Ting are heroes who fight to protect the best interests of the public.

MARCH 5

"Would you like to watch the sunset?"

These days, there is a touching story of an old man watching the sunset, which is in wide circulation in Wuhan.

March 5th, Doctor Liu Kai, a member of the medical team sent by Zhongshan Hospital, affiliated with Fudan University in Shanghai and now working at the East Hospital of Renmin Hospital of Wuhan University, wheeled out an older patient for a CT scan. By the time they came back, dusk began to gather thick. Dr. Liu gently asked the patient: “Would you like to watch the sunset?”

▲ The sunset [Photo by Song Wei]

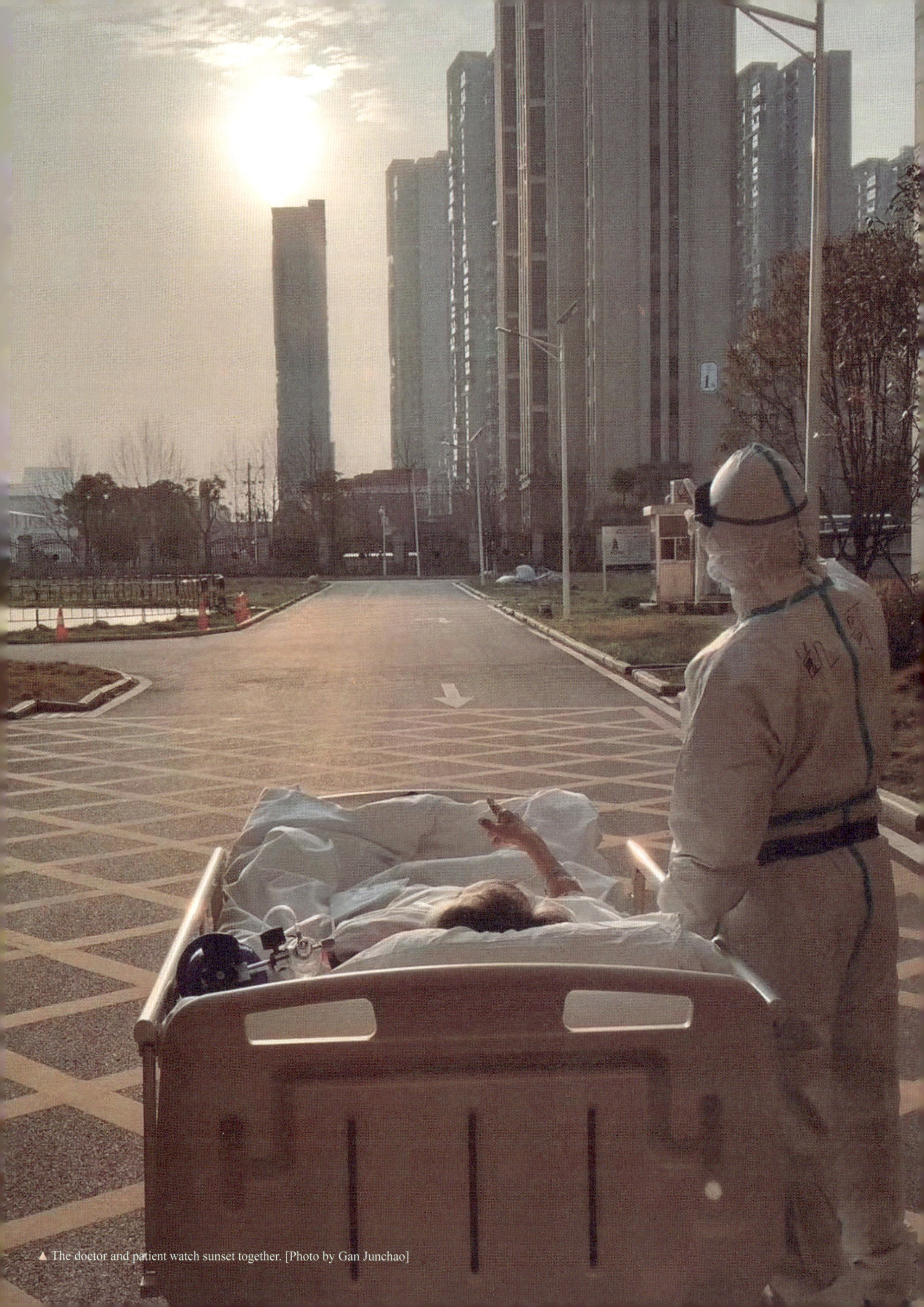

▲ The doctor and patient watch sunset together. [Photo by Gan Junchao]

Then under the setting sun, an 87-year-old critically ill patient and a 27-year-old young doctor stood together beside the hospital bed, enjoying the view of the sunset. The sun of the early spring cast golden rays on everything and them, leaving long and subdued shadows behind.

A social worker captured this moment of warmth. Although in the photo both of them can be seen only from behind, people are moved to tears by the outpouring of human-kindness demonstrated at that particular moment. The invisible enemy of the virus ravages human health and deprives people of their right to enjoy the beauty of nature. However, this inspiring sunset scene quickly dispels the nightmare of the vicious epidemic, healing and soothing countless worried souls during the trying time.

The elderly COVID-19 patient in the photo was scared and depressed when he was admitted to the hospital. The Shanghai medical team provided him with almost all the necessities of life. After a month of treatment, his condition gradually improved. When he was in a good mood, he would rest on the hospital bed and hum songs.

It is the caring doctors who attended to him kindly and patiently that gradually softened his heart and cheered him up, as was seen in the sunset photo.

MARCH

6

"Thank you, brave 'Baymax'!"

Over the recent months since the outbreak of the virus, white protective suits have become a kind of drawing board, by means of which countless people express their emotions.

On February 12th, the illustrator Li Jing, who was infected with COVID-19, was admitted into Fangcang makeshift hospital in Wuhan Sports Center. She was distressed all day long. In order to cheer up the patients like her, nurses invited them to dance together. The tiny figures of the nurses became bloated with protective suits. Clad in the tight protective suits, they sweated profusely while leading the dance. Their enthusiasm and kindness impressed Li Jing and inspired her to create "Baymax." With a brush in hand, she painted the tearful story she saw and recorded the close relationship between "Baymaxes" and patients.

▲ Li Jing shows her comic. [Photo by Xiao Yijiu]

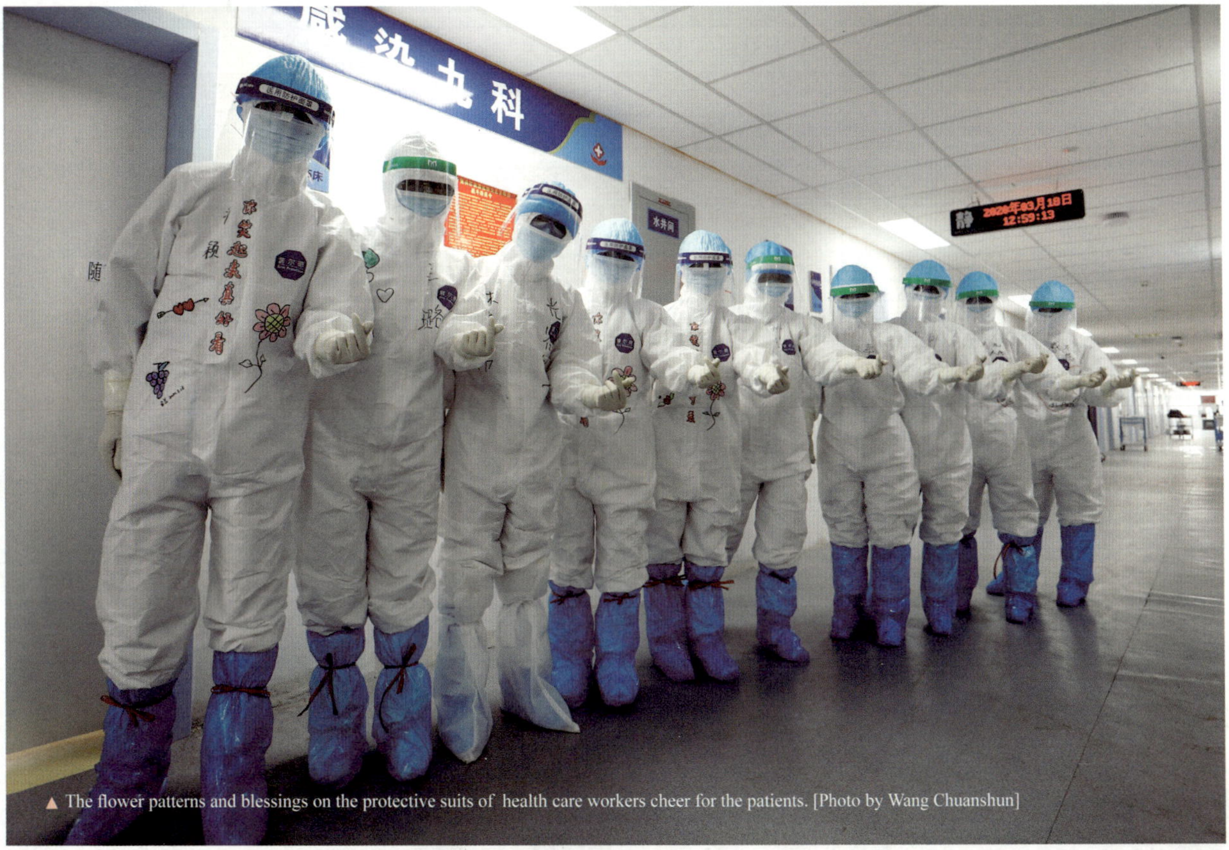

▲ The flower patterns and blessings on the protective suits of health care workers cheer for the patients. [Photo by Wang Chuanshun]

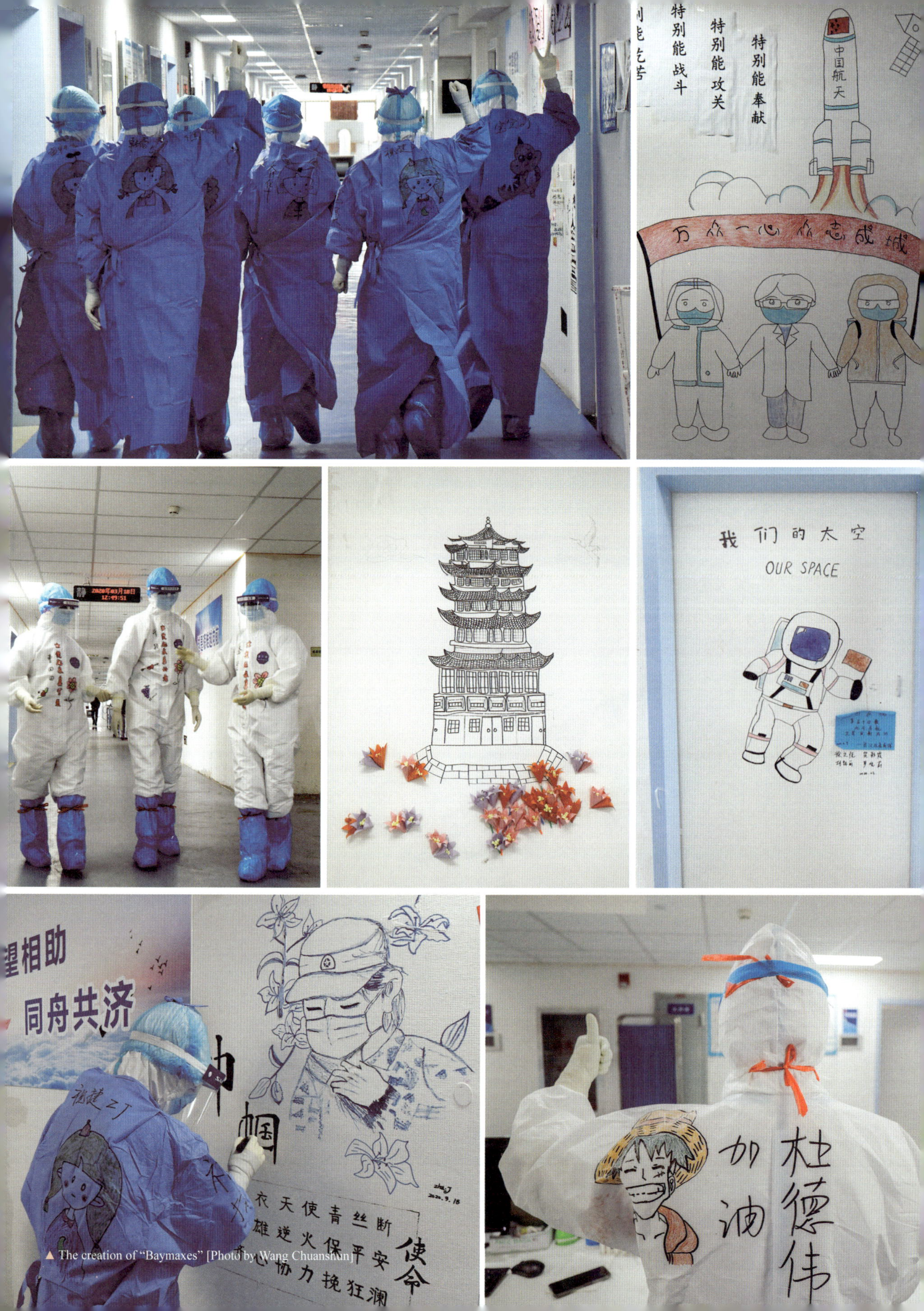

▲ The creation of "Baymaxes" [Photo by Wang Chuanshun]

These adorable and warm "Baymaxes" were not only the main characters of Li Jing's "healing" painting, but also the ingenious painters in real life. The marking pen was a paintbrush, the protective suit was a drawing board and the quarantine area became a painting studio. The cheerful environment was a simple space, and yet it is full of vitality and hope.

When they were working, they were unable to enjoy coffee or the easy time. There was only "tons of sweat" under their protective suits and the goggles made foggy by the accumulated moisture which blurred their vision. The protective suits had to be replaced each shift and processed according to safety procedures. And so, these paintings became "rare prints," which nonetheless touched the hearts of viewers.

MARCH 7

"Wherever there is danger, dad has to be there"

Since the beginning of the combat with the COVID-19, Shen Shengwen, a community police officer of Baibuting Police Station of Wuhan Public Security Bureau, has not been able to come home for a break because of his very tight schedule. He was busy transporting patients to various quarantine stations with his private car. On a busiest day, he would escort more than a dozen or so patients! He was so exhausted that at the end of the day his weak legs often gave up and he was not even able to stand steadily.

▲ Police officer Shen Shengwen instructs a community residents to wear masks correctly. [Photo provided by Jiang'an District Branch of Wuhan Public Security Bureau]

▲ Qixia traffic police issue passes for passing vehicles, February 15th, 2020. [Photo by Yu Letian]

Wearing the deep blue police uniforms, these officers fearlessly rushed to the front lines of the battle against the virus. Many of them did even have time to say goodbye to their children in sleep. Liu Bao, a police officer from Henan Province, wrote a letter to his son and said, "Since the first day of the Lunar New Year I have been back at home for 46 days and I have not got a chance to be around with you. I am very sorry! But I think you will understand why this has been so. As the son of an active police officer, I am sure you will not blame your dad for being so busy with his duties. Wherever there is danger, your dad has to be there."

As the epidemic was raging, all police officers in Wuhan were fighting heroically. There were more than 1,200 police officers helping around, day and night, in the Fangcang makeshift hospitals in the city of Wuhan. They keep the commitment of "one hospital, one supporting team" to ensure the public safety of these health care facilities. In addition, they also helped transport supplies of various kinds and coordinated efforts to help with patients. In a word, they made themselves available wherever their help was needed.

七剑下天山

Facing the vicious epidemic, they never flinch away. On February 19th, a snapshot known as “Seven Swords” went viral on the Internet, which shows the heroic police officers and border patrol officers on duty at the Kurt Border Police Station as part of Xinjiang Altay District Border Management Detachment. The photo reveals the warmth of these law enforcement officers.

▲ Police officers and border patrol officers of Xinjiang Kurt Border Police Station ride horses on the snowy mountain to patrol the border area, February 19th, 2020. [Photo by Li Mingji]

On that day, they went to a remote village for border inspection and the epidemic prevention management. The road was covered with deep snow, which made it very difficult for them to progress on horseback. The temperature plummeted down to minus 20 degrees centigrade and they were almost frozen. The long and tough journey worn out their bodies and their thighs were bleeding. However, they did not yield. Just on that day alone, they visited a total of 63 households of farmers and herdsmen, which were scattered along the border, and distributed more than 20 boxes of medicine, as well as 120 sets of publicity materials regarding the epidemic prevention. “Indeed, the trip was tough, but we made it. We were delighted to help around. It is our duty not to leave anyone behind.”

MARCH 8

"After the epidemic, I will love life even more and with all my heart"

From the first day of the Chinese New Year, China had quickly responded to a national call for Stay-at-Home to ensure public health safety and quarantine in hopes of stopping and halting the spread of the virus. Just think about this: more than a billion people stayed indoors and worked at home. This was more than amazing! During this trying time, the Chinese people demonstrated their willingness and collective efforts to endure the hardships brought about by the virus lockdown. What they did over the shut-down days points clearly to their understanding, steadiness and perseverance.

Stuck at home, many people began to experiment with cuisine, something they wanted to do but rarely found time to do it. "The bright side of the trying time is that it provides the opportunity for us to revisit and thus cherish more our family values. Cooking is of course an important way to enhance such values. A good meal indeed matters. These days, I have learned how to cook and I try to create a rich variety of dishes. Believe it or not, I can make as many as 40 different dishes now! Well, call me the God of Kitchen." Of course, not everyone can be this talented with cooking. "Those were the worst dishes I have ever made in my holiday life," said a grumpy cook who failed to please himself. It is believed that during the virus lockdown, the three favorite homemade foods were cakes prepared inside an electric cooker, simple bubble tea and cold noodles. For sure, years later when people recall the trying times they went through, one of their fond memories would be "battered pancakes" and "shapeless cakes," among many other unsuccessful "culinary masterpieces."

▲ A mask out of orange peel [Photo by Qian Han]

▲ Expose the masks to the sun for disinfection. [Photo by Qian Han]

▲ Plenty of food in store [Photo by Qian Han]

▲ Children staying at home pray for the motherland by spelling out words "Be Strong, Wuhan", hoping that the epidemic will end as soon as possible. [Photo by Wu Mingtao]

▲ During the Chinese Lunar New Year, residents of Huantai County in Shandong Province stay indoors for social distancing, and make the living room a temporary playground. [Photo by Yu Wenguo]

Indeed, nothing could dampen the spirit of people who always look for the bright side of the picture. Even “locked” at home, one can still dance to his/her heart’s content, can’t one? Recently, on the Internet was a snapshot that went viral: A young girl in a green sweater was dancing gracefully by a floor-to-ceiling window. Some young people in the building across the street saw it and began to dance in an enthusiastic response to the girl. Staying at home, people still worked out in their own ways, actually in myriad ways: using a cardboard box as a barbell for weightlifting, playing curling with a pot or basin, playing billiards with chopsticks, cherry tomatoes and longans. Well, you name it, they have it! With these “geniuses” around, one would never be bored by the monotonous routine of the lockdown life.

The epidemic has forced people to stay indoors. The bright side of the picture is that people have learned to reflect on their past lifestyle and have begun to appreciate more family activities that bring family members closer than ever before. “After the epidemic, I will love life even more and with all my heart. We deserve a happy life for having endured this hard time,” a netizen said, which was echoed by many people across the country.

MARCH 9

"As long as we do not sleep, the city will not fall down"

Wearing thick protective equipment and carrying heavy virus-sample boxes, they are known as "Virus-sample Deliverymen." Liu Senbo, an army veteran, is one of these deliverymen. Virus samples, when collected, were sterilized in multi-layer boxes and needed to be sent to a nucleic acid testing laboratory within half an hour. Liu Senbo's job was to travel to Leishenshan Hospital in Wuhan twice a day to collect virus samples. In the previous years, Liu joined the army to defend the country. Now, he came to Wuhan to help protect people's health.

The so-called "Virus-sample Deliverymen" are the people closest to the COVID-19, so are the lab workers conducting virus sample tests. On the midnight of March 9th, on hearing that there were two new samples of suspected cases, Wu Julong, a member of the second medical team from Shandong Province to support Hubei Province in its fight against the coronavirus, hurried to the Surveillance Laboratory of Ezhou Center for Disease Control and Prevention. By the time he finished the nucleic acid testing and walked out of the laboratory, he saw once again what the city of Ezhou looks like early in the morning at 4:00 am.

▲ Liu Senbo(on the left) and his colleague Mei Yiqi deliver the collected virus samples to laboratory, February 24th, 2020. [Photo by Xiao Yijiu]

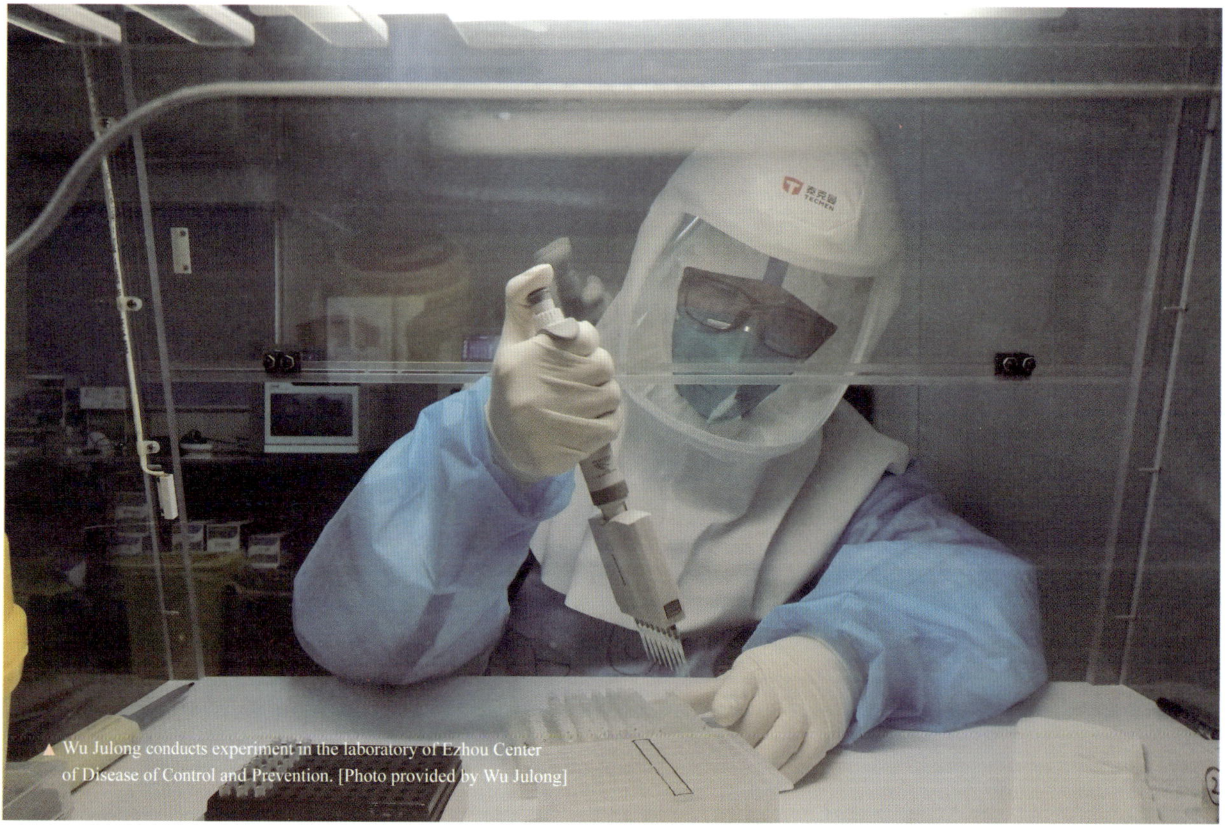

▲ Wu Julong conducts experiment in the laboratory of Ezhou Center of Disease of Control and Prevention. [Photo provided by Wu Julong]

▲ The nucleic acid testing laboratory [Photo by Wu Fang]

The nucleic acid testing is one of the important criteria to confirm whether a patient is infected with COVID-19. Since the first COVID-19 infected case of Shandong was confirmed on January 20th, Wu Julong has participated in the investigation of COVID-19 cases in almost all the cities of Shandong Province.

On the early morning of February 1st, Wu Julong came to the laboratory of Ezhou Center of Disease Control and Prevention. He said, when he first arrived, the laboratory was able to collect more than 500 to 600, and sometimes even up to 700 virus samples every day. It would take him 5 to 6 hours to finish one round of nucleic acid testing from checking the samples to issuing the testing reports. For that purpose, the laboratory needed to conduct at least two rounds of nucleic acid testing. That means Wu would need to work more than 12 hours on end. Every day, Wu Julong ran the risk of being exposed to the virus samples which might contain live virus. In each step in the process from receiving, sorting, numbering, adding samples to testing, there was a high risk of getting infected. Wu Julong, however, never flinched away from this most dangerous post.

More than a month has passed without Wu's being aware of it since the medical team first came to Ezhou City on February 1st. Every day, early in the morning at 4:00 am, the city is still in sleep. "As long as we do not sleep, the city will not fall down." The encouraging words of his teammate make Wu feel proud and strong.

MARCH 10

"I cried every day"

At around 9:00 pm, in China and France New City District of Tongji Hospital, affiliated to Tongji Medical College of HUST, 9 medical workers of the national medical team from China-Japan Friendship Hospital in Beijing came to the clean area outside the wards after working 4 hours intensively. They took off the masks, held their breath and left behind their portraits through the lens of Li Ge, who was the Director of China Photographers Association.

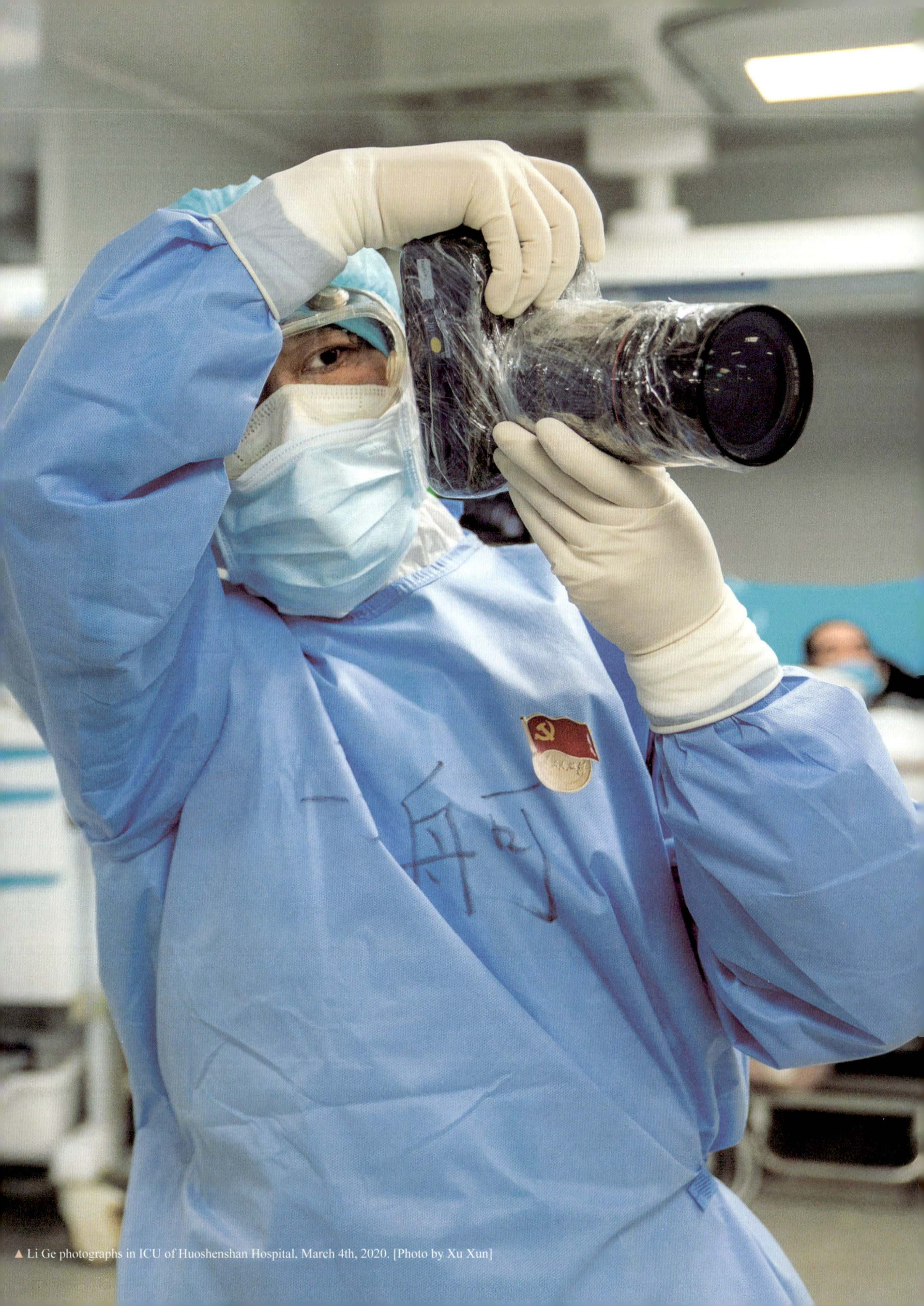

▲ Li Ge photographs in ICU of Huoshenshan Hospital, March 4th, 2020. [Photo by Xu Xun]

Led by Li Ge, a team of China Photographers Association came to Wuhan to photograph these heroes in harm's way as a way to recognize their noble deeds in the combat against the virus. They also interviewed the medical workers, asking them whom they most wanted to talk to or what they most wanted to do when the epidemic was over. Thinking that it was a kind of thing meant only for girls, Doctor Du Houwei from Fujian Province did not seem to care about it and left directly for a shower. But after he came out from the locker room and saw that his colleagues were still being interviewed, he became interested. "If you don't mind, I would like to say something," he said to the photograph staff. He burst into tears when he said that he would take care of his parents after the epidemic was over.

"We were not just photographing them. We were having a heart-to-heart talk with these admirable health care workers," Li Ge said. "Many of them told me that it was the first time they got a chance to express their inner feelings and emotions to their parents and the loved ones via a photographic interview since they arrived in Wuhan over a month ago."

"I don't remember if I ever cried in my life. But this time, when I was interviewing the heroic health care workers, I almost cried every day. Indeed, I was deeply moved by what they did at the front of the battle against the virus." He simply could not hold back his tears when he was told so many soul-inspiring narratives.

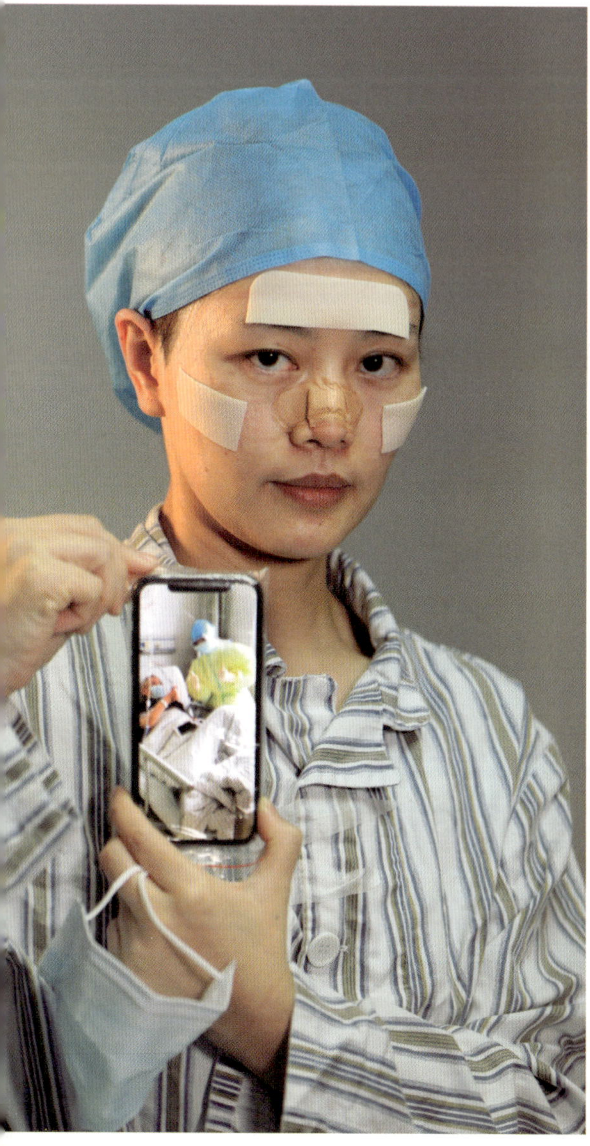

▲ Xu Jian, nurse-in-charge of Department of Gynaecology and Obstetrics from Fujian Provincial Hospital [Photo by Li Ge]

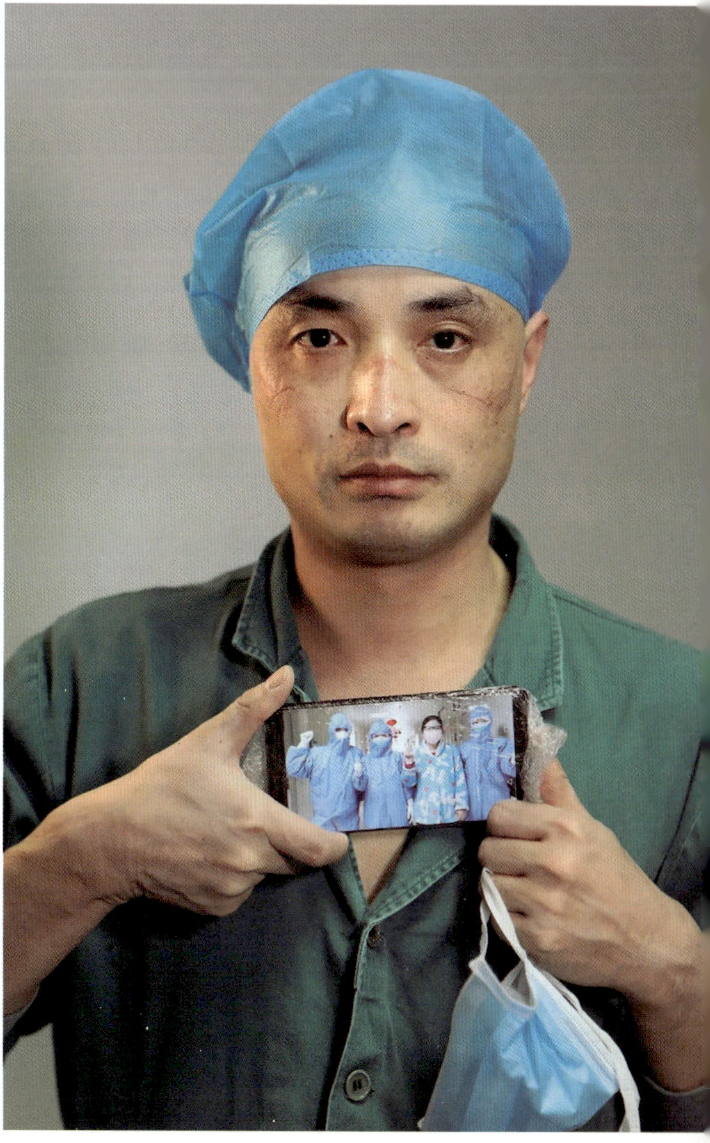

▲ Du Houwei, a doctor from Fujian Medical University Union Hospital [Photo by Li Ge]

▲ Photo by Xiao Yijiu

The Dawn

MARCH
10

"Fangcang makeshift hospitals were finally closed, never to return again to the cabin!"

On March 8th, Yang Zhongxia, a nurse from Jinan, Shandong Province to work at the Wuhan Keting makeshift hospital, was seen with tears in her eyes. "Seeing the hospital entrance gate closed, I now can say proudly that finally the vicious coronavirus was halted and contained by us," she said with mixed feelings. Yang still remembered the first day when the hospital was opened. They received 90 patients within a short period of time from 2:00 to 10:00 pm.

The last Fangcang makeshift hospital in the Wuchang District of Wuhan was shut down in the afternoon on March 10th, marking the closure of all 16 makeshift hospitals in the area. Fangcang, as it is known in the Chinese, implies "arks of hope and life". The 16 Fangcang makeshift hospitals constructed to fight the epidemic treated a total of more than 12,000 COVID-19 patients with minor infections and got them safely sailed to the shore of hope and life.

At the crucial moment of the epidemic outbreak, 16 Fangcang makeshift hospitals were quickly constructed in the city's sports center and EXPO center. Ninety-four medical teams, with more than 8,000 health care workers, were sent from all across the country to work against time to protect and save lives, although this put themselves under a high risk of being infected with the virus. Miraculously, no infection, death or relapse cases were reported after the minor patients were treated there for dozens of days and nights. In this sense, these makeshift hospitals were truly "the arks of hope and life," which many patients said made them feel "like a big family."

At the Jiangxia Fangcang makeshift hospital in Dahuashan Outdoor Sports Center in Jiangxia District, Wuhan, a health care worker happily shows off the words "Fangcang makeshift hospital closed" written on the back of her protective suit, March 10th, 2020. [Photo by Cai Yang]

"The Fangcang makeshift hospitals have more than achieved their goal of accommodating and treating large numbers of minor patients at the fastest speed and the minimum social cost," said Wang Chen, Vice President of the Chinese Academy of Engineering.

With the Fangcang makeshift hospitals closed, the fight against the epidemic is drawing to its end. It is indeed a hard-earned victory. Wuhan has proven to be a city of heroes who were determined to hold on until the end.

▲ Arks of hope and life [Photo by Ke Hao]

▲ The "arks of hope and life" carry many patients to the other shore successfully. [Photo by Ke Hao]

MARCH 17

"Please let me see your eyes more clearly"

"At Yellow Crane Tower, my old friend bids me farewell;

He leaves Wuhan in the spring full of flowers."

When Wuhan needed help most, you came in harm's way; when the patients all recovered, you left the city for a new mission.

Since the outbreak of the epidemic, a total of 41 medical teams with 3,765 medical staffs were dispatched from all across the country to support Wuhan in its determined fight against COVID-19. After they successfully completed their mission, they started leaving the city on March 17th.

Over the past months, due to their multi-layer protective equipment, people could not see their faces and would refer them as "the most admirable people." When they finally took off their protective suits to reveal their beautiful and determined eyes, local people admired them even more.

▲ People say stars are bright. This is because they have not seen the eyes of these "warriors in white coats." [Photo by Wang Quanchao]

▲ At the station of Wuchang District, Wuhan, Zhang Xiaohui, the team leader of the 11th batch of Jilin medical teams prepares to leave for home on a bus with eyes full of tears, March 22nd, 2020. [Photo by Cai Yang]

▲ The health care workers of the 11th batch of Jilin medical teams prepare to leave for home, March 22nd, 2020. [Photo by Cai Yang]

It is said that the eyes are the windows of one's heart. During the epidemic, the patients were desperate and frightened, but they found courage and hope from the eyes of these "angels in white coats."

"People say stars are bright. This is because they have not seen the eyes of these 'warriors in white coats.' To me, their eyes shine brighter than stars," Mr. Gao, a patient in Zhijiang hospital of The First Hospital Affiliated to Zhejiang University said, with tears in his eyes. When he was discharged from hospital, he said, "I feel that they treated me over the past month in a way that made me feel like a treasure."

"Dear girl, I can't see your face. But please let me take a closer look at your eyes." When a middle-aged woman was cured and discharged from the Fangcang makeshift hospital, she said this to Tang Xiaopei emotionally. Tang Xiaopei was a health care worker from Shandong medical team.

On the day when the medical teams were leaving Wuhan, the whole city was out there to bid farewell to these "angels." Tens of thousands of local residents shouted out in one voice, "Thank you, our 'angels in white coats.'" Rows of police officers proudly escorted them through to show their high respect. Along the streets were lines of volunteers, police officers, and staffs at the airport and train stations.

That day, we finally saw your eyes clearly.
Your eyes were filled with tears.
So deep and pure are your eyes that,
We are all assured that we are well protected by you.
In the meanwhile, your eyes are not big enough to hold tears,
Which we know are from the bottom of your hearts.

▲ When Chongqing medical team are leaving Xiaogan, citizens see off at the roadside, March 23th, 2020. [Photo by Hu Huhu]

武汉胜则湖北胜，湖北胜则全国胜。截至3月1日，29个省区市和新疆生产建设兵团、军队等调派340多支医疗队、42000多名医护人员驰援湖北，19个省份还对口支援湖北除武汉市外16个市州（林区）。从1月24日除夕夜开始，军队先后派出3批共4000多名医护人员驰援武汉。各省区市驰援湖北医务人员数量如下：北京1215人、天津1289人、河北1090人、山西1509人、内蒙古798人、辽宁2045人、吉林1179人、黑龙江1534人、上海1608人、江苏2757人、浙江1985人、安徽1324人、福建1366人、江西1201人、山东1782人、河南1262人、湖南1458人、广东2452人、广西961人、海南843人、重庆1614人、四川1458人、贵州1401人、云南1132人、陕西919人、甘肃776人、青海239人、宁夏787人、新疆387人、兵团107人，共38478人。
健康所系 性命相托 当我步入神圣医学学府的时刻 谨庄严宣誓：我志愿献身医学 热爱祖国 忠于人民 恪守医德 尊师守纪 刻苦钻研 孜孜不倦 精益求精 全面发展 我决心竭尽全力 除人类之病痛 助健康之完美 维护医术的圣洁和荣誉 救死扶伤 不辞艰辛 执着追求 为祖国医药卫生事业的发展和人类身心健康奋斗终生
各省区市38478名驰援医务人员分别被安排在湖北省武汉市和十堰市等16个市州，人数分别是：武汉市31097人、十堰市130人、鄂州市839人、恩施州130人、黄冈市1197人、黄石市347人、荆门市303人、荆州市826人、随州市391人、咸宁市493人、襄阳市637人、孝感市1337人、宜昌市265人以及三个省直辖县级市：仙桃市243人、天门市150人、潜江市71人和神农架林区22人。3月16日，中央应对新冠肺炎疫情工作领导小组召开会议，会议要求制定方案，组织援鄂医务人员分批撤离。根据安排，17日，41支国家医疗队3675人将踏上返程。这批医务人员在湖北武汉期间共支援当地14所方舱医院、7所定点医院。从1月24日第一支医疗队出发前往武汉，到3月17日首批医疗队踏上返程，已经53天。
谢谢你们
为我们拼过命
3月17日，首批41支国家医疗队3675人踏上返程
人民日报新媒体

MARCH 21

"Thank you for having saved my life!"

The epidemic is devastating, but China has never got frightened. People have been standing together. Taking strong measures to protect its people from being infected by COVID-19, Shandong at the same time genuinely offered everything that might be needed to fight with Huanggang City hundreds of miles away.

A man of virtue loves and helps other people as well as his brothers. Medical workers from Shandong started their work at Dabieshan Regional Treatment Center. Except for Wuhan, Huanggang was one of the worst-hit cities. As the last patient in Dabieshan Regional Treatment Center had been discharged, by March 18th, the 53 days of hard fighting came to an end. Shandong medical team supporting Hubei accomplished its treating and curing mission.

▲ Lights in Jinan, Shandong are in support of Wuhan and the whole of the country. [Photo by Liu Jun]

▲ "Da Huang", a star dog on the Internet bids farewell to the health care workers from Shandong, March 21st, 2020. [Photo provided by Huanggang Daily]

▲ A 3-year-old child in Huanggang gives the leaving health care workers of Shandong medical team supporting Hubei a thumbs-up, March 21st, 2020. [Photo by Chen Aiwu]

On March 19th, when the 2nd batch of medical team from Shandong was taking a group photo at the gate of the hotel, a homeless dog came and snuggled up to the medical workers. During these days, the workers fed this Golden Retriever and named him “Da Huang.” They had been close friends. Though this “uninvited guest” was asked to stay aside, he came back after walking around.

On March 21st, Shandong medical team was about to leave Huanggang. People stood in lines of more than 10 kilometers along Huangzhou Road to see them off. “Thank you Shandong! Thank you, heroes!”, “Thank you for having saved my life!” Having changed 2 masks wet with tears, Shen Xiaoxiao, a medical worker said:“ When we came, the streets were empty; when we are leaving, they are well to see us off. Instead of having to repeat ‘Huanggang, you can do it!’, now we can finally say ‘Goodbye, Huanggang!’ ”

On the day when the medical team was leaving, Da Huang seemed to have known in advance they would be apart. He stayed at the gate of the hotel with tears in his eyes. “We may not meet again. Good luck, little boy!” The medical workers grabbed his claws to say goodbye. But what comforted them was that Da Huang ended being homeless by having found his owner.

"The opinion of the joint mission after looking at this very closely in different ways is that there is no question that China's bold approach to the rapid spread of this new respiratory pathogen has changed the course of what was a rapidly escalating and continues to be a deadly epidemic. But I just thought that it's all important for us to recognize that to the people of Wuhan, it is recognized the world is in your debt. And when this disease finishes, hopefully, we'll have the chance to thank the people of Wuhan for the role they played in it. Because many of us, many of people here have suffered. But people of that city have gone though an extraordinary period. And they are still going through it," sincerely said, Bruce Aylward, the team leader of the WHO that visited China on assessment tour in an exclusive interview with reporters from China Media Group.